CLOSE-UP

Ouvrage dirigé par Isabelle Antoni
Couverture création et photographie :
Christophe Petit/© Kristo-Gothard Hunor/Shutterstock

Première édition : Hugo&Cie, 2017
34-36, rue La Pérouse
75016 – Paris
www.hugoetcie.fr

ISBN : 9782755636444
Dépôt légal : janvier 2018
Imprimé en Espagne

JANE DEVREAUX

CLOSE-UP

TOME 1

Indomptable Sandre

Roman

Hugo
Poche

NEW ROMANCE®

PROLOGUE

J'observe ses beaux yeux noisette et la fossette qui se dessine lorsqu'il esquisse un sourire. Il caresse ma joue et se penche pour m'embrasser tendrement. Oliver est tellement grand que, même en me tenant sur la pointe des pieds, je suis encore bien plus petite que lui.

J'ai choisi pour lui une robe vaporeuse presque transparente et il en profite en laissant sa main remonter sur ma cuisse. J'adore les sensations qu'il éveille en moi, le plaisir qui frémit dans le bas de mon ventre et le long de ma colonne vertébrale. Je sais qu'Oliver aimerait aller plus loin, mais je ne suis pas encore prête. Je lui ai promis de m'offrir à lui pour le bal de fin d'année. Je suis folle de ce garçon, il est tellement beau, tellement gentil. Tellement différent de mon père.

Il s'écarte et je proteste en faisant courir mes doigts sous son tee-shirt.

– Si tu ne rentres pas maintenant, tes parents vont gueuler, précise Oliver en dessinant le contour de ma bouche du bout de son pouce.

Je le laisse partir à regret, mais je sais qu'il a raison. À peine j'ai franchi la porte que le regard assassin de mon père me fait presque regretter d'être rentrée.

– Tu es en retard !

Il me fusille d'un regard noir.

Je me tourne vers ma mère qui astique frénétiquement la cuisine, les yeux baissés.

Comme si le ménage l'intéressait ! Pas besoin de lui demander, je sais qu'ils se sont encore engueulés à mon sujet et que je vais bientôt payer les pots cassés. Jamais il ne s'en prend à elle. Elle, elle est parfaite ; elle, il ne peut rien lui refuser ; elle, il l'aime.

– Je n'ai que cinq minutes de retard et j'étais devant la maison bien avant l'heure, je proteste en tentant un pas vers l'escalier qui mène à l'étage.

Si je parviens à rejoindre ma chambre avant la tempête, il se défoulera sur la porte et, demain, je m'éclipserai de bonne heure pour l'école, afin d'éviter les représailles.

– Quand je dis une heure, ce n'est pas une minute ni une seconde après, crache-t-il en s'avançant vers moi.

J'hésite à me précipiter vers les marches, je suis plus rapide que lui, je peux le semer, mais s'il me rattrape, la suite sera pire encore. Je m'élance au moment même où sa main se referme sur mon bras.

– Et c'est quoi cette tenue ? s'emporte-t-il. On dirait une pute !

– Maman ! je supplie pour qu'elle intervienne.

Elle redresse enfin la tête et me détaille comme si elle venait de réaliser que j'étais là. Un sourire étrange se dessine sur son beau visage qui a toujours fait fondre les hommes.

– À son âge, tu adorais me voir vêtue de la sorte, ironise-t-elle. Tu t'en souviens ?

Il lui sourit, relâchant son emprise. Je profite de ce moment d'inattention pour dégager mon bras et grimper les escaliers quatre à quatre.

Il me rejoint à l'instant même où je verrouille la porte. Je sens la poignée s'agiter sous mes doigts et je supplie Dieu qu'elle lui résiste une fois de plus, sans vraiment y croire. Un homme tout-puissant qui vit dans les cieux, ça ne fait pas partie de mes convictions. C'est juste que je ne supporte pas de rester désarmée face à mon père. Je hais le bruit de ses poings contre le bois et les gémissements des gonds.

– Sandre, putain, ouvre cette porte ! Tu le sais, tu dois respecter mes règles… Si tu te fais engrosser, tu ne pourras t'en prendre qu'à toi… Sandre, putain !

Je me recroqueville en boule dans un coin de la pièce en attendant qu'il se calme. J'essaie de penser à Oliver, j'imagine ses bras me bercer lentement pour me rassurer. J'aimerais pouvoir m'éclipser par la fenêtre et aller le retrouver, mais il habite dans la ville voisine et il n'y a pas de bus avant deux bonnes heures.

Les coups se font moins insistants, et je recommence à respirer. Quand il fatiguera, ma mère interviendra.

Et comme toujours lorsque le bruit diminue, j'entends sa voix douce reprendre :

– Ryan, elle n'a rien fait de mal.

– Je ne supporte pas qu'elle me désobéisse, elle finira comme toi si ça continue.

– Tu sais très bien que ce n'est pas vraiment le problème.

Le silence se fait, et j'imagine les mains de ma mère apaisant mon père et ses baisers calmant ses tensions. Il ne s'en prend jamais à elle, il l'aime trop pour ça. Je souhaiterais qu'il m'aime à ce point-là, moi aussi, je voudrais qu'il me regarde comme il la regarde, elle.

CHAPITRE 1

Sandre

Depuis mon perchoir, je vois tout. Les égarés, les infidèles, les imbéciles, les paumés, les trop sérieux, les pas assez… Avec mon téléobjectif, je ne rate aucun détail et je mitraille.

Steve Marchal, le beau blondinet aux yeux verts, avec son air négligé juste comme il faut et son corps bodybuildé qui les fait toutes craquer, toujours planqué dans un coin à bécoter, ou plus si affinités. Aujourd'hui, il a jeté son dévolu sur la trop jeune Julie-je-ne-sais-pas-comment. À peine quinze ans, et elle porte déjà des trucs fluo qui ne cachent pas grand-chose. Moi, si j'étais sa mère, je lui imposerais le jean et le col roulé, à cette chaudasse. Elle fera peut-être moins la maligne quand elle découvrira où Steve veut en venir. Comment cet imbécile peut-il ne pas se faire choper ? Les filles sont-elles toutes aussi nunuches qu'elles en ont l'air ?

Je prends quelques clichés où l'on verrait presque sa culotte, si elle en portait une, les mains de l'obsédé bien plaquées sur elle et sa bouche l'envahissant. Puis, je fais glisser l'objectif vers un secteur moins écœurant.

Je tombe sur Lewis Brakman avec ses cheveux trop longs et tellement dégueus qu'il reste à gerber même à cette distance. Finalement, je crois que je préfère Steve et ses attouchements salaces, mais j'aime aussi savoir ce que la bande de shootés trafique. Ils sont tous aussi crados les uns que les autres. Pas un pour rattraper l'autre. Comme s'ils perdaient du temps pour la défonce en se lavant. Ils squattent toujours derrière les poubelles, certains disent que c'est pour dissimuler le relent d'herbes et d'autres substances illicites, mais je ne suis pas convaincue, vu la fumée qui s'en échappe.

Je fais un zoom sur les petits carrés noirs qu'ils s'échangent, mais d'aussi loin, ils pourraient aussi bien jouer aux dominos que ça n'y changerait rien. Je ne m'attarde pas, leurs tignasses graisseuses me donnent des haut-le-cœur et ça, même sans l'odeur.

Will Donnell, comme toujours, est plongé dans ses bouquins sur le banc devant l'entrée. Quand on a oublié de prendre des notes ou qu'on ne sait plus s'il y a contrôle, c'est à lui qu'il faut s'adresser. Tout le monde le connaît, même s'il fait plus partie du mobilier que des élèves. Et puis, on ne peut pas le rater avec ses lunettes à la Harry Potter et ses cheveux châtains parfaitement lissés de chaque côté d'une raie bien droite. Et je ne parle pas de ses affreuses chemises à carreaux qu'il boutonne jusqu'en haut. Ce mec a dû se tromper de décennie.

Il n'y a rien d'intéressant à voir, mais c'est ma façon de lutter contre ce que je ferai bientôt si la sonnerie ne me rappelle pas à l'ordre, et vite.

Ça y est, trop tard, j'y suis. Mes mains ont bifurqué vers la petite zone ombragée où se retrouvent les plus populaires. Sans réfléchir, je me retrouve avec Josh Anderson dans le viseur. Je suis irrécupérable, aussi cruche que toutes les godiches qui bavent devant lui. Pourtant, je devrais être vaccinée, j'ai déjà donné avec Oliver. Lui aussi était grand, musclé, craquant. Un enfoiré comme les autres, qui joue de vos faiblesses et vous plante dès que les choses se corsent. Josh est le même genre de beau gosse populaire et superficiel, qui roule des mécaniques et n'est pas capable de faire une addition sans calculette. Je devrais me moquer de lui, de sa stupidité, de son arrogance… au lieu de le reluquer comme une chienne en chaleur. Comment, alors que la première fois n'était pas géniale, puis-je en redemander ? En réalité, ce n'est pas moi qui le désire, c'est mon corps. Je déteste l'idée que mon corps le réclame, lui ou un autre d'ailleurs.

Mais comme toutes les godiches du lycée, je bave devant sa carrure massive de rugbyman, ses cheveux châtains tombant en désordre sur son regard qui vire du bleu nuit à l'azur suivant ses humeurs. J'ai bloqué sur ses biceps qui font onduler son sweat, son jean qui moule à la perfection son joli petit cul. J'imagine cette douce puissance enroulée autour de moi, sa peau brûlante et moite contre la mienne, mes doigts sur son corps dessinant chacun de ses muscles.

Une main se glisse dans son dos et me ramène instantanément sur terre.

Je divague ! Vraiment. Comment un mec qui représente tout ce que j'exècre peut-il me faire cet effet-là ? Je l'avoue, je ne pourrai jamais oublier la première fois où nos regards se sont croisés, quelques jours après la rentrée. Si je n'avais pas remarqué cette étincelle étrange dans ses yeux, ce sentiment de déjà-vu, il n'existerait même pas dans mon monde. Mais, dans le fond de ses yeux bleus, un secret bien gardé a fait écho en moi, comme si son regard hurlait : « Je ne suis pas celui que tu penses, je suis comme toi. »

Une partie de moi sait que je me trompe, mais chaque fois que mes yeux rencontrent les siens, cette étincelle ridicule est là. Elle me nargue, elle me pousse à vouloir découvrir qui est le vrai Josh Anderson. Et pourtant, ce gars n'a d'yeux que pour la splendide Marcy Shepard. Cette pimbêche aux jambes interminables, aux seins parfaits, à la chevelure blonde à couper le souffle, au regard de biche qui peut tout obtenir… Je ne m'y connais pas vraiment en religion, mes parents ne sont pas croyants, mais cette pimbêche a fait vœu de chasteté ou quelque chose dans le genre, alors que lui est clairement en rut. Enfin, il se trouve que mademoiselle est la présidente du « comité de soutien contre le sexe irréfléchi » ou un truc du genre. Non, mais franchement, elle est avec lui depuis le secondaire, qu'y aurait-il d'irréfléchi à se faire plaisir avec son mec. Je me demande comment elle fait pour ne pas avoir l'entrejambe qui la démange, surtout en passant ses journées à se laisser tripoter par un bel imbécile dans le genre de Josh. Cette fille a dû rater sa puberté.

Qu'est-ce qu'il fiche encore à baver devant elle comme un abruti, au lieu de s'en faire une autre ? Depuis des mois, je parie sur la chanceuse qui le dépucellera, mais toujours rien. Un mec normal serait déjà allé voir ailleurs.

Et comme chaque jour, ils se collent en discutant avec leurs amis respectifs. J'observe les longs doigts de Josh qui jouent avec ceux de Marcy comme si ce simple geste suggérait quelque chose d'indécent. Il en meurt d'envie et ça se voit. Si ça ne tenait qu'à lui, Steve l'obsédé aurait l'air d'un saint à côté. En tout cas, ce n'est pas avec eux que j'obtiendrai des clichés compromettants, mais je flashe quand même. J'en ai des tonnes dans le genre, je pourrais faire un inventaire de leurs garde-robes quotidiennes.

Aujourd'hui, Marcy a opté pour une jupe portefeuille grise près du corps et une chemise légèrement transparente qu'on aperçoit à peine sous son trench beige. Josh a un jean plus déchiré qu'à son habitude et un sweat marine presque trop moulant. J'aimerais voir les tablettes musclées que dessine si bien le tissu sombre.

Non, Sandre, n'y pense même pas !

Parfois, j'en ai marre de mes hormones ! Qu'est-ce que c'est nul d'avoir dix-sept ans !

Tu veux tout et tu es encore trop stupide pour réussir à obtenir quoi que ce soit. Tu as envie de sexe, mais malgré toutes les bêtises qu'on te raconte, pour t'éviter le drame mère célibatairc ou les maladies terrifiantes, eh bien, tu n'as toujours pas imprimé ce qu'on attend de toi. Tu dois étudier même si tu n'as aucune idée de ce que tu souhaites faire plus tard, et surtout on te demande de mûrir alors que ton cerveau n'a pas assimilé ce que ça signifie. C'est vraiment pathétique, un adolescent. On est tous là, à attendre comme des imbéciles qu'il se passe un truc, sans vraiment savoir lequel.

Bon bien sûr, il y en a qui agissent. Prenez des gars comme Will Donnell, eux, ils sont déjà à fond dans leur avenir et je suis sûre qu'ils savent parfaitement où ils vont. Et dans un autre genre, les Steve Marchal, eux, le sexe ils en connaissent un rayon. Du coup, tout le monde est à ses pieds, alors que dans le genre crétin, il assure ! Même Josh ne jure que par ses conseils débiles. Enfin malgré ça, la Marcy, il ne l'a toujours pas sautée.

Ça y est, je recommence à devenir vulgaire. C'est les hormones, je vous dis, ces satanées hormones.

Je pourrais passer des heures à photographier cette bande d'andouilles, vivant leur adolescence de merde. Ça a l'air tellement facile vu d'ici, tellement cool, alors que cette période est vraiment merdique. Je voudrais avoir déjà trente ans et toutes les complications des premières expériences loin derrière moi. Je voudrais avoir choisi ma voie et, surtout, ne plus me sentir stupide quand il s'agit de sexe.

Bon, si je n'y vais pas, là maintenant, l'assistante sociale risque fort de me tomber dessus. Ma vie est assez compliquée comme ça, pas besoin d'en rajouter.

Je descends de mon perchoir, enfin des gradins du stade qui donnent sur le parc devant le lycée. Je me faufile au milieu de la foule bruyante qui pénètre dans ce vaste bâtiment datant du siècle passé.

Sans vraiment savoir pourquoi, au milieu des autres, je ne me sens pas à ma place. Je ne suis avec personne, je ne parle à personne, mais je ne suis pas pour autant personne. Non, tout le monde me connaît. Je suis la fille qui a des parents tueurs à gages ou derrière les barreaux. Certains disent même que j'ai, moi aussi, fait de la prison pour avoir tabassé à mort un mec qui se moquait de mon prénom. Bien sûr, rien de tout ça n'est vrai, mais au moins ça a le mérite de les tenir à distance. Et pour être honnête, ça me plaît assez d'alimenter la rumeur. J'aime voir les autres détourner le regard quand ils croisent par hasard mes grands yeux noirs trop maquillés. Bon, pour mon prénom, OK, il y a de quoi se poser des questions, mais je ne vous avouerai pas pourquoi ma mère a eu la très mauvaise idée de me baptiser Sandre.

Mon premier cours du jeudi matin, c'est éducation citoyenne. Je me demande encore pourquoi j'ai choisi cette option. Tout le monde disait : « Tu verras, c'est le cours qui rapporte de bonnes notes sans rien glander, parce que tout ce que tu as à apprendre, tu le sais déjà. » Eh bien, je vous le dis, n'écoutez jamais ce genre de conseils que racontent des étudiants au cerveau digne d'Einstein, ou juste pas normaux. À cause de ces rumeurs stupides, je me farcis deux heures par semaine un discours soporifique avec une bande d'abrutis qui se sont fait avoir, comme moi. Bien sûr, dans les imbéciles, il a fallu qu'il y ait Josh et Steve l'obsédé.

Et comme toujours, Marcy et Josh sont déjà devant la porte à se rouler des pelles, enfin plutôt à s'échanger de chastes baisers. Pourtant Josh est à fond, il tente de la plaquer contre le mur, de remonter sa jupe un peu trop serrée, mais la miss est douée. Comment fait-elle pour à la fois le repousser avec le genou, maîtriser sa main baladeuse et dresser sa langue trop aventurière ?

C'est écœurant, ils ne pourraient pas se planquer un peu pour faire leurs cochonneries ! Et si cette foutue mère Salomon n'était pas complètement miro, elle aurait déjà viré les tourtereaux. En passant à proximité, je bouscule la pétasse, histoire de perturber son savant jeu de jambes. Elle me fusille du regard et je lui souris avec une fierté qui dissimule la gêne que provoquent les yeux bleus de Josh eux aussi tournés dans ma direction. Pour lui, je ne dois être qu'une emmerdeuse au cœur froid et peut-être d'autres adjectifs que je préfère ne pas imaginer.

Je m'engouffre dans la salle et évite de justesse le couple torride, Steve et Lucy. C'est l'officielle de l'obsédé depuis plusieurs mois. Si elle savait tout ce qu'il fait en douce ! Et pourtant, je suis sûre que Lucy n'est pas du genre farouche. Quoique… elle fréquente Marcy, donc, on ne sait jamais.

Et la prof qui ne voit rien ! Tant que la cloche n'a pas sonné, personne ne respecte rien. On crie, on jette des objets, on se bouscule, on s'interpelle, et elle ignore le vacarme. Moi aussi, je les ignore. J'ai ma place habituelle que personne ne se risquerait de me piquer. Dans le fond près de la fenêtre, pour pouvoir admirer le paysage quand je n'en peux vraiment plus. Généralement, tout le monde évite de me regarder, mais aujourd'hui, on m'observe en coin et on chuchote dans mon dos. J'ai dû rater quelque chose. Mais quoi ?

Soudain, je me fige. Une espèce de binoclarde avec des couettes sur les côtés qui lui donnent l'air d'avoir dix ans est installée sur ma chaise. Comment est-ce possible ? Pourquoi personne n'a averti cette godiche ?

– Putain, c'est ma place ! je m'écrie, en y mettant toute la hargne dont ma voix est capable.

– Euh… je suis désolée, mais madame… euh… Salomon m'a dit que nous n'étions pas placés, bafouille-t-elle en me fixant avec des yeux déjà humides qui me supplient silencieusement.

Oh là là ! Cette pouffe va se faire bouffer toute crue, pourtant il est hors de question que je m'attendrisse. J'attends, mais elle me dévisage sans broncher. Elle a quand même du cran pour une coincée. Je m'impatiente, je sais que tout le monde nous observe. Elle peut pleurer, j'ai ma réputation à tenir. Enfin, j'espère que je ne vais pas finir chez le dirlo à cause de cette gourdasse. Je ne peux pas me le permettre. Heurcusement que la mère Salomon n'y voit que dalle.

– Bordel, tu bouges ou je t'enfonce tes loupes dans tes jolis petits yeux… verts ?

Je la dévisage de mon regard noir, celui qui fait toujours son effet.

Elle hésite un instant et, sans me lâcher de ses yeux de biche apeurée, elle se redresse tremblotante, pour rejoindre l'une des rares places encore libres au premier rang. Les autres se moquent ouvertement, alors qu'ils m'ignorent totalement. Bande d'enfoirés, qui s'acharnent sur une pauvre créature déjà à terre.

Ben quoi ? Ce n'est pas de ma faute. Elle a qu'à s'endurcir un peu, la coincée.

CHAPITRE 2

Sandre

Soudain, la mère Salomon tape du poing sur la table pour obtenir le silence. Elle, elle s'est bien endurcie depuis le début de l'année. Elle porte un chemisier à froufrous boutonné jusqu'en haut, agrémenté d'une broche au cas où la fermeture lâcherait, on ne sait jamais, et une jupe à fleurs qui lui tombe sur les chevilles. On dirait une copie conforme, en plus vieille, de la godiche qui vient de me piquer ma place.

Elle commence à déblatérer sur l'évolution des droits du citoyen, mais je ne l'écoute pas. Je suis encore sous le coup de la colère, à cause de cette poufiasse qui a osé me provoquer. Et comme pour me narguer, elle se retourne et me lance un timide sourire, genre désolé. Je la fusille du regard, mais il semblerait qu'elle soit trop cruche pour comprendre le message. Je tourne la tête pour tenter de penser à autre chose et je me retrouve face aux yeux de Josh en partie dissimulés derrière ses mèches rebelles. Il me détaille en coin comme si j'étais une criminelle en puissance, et mon cœur tressaute, alors qu'il ne devrait même pas réagir. Je le dévisage à mon tour, et il reporte son attention sur la Salomon qui me casse déjà les oreilles. Sandre, s'il te plaît, détends-toi !

J'observe le ciel bleu qui illumine la pièce, la brise légère qui caresse doucement les premiers bourgeons du printemps. Pourquoi ne faisons-nous jamais cours dehors ? Je m'imagine couchée dans l'herbe, me laissant bercer par la voix un peu trop aiguë de la prof… quand cette voix de crécelle ose m'appeler, moi qui n'ai rien écouté.

– Sandre River ! répète-t-elle, d'un ton irrité.

– Quoi, p… ? je m'exclame, en tentant de dissimuler ma surprise et mon agacement.

– Ce mois-ci, l'exposé c'est pour vous, déclare-t-elle, tout sourires.

Et elle est contente en plus ? Non, ce n'est pas possible, pas moi. Je me doutais bien que ça allait finir par me tomber dessus. Enfin, j'espérais secrètement qu'elle m'oublie. J'aurais été seule sur le coup, j'aurais pu envisager un discours qui lui aurait fait regretter de m'avoir choisie, mais là, je vais avoir un partenaire. Je prie pour qu'elle ne me mette pas avec David le crasseux ou pire avec Steve l'obsédé. Je la vois hésiter, puis annoncer :

– Monsieur Anderson, vous travaillerez avec mademoiselle River sur l'évolution des droits de la famille.

Oh !

Je n'avais pas pensé à lui. Mon cœur s'est arrêté de battre, je suis au bord de la crise cardiaque, j'en pleurerais presque. J'ose un œil vers le trop beau Josh. Il me fixe désemparé, ses mâchoires sont crispées, son regard a pris une étrange teinte grisâtre, son étincelle a disparu. Il est dégoûté. Non, c'est pire encore, il n'y a pas de mot pour décrire ce que je lis dans ses yeux. Je devrais m'en moquer, mais ça me fait mal. Sandre, ce type est un crétin, un enfoiré de première comme tous les autres, et tu vas lui rendre la monnaie de sa pièce.

Je suis toujours bloquée sur lui, alors que tout le monde range ses affaires sans se soucier du vacarme ahurissant qui envahit la salle et le couloir. Lui non plus ne m'a pas lâchée du regard. Il est au bord du suicide et je représente son enfer. Bon OK, j'exagère !

Soudain, il ose enfin se lever et s'avancer vers moi. Il se déplace avec une aisance formidable pour un abruti censé me craindre. Je n'ai toujours pas bougé, je ne sais même pas si je respire encore.

– Alors, on fait comment ? articule-t-il sans tenter de cacher sa déception.

– Ce soir, chez moi, après les cours, je lui annonce froidement.

Et, machinalement, je déchire une feuille de mon classeur, griffonne mon adresse et la lui tends. Il hausse un sourcil étonné. Bien sûr, il ignore que j'habite à une rue seulement de chez lui.

– OK, répond-il simplement en glissant le papier dans la poche arrière de son jean.

Je regarde son joli petit cul s'éloigner. Qu'il est sexy avec ses larges épaules, ses longues jambes et cette assurance impressionnante, qui le rend plus désirable encore. J'aimerais tellement toucher la marchandise. Je me mords la lèvre inférieure en l'imaginant entièrement nu.

Eh oh ! Qu'est-ce que tu fous, Sandre ?

Je retrouve pleinement mes capacités quand il disparaît dans l'embrasure de la porte. Mais quelle cruche ! Ressaisis-toi, bon sang !

Je n'en reviens toujours pas d'avoir dit ça. Quelle idée de l'inviter chez moi ? On aurait pu aller chez lui. En réalité, je sais très bien pourquoi j'ai fait ça : je ne veux pas voir ses parents. Je ne veux pas qu'ils me jugent. Sa mère fait partie du groupe actif des parents d'élèves et le moins qu'on puisse dire, c'est qu'elle a des idées rétrogrades et ultra-rigides. Je suis sûre qu'elle redouterait que j'initie son fils aux armes à feu ou à la drogue si elle savait qu'on doit travailler ensemble.

– Des questions ? me demande la mère Salomon en m'extirpant de mes pensées.

– Euh… non, je bafouille, en découvrant que la salle est déjà vide.

J'ai passé la matinée à ressasser la nouvelle. Moi, je dois bosser avec Josh Anderson, supporter sa présence, sa proximité, ignorer l'étincelle qui me confie silencieusement tout ce qu'il ne dit pas. Ça va être l'enfer. Ça y est, ma punition est arrivée.

Je voudrais oublier, mais j'ai du mal à digérer la situation et, du coup, je n'ai vraiment pas faim. Et puis, le self ce n'est pas le top pour vous ouvrir l'appétit. Pourtant, il faut que je mange, car il n'y a plus grand-chose à becqueter à la maison. Je m'oblige à prendre une salade de tomates, une pomme et une brioche.

Toujours perdue dans mes pensées, je m'installe à une table encore libre. J'ignore comment me comporter avec lui. Je ne veux pas jouer les gentilles. Je sais que je ne serai jamais son amie et, de toute façon, je ne veux pas d'amis. Si ça avait été avec quelqu'un d'autre, je me serais autorisé une mauvaise note, histoire de bien faire chier mon partenaire. Mais avec lui, je ne sais pas vraiment si j'en suis capable. J'ai peur d'être trop faible pour être la peste qu'il s'attend à supporter.

Une présence dans mon dos m'extirpe de mes pensées. C'est encore la binoclarde avec ses couettes de petite fille. Qu'est-ce qu'elle me veut celle-là ? Ne me dites pas qu'elle vient s'excuser, ça serait vraiment trop… bouleversant !

– Euh… je peux m'installer avec toi ? bafouille-t-elle.

– Putain, non, je réponds sèchement.

Mais mademoiselle semble du genre bouchée… et courageuse. Elle pose son plateau, s'assied en face de moi et commence à piquer dans sa salade. Je n'en reviens pas, je l'ai humiliée au premier cours de sa nouvelle école et elle espère encore faire de moi son amie. Elle a un grain, la coincée.

– Moi, c'est Prudence, précise-t-elle sur un ton trop enjoué qui me donnerait presque la nausée.

La pauvre ! Avec sa jupe plissée sous le genou, ses collants opaques, son chemisier blanc boutonné jusqu'en haut et sa veste rayée, je la trouvais déjà pathétique, mais pour couronner le tout, elle a le prénom qui va avec. Je la fixe, ahurie et un rien irritée, mais elle l'ignore totalement et continue sa joyeuse litanie.

– Je viens d'emménager à Winsted, avant je vivais à Acton, près de Los Angeles. Ça change de climat. J'ai hésité à mettre un blouson, mais j'avais peur que les autres se moquent de moi. Et toi, tu es ici depuis longtemps ? Sandre, c'est ça ? C'est le diminutif de Sandra, Sandrine… ?

Waouh, elle a du débit, la coincée ! Je la dévisage bouche bée. Elle a vraiment peur qu'on se foute de sa gueule et elle s'est habillée comme ça ? Le blouson, ça n'aurait rien changé. Et comment fait-elle pour être aussi pâle, alors qu'elle arrive de Californie ? Je l'examine de plus près. Ses yeux sont vert amande, ses cheveux châtain clair et, sur ses joues, je distingue quelques taches de rousseur qu'elle a tenté de dissimuler sous un peu de poudre. Elle m'observe comme si elle attendait quelque chose de moi et soudain je comprends, elle veut une réponse.

– Non, c'est Sandre.

– C'est original. J'aime bien, ça change.

Et en plus, elle joue les lèche-bottes. Ça y est, elle a réussi son coup, j'ai envie de vomir. Je n'en supporterai pas davantage. J'empoigne ma pomme et ma brioche, récupère mon sac et me redresse vivement. J'allais m'éclipser sans un mot quand je me rends compte qu'une précision s'impose.

– Prude… la prochaine fois, fais-moi plaisir, si l'envie te prend de t'installer à ma table… évite.

– Mon prénom, c'est Prudence, insiste-t-elle, alors que je m'éloigne déjà.

Et elle me croit complètement bouchée. Comme si je n'avais pas compris. C'est juste que je le trouve à gerber ton prénom, ma petite.

Je pensais m'être débarrassée d'elle pour de bon, seulement il semblerait qu'on partage aussi notre cours d'histoire. Et mademoiselle, toujours perspicace, vient s'installer à côté de moi avec son éternel sourire niais. Je sens mon sang bouillir. Je suis à deux doigts de renoncer à mon dernier cours de la journée. J'hésite, je l'envoie bouler ou je l'ignore, mais si je l'ignore, elle n'est pas près de me lâcher et il semblerait qu'elle se foute de mes attaques cinglantes.

– Bordel de merde, mais pourquoi tu me colles comme ça ? T'as pas remarqué que je ne voulais pas de toi ? je souffle entre mes dents crispées, pour que le gros Wilson ne nous entende pas.

– J'avais remarqué, chuchote-t-elle en levant les yeux au ciel. J'ai l'air d'une intello avec mes lunettes, mais je ne suis pas assez douée pour traîner avec eux. Je suis un peu excentrique, mais je redoute ce qu'ils pourraient me faire fumer…

– Et tu penses qu'on se ressemble, je la coupe, horrifiée.

J'ai haussé le ton, ce qui me vaut un regard noir du gros Wilson. Je me détourne de ma camarade et fais semblant de me plonger dans l'épais bouquin qui est censé nous servir de bible. Je croyais que notre conversation s'arrêterait là, mais quelques instants plus tard, ma voisine me glisse un bout de papier griffonné sous les yeux. *J'aime bien ta façon d'être différente.*

Ma façon d'être différente ? Elle se fout de ma gueule ? Je me penche pour m'observer. Je porte un legging noir sous des rangers montantes empruntées à ma mère, un débardeur également noir, en partie dissimulé sous une immense chemise à carreaux de mon père. Et j'oublie son vieux cuir trois fois trop grand pour moi, glissé sur le montant de la chaise. J'ai attaché mes cheveux bruns, que je n'ai pas coupés depuis un an, en une queue-de-cheval haute qui dévoile mes yeux smockés à mort.

Elle a vraiment un goût de chiotte, la coincée. Je ne suis pas lookée, je veux juste les garder à distance. Je la dévisage, consternée, et elle n'ouvre plus la bouche du reste du cours.

Bien sûr, elle ne va pas me lâcher si facilement. Le cours fini, elle me colle au train comme du chewing-gum après une journée en plein soleil. Et elle recommence à déblatérer. Non, mais ça lui arrive parfois de respirer ? Et elle voudrait qu'on révise ensemble, qu'on fasse du shopping aussi, et je pourrais dormir chez elle pendant qu'on y est ? Si tu savais à quel point tu m'emmerdes !

Remarque, ça a le mérite de me divertir de ce qui m'attend peut-être déjà devant chez moi.

Soudain, elle réalise qu'elle ne va pas dans la bonne direction. Merci mon Dieu, elle n'habite pas à côté de chez moi.

– Tu vas par là ? me demande-t-elle comme si ça n'avait rien d'évident.

Je ne réponds pas. De toute façon, elle n'en a pas besoin.

– Bon, ben, à demain ! poursuit-elle, toujours aussi enjouée.

– Mais tu vas me lâcher, bordel !

Elle s'éloigne en agitant joyeusement la main et en faisant semblant d'ignorer que je viens de la rembarrer. Je suis tellement perturbée par la cruche qui disparaît au bout de la rue que je percute un abruti qui ne regarde pas non plus où il va.

– Bonjour, Sandre !

C'est le père de Will l'intello. Chaque fois qu'on se croise, il me sourit comme un demeuré, ou comme un ami. Non, impossible ! Je chasse ce mec et les idées terrifiantes qu'il m'inspire. Si quelqu'un est au courant, je suis foutue.

CHAPITRE 3

Josh

– Elle a une façon de te presser le gland, mon vieux, à tomber. Je suis sûr que si je lui en touche deux mots, elle te fait la totale quand tu veux.

Steve est toujours trop bavard quand il s'agit de ses conquêtes. Je préférais ne pas savoir que Pénélope je-ne-sais-plus-comment vient de lui faire une gâterie dans les toilettes et qu'il a tripoté la nouvelle bimbo d'à peine quinze ans. Il fait ça, parce qu'il pense que je devrais me décoincer.

En fait, c'est juste que Marcy écoute un peu trop les sermons du révérend Clark. Je suis fou d'elle, mais si elle ne change pas d'avis rapidement, je crois que je vais exploser. Il y a des jours, j'ai l'impression que si j'osais pleurer, c'est du sperme qui me sortirait par les yeux.

J'ai vraiment pensé ça ?

J'ai très nettement un problème. C'est dingue comme j'en ai envie ! Il m'arrive même de loucher sur la poitrine de la grosse Vidal de l'accueil ou sur les jambes fuselées de la prof de maths et je ne parle pas des pom-pom girls qui me font un effet de malade. Quand je pense que je n'ai encore jamais touché une paire de seins. Je vais avoir dix-huit ans, je ne peux quand même pas rester puceau jusqu'à vingt-cinq, juste pour faire plaisir à ma copine.

J'ai beau connaître ses raisons et les comprendre, mon corps, lui, reste sourd à ses convictions. Nous nous fréquentons depuis si longtemps, il ne devrait plus y avoir cette gêne, cette retenue entre nous. Et chacun de mes sens espère plus que tout voir évoluer notre relation. Enfin !

Quand je repense à notre rencontre, je revois son petit corps frêle, magnifique, échoué sur mon perron. Mon cœur s'est enflammé pour elle instantanément et j'ai cru que tout deviendrait beau et simple avec elle dans ma vie.

Elle venait de découvrir que son père trompait sa mère depuis toujours et que cette dernière l'acceptait, mais elle, elle ne pouvait pas l'accepter. Je ne connaissais rien d'elle à l'époque, mais elle m'avait laissé la consoler, la rassurer, et un lien puissant s'est tissé entre nous. Pourtant, ce n'est pas moi qui lui ai permis de tolérer la décision de ses parents, c'est la religion. Et Marcy s'y consacre corps et âme. Au point qu'il m'arrive d'être jaloux du pasteur.

Et puis, la toucher ne me suffit plus, j'en veux plus, j'en ai besoin. Je n'en peux plus des rêves torrides qui m'obligent à prendre des douches froides en pleine nuit pour calmer la bête. J'ai un monstre entre les jambes qui ne se satisfait plus de mes mains. J'ai bien essayé d'en discuter avec

Marcy, mais elle ne comprend pas. Elle refuse de comprendre.

– Attendre, c'est être assuré de faire le bon choix, commente-t-elle, chaque fois que j'aborde le sujet.

– Tu doutes encore de moi ? Pourtant, je t'ai prouvé ma fidélité.

– Ce n'est pas le problème, Josh. Tu as… tu as le regard de mon père… comme tous les hommes. J'avais espéré que toi… tu serais différent.

Elle a prononcé ces mots il y a déjà une semaine, mais je ne parviens toujours pas à les digérer. Comment peut-elle me comparer à son père alors que, chaque jour, je lui montre à quel point je l'aime, à quel point elle est unique à mes yeux ? Bien sûr, c'est une fille, elle ne se retrouve pas avec une quille dans le pantalon chaque fois qu'elle y pense. Pour elle, c'est bien plus facile à contrôler.

Marcy me renvoie brusquement à la réalité en me sautant au cou comme si on ne s'était pas vus depuis des jours. L'effet qu'elle a sur moi, c'est dingue ! Sa bouche pulpeuse me fait des propositions indécentes, son regard de braise m'appelle pour des jeux coquins et ses petits seins se dressent dans ma direction comme s'ils avaient besoin d'attention. Je l'embrasse fougueusement en laissant glisser mes doigts sur sa jupe, mais elle écourte notre étreinte. Elle me gronde chaque fois que je deviens trop entreprenant, mais comment pourrais-je rester stoïque après les explications détaillées des attouchements de Pénélope dans les toilettes ? Et pour rajouter à ma frustration, Steve et Lucy se pelotent sans ménagement devant nous, alors que nous devons rester sages.

– Toi, tu as encore soûlé Josh avec tes histoires de cul, le réprimande Lucy en me dévisageant moqueuse.

Si elle savait ! Lucy s'imagine que Steve se contente d'en parler, elle ne semble jamais gênée par les grossièretés de son copain.

– Je lui enseigne la vie, la vraie, réplique Steve.

– Il y a tellement de choses bien plus importantes dans la vie, commente Marcy en s'écartant de moi.

– Ma chérie, si tu me laissais te lécher le minou, tu ne penserais plus jamais de cette façon, la taquine Steve en lui donnant une claque sur les fesses.

Je déteste quand il fait ça et je déteste encore plus que Marcy n'ose jamais riposter, parce que plus on cherche Steve, plus il devient grossier.

– J'ai entendu dire que la vieille Salomon t'oblige à bosser avec la rebelle ? me questionne Lucy pour changer de sujet, comme si elle prenait pitié de ma petite amie.

– Ouais, je grogne les dents serrées.

– Elle va nous le dévergonder, raille Steve en exhortant Lucy vers la sortie.

Marcy le fusille du regard, mais comme toujours, il insiste.

– Tu parles ! Elle va en faire un toxico ou l'entraîner dans les bas-fonds de la ville. Je suis sûr qu'il suffit de mettre un pied chez elle pour devenir accro aux pires drogues, la taquine-t-il.

– Arrête Steve ! le gronde Marcy.

J'ignore pourquoi cette conversation la dérange, mais je préfère ça à ses grands discours sur le sexe qui perturbent mes sens.

À contrecœur, j'abandonne Marcy et son corps de rêve devant le lycée, tandis que Lucy et Steve disparaissent déjà à l'angle de la rue. Ils habitent dans les quartiers résidentiels un peu plus loin. Je tente un dernier baiser enflammé en prétextant avoir besoin de courage, mais rien n'y fait, Marcy résiste. Ma copine a une volonté de fer. C'est une qualité que j'admire, même si je préférerais la voir plus entreprenante.

Je ne peux m'empêcher de penser à Sandre en la regardant s'éloigner. Je n'en reviens toujours pas que la mère Salomon m'ait choisi pour faire équipe avec elle. Cette fille n'ouvre la bouche que pour dire des horreurs. Je me rappelle encore quand elle a débarqué ici avec son regard déstabilisant. Le vieux Soulier ne s'en est pas remis. Je revois son sourire provocateur lorsqu'elle lui a répondu : « C'est tout ce qui reste quand la passion se consume. » Après ça, plus un prof n'a osé lui demander la signification de son prénom.

En m'approchant des petites maisons toutes similaires où vit Sandre, j'ai une nouvelle appréhension. À quoi ressemble sa baraque ? Ses parents ? Certains disent qu'ils sont en prison, mais si c'était le cas, elle serait en famille d'accueil. J'imagine les armes à feu traînant sur la table de la cuisine, les bouteilles vides dans l'évier et des médocs multicolores sur le canapé. Les autres comptent sur moi pour que je découvre enfin la réalité. À la cantine, ils étaient tous surexcités en apprenant que j'allais pénétrer dans l'univers de l'énigmatique Sandre River. On en raconte tellement sur elle et ses parents, mais là tout de suite, je n'ai plus vraiment envie de jouer les Sherlock, surtout que moi, je n'y crois pas à ces foutaises.

Finalement, je suis presque soulagé en apercevant une barrière fraîchement repeinte et une pelouse impeccable. J'hésite presque avant de m'engouffrer dans l'allée.

Je sonne, mais personne ne répond. Je respire profondément en espérant ne pas rencontrer ses parents. Cette idée me fait flipper, j'ignore pourquoi. Je ne suis pas un trouillard, bon sang ! Pense à autre chose, pense à autre chose. Je retire mon blouson et me penche sur la balustrade pour tenter d'entrevoir ma maison toute proche, mais on ne distingue rien entre les hauts arbres du voisin.

Un bruit me fait sursauter et je frémis en la voyant enjamber le portillon avec une souplesse impressionnante. Elle se fige quand elle me découvre sur le pas de la porte. On dirait qu'elle avait oublié notre petit rencard. Nous nous observons un instant sans broncher comme deux ennemis qui se jaugent avant une bataille. Ses yeux noirs trop grands et trop maquillés m'ont toujours foutu la chair de poule, me renvoyant aux souvenirs les plus terrifiants de mon enfance. C'est dingue, ils sont tellement grands que je ne vois rien d'autre.

Et ils me font un effet indescriptible, comme s'ils avaient le pouvoir de prendre le contrôle de mon corps. J'en ai des sueurs froides ! Je n'ai toujours pas bougé quand elle s'avance, sort ses clés et ouvre sans un mot.

Là ça va être… intéressant !

– Tes parents ne sont pas là ? je demande, en la suivant de loin.

Un air frais et léger s'échappe de la maison. J'ose un pas à l'intérieur.

Waouh ! Je n'en reviens pas. Tout est blanc : les murs, le carrelage, les meubles, la cuisine, le canapé, même le grand escalier qui doit conduire aux chambres. Tout est propre et parfaitement rangé, rien ne dépasse. C'est moderne, design, ça ne ressemble pas à un repère de junkies ou de voyous notoires.

Je dois avoir l'air d'un imbécile avec la bouche grande ouverte, parce qu'elle me dévisage en esquissant une grimace moqueuse.

– Ils sont en déplacement, déclare-t-elle simplement.

Elle jette son sac militaire sur un imposant fauteuil en cuir blanc.

Ils sont en déplacement, je me répète mentalement. Qu'est-ce qu'ils font comme boulot ? À moins que ce ne soit une façon plus correcte de parler de la prison. Mais si c'était le cas, ça voudrait dire que c'est elle qui fait le ménage ici ? Impossible ! Je l'observe, et elle se fige un instant comme si elle redoutait une présence. M'a-t-elle menti ? Quand elle remarque mon regard braqué sur elle, son expression change et elle me tourne le dos, mais je ne la quitte pas des yeux.

Elle détonne au milieu du décor, je me demande si ses parents sont la vraie raison de son apparente rébellion. Pourtant, il doit bien y avoir une explication à son comportement. J'ai envie de la provoquer pour qu'elle m'en dise plus. C'est étrange, ce désir de mieux la connaître tout d'un coup. Elle est tellement moins effrayante au milieu de tout ce blanc.

– Dommage, j'aurais bien fait leur connaissance.

Elle me fixe comme si je venais de l'insulter et je lui rends son sourire moqueur en redoutant quand même un peu sa riposte, mais elle ne fait rien. Elle se contente de quitter son vieux cuir et de l'envoyer rejoindre son sac. Puis, elle ouvre un vieil ordinateur portable qui trône sur le plan de travail de la cuisine, appuie sur l'interrupteur avant d'aller chercher deux grands verres et du jus d'orange pendant que la machine démarre dans un vacarme assourdissant.

Je l'observe sans oser bouger. Elle est mince à en juger par les fines jambes qui dépassent de son immense chemise usée. Elle pourrait être jolie si elle s'habillait un peu mieux. Je me demande pourquoi elle met ces vieux vêtements informes. Les autres rebelles du lycée ont des fringues déchirées, des bijoux cloutés, des piercings et des tatouages. Elle n'a rien de tout ça, enfin je crois. La théorie de Marcy, c'est qu'elle se punit en portant la garde-robe d'une personne décédée par sa faute. Peut-être son grand-père ou son père.

Je finis par me poser sur le tabouret à côté d'elle, pendant qu'elle me détaille en douce, un air narquois toujours plaqué sur le visage. Je sors mon classeur et mes stylos et dépose le reste de mes affaires au bout de la table. Je l'ai frôlée au passage et ce contact l'a fait sursauter. Serait-il possible qu'elle me craigne ? Je souris en pensant qu'elle redoute ce partenariat autant que moi. Elle a bloqué sur la page de recherche de Google comme si elle attendait que je lui dise quoi écrire. Elle ne sait pas que les cours, ce n'est vraiment pas mon truc ? Pourtant elle, elle a de bonnes notes d'après mes souvenirs. Je comptais un peu là-dessus pour que la corvée soit vite expédiée.

– Bon alors, c'est quoi le plan ? finis-je par articuler.

Elle me fixe, ahurie comme si je venais de m'exprimer en chinois, et reporte son attention sur l'écran blanc en annonçant :

– Eh bien, je pense qu'il faut parler de la famille monoparentale, homoparentale, des enfants adultérins, naturels, de l'adoption, des familles recomposées, du divorce…

Je l'observe bouche bée. Elle y a réfléchi trente secondes, et ça lui inspire tout ça. On a à peine commencé que j'ai déjà l'impression d'être un imbécile à côté d'elle. Cet exposé, ça va être l'enfer. Et comme pour lui prouver ma bêtise, je répète comme un automate :

– Du divorce ?

– Oui, le divorce. Tu sais, c'est ce truc qui permet à deux personnes mariées de se séparer. Ça fait partie de la vie, ça arrive à tout le monde un jour ou l'autre…

Et en plus, elle se moque de moi. Ça y est, c'est fait, je la déteste. Cette fille est une sale prétentieuse aigrie. Je voudrais la remettre à sa place, mais je ne trouve rien de mieux que des arguments qui pourraient sortir tout droit de la bouche du pasteur.

– Ça n'arrive pas à tout le monde. Si on se parle, si on est honnête l'un envers l'autre, on peut traverser les épreuves.

Elle plante ses grands yeux trop sombres dans les miens comme si elle avait pitié de moi et qu'elle s'apprêtait à m'avouer que le père Noël n'existe pas. Pourquoi a-t-il fallu que je sorte une bêtise pareille ? Il faut que j'arrête d'écouter les arguments de Marcy pour justifier que nous sommes bien trop sages pour notre âge.

– Tu sais quoi, mon vieux, t'as les couilles en ébullition et t'arrives plus à penser avec ta tête.

QUOI ?

C'est mon tour de la dévisager, ébahi, en esquissant une grimace. Elle a sorti ça comme ça, même pas gênée par les insanités qui s'échappent de sa bouche. Je n'arrive pas à le croire ! C'est écrit « puceau » sur mon front ou quoi ? Bon sang, évidemment tout le monde le sait. Je rampe comme un caniche stupide aux pieds de Marcy et ils ont tous pitié de moi.

Ressaisis-toi Josh ! Elle n'attend que ça, de te voir flancher. Je ne lui donnerai pas ce plaisir. Hors de question ! J'abandonne mon siège pour mieux la dominer. Elle semble surprise, mais ne me quitte pas des yeux. Sans hésiter, je m'approche davantage et le regrette aussitôt. Ce regard ! Ce que je lis en elle résonne en moi avec un goût amer de déjà-vu. Je sais pourquoi elle est comme ça et elle sait que je sais. Sa respiration se fait sifflante, alors que je réponds :

– Si c'était vraiment le cas, peut-être devrais-tu te méfier d'elles.

– Tu parles en leur nom, maintenant ? C'est évident, elles débordent, mon pauvre.

– Elles ne me semblent pourtant pas désespérées à ce point, je réplique en me plaquant contre elle, les mains fermement appuyées sur le plan de travail derrière elle, comme pour lui prouver mes dires.

Pour être honnête, même cette fille et son corps frêle pourraient me foutre en transe. Je compte mentalement pour ne pas bander, pour ne pas penser à ses seins doux et ronds contre ma poitrine. Ses hanches s'animent, provocatrices, et je retiens un grognement. Son sourire s'illumine, je viens de la défier et elle n'est pas du genre à renoncer.

– Hum ! Putain, oui ! Tu es désespéré et ça se sent, réplique-t-elle. Quel dommage que je ne sois pas disposée à te faire ce cadeau !

Ses mains courent sur mes fesses, sur mes cuisses et remontent entre mes jambes, ma queue gonfle entre ses doigts, et là… elle se détourne subitement en pianotant sur son ordinateur comme si de rien n'était. Je suffoque, je peine à retrouver mes esprits, il a suffi qu'elle me frôle, qu'elle me touche, pour que mon corps réagisse au quart de tour, et je sais qu'elle l'a remarqué. Quand j'y pense, j'en suis malade d'être aussi faible, d'avoir ressenti cette envie en m'approchant d'elle.

La suite est une véritable torture. J'essaie de faire comme si rien de terriblement gênant ne venait de se produire et elle en fait autant, mais mon sexe, lui, n'a pas compris que ce n'était pas le moment. Il réagit à chacun de ses gestes, même les plus discrets. Quand on décide de s'arrêter et de bosser chacun de notre côté ce week-end pour faire le point ensemble lundi, je n'en peux plus. C'est vraiment horrible d'avoir tant bandé pour rien. Et pour qui ? Dire que c'est elle qui m'a mis dans un état pareil, ça me rend dingue.

En arrivant chez moi, je file direct dans ma chambre en ignorant ma mère qui s'active dans la cuisine. Je sais que je devrais passer la saluer, mais je ne peux pas l'affronter, pas maintenant, pas dans l'état dans lequel je suis, pas avec les idées que j'ai en tête. Quand je pense que j'étais censé passer voir Rita avant de rentrer, maintenant je n'en ai plus le courage.

J'ai enclenché le mode automatique. J'ignore comment j'ai atterri sur mon lit à fixer le plafond en tentant de me calmer. Les insanités de Sandre se bousculent toujours dans ma tête. Je revois ses grands yeux incroyablement noirs, ce qu'elle m'a laissé y découvrir, ce que j'ai ressenti, et son sourire moqueur qui ne cesse de me défier encore et encore. Elle a ébranlé mes convictions en un regard et quelques mots. La sensation toujours trop présente de son corps chaud contre le mien me maintient dans un état second alors que je voudrais retrouver mes esprits, reprendre pied.

Je sais que je dois redescendre aider à mettre la table, mais avant je dois dompter mon entrejambe, oublier qu'elle me fait cet effet-là. Il faut que je pense à autre chose sinon c'est sûr, ma mère va flairer le truc. Elle devine tout.

J'observe encore un instant le plafond, puis mon regard se perd dans les innombrables photos de Marcy et moi qui trônent fièrement au-dessus de mon bureau. C'est elle qui les a mises là pour que je pense à elle à chaque instant. Non, je ne dois pas songer à elle, elle me plaît, me fait de l'effet, plus que la rebelle ne le pourra jamais. Oui, c'est ça ! Le nombre de fois où je l'ai imaginée nue sous moi pour finir à deux doigts de jouir dans mon jean.

Les cours ! C'est une meilleure idée, songe au cours. Et vlan, la mère Salomon et son exposé à la noix reviennent me narguer, pour me rappeler Sandre et ses mains qui me touchent et me déstabilisent. Je la déteste.

J'entends Colin, mon petit frère, qui chantonne tranquillement dans sa chambre à l'autre bout du couloir. J'essaie de deviner à quoi il joue pour me sortir toutes ces pulsions incontrôlables de la tête. J'aime mon petit frère, il est la personne la plus importante de ma vie. J'aurais dû aller le voir, lui aurait su me calmer bien qu'il soit trop petit pour comprendre. Parfois, je souhaiterais être né à sa place, tout ignorer de ce qu'était notre existence il y a sept ans de cela. Alors que je me redresse pour le rejoindre, des bruits de pas dans l'escalier me font frémir. C'est ma mère. Je suis sûr qu'elle a déjà compris qu'un truc clochait. J'aurais dû passer l'embrasser, lui raconter quelques banalités sur ma journée avant de monter.

J'inspire un grand coup. Je dois être fort sinon elle va tout saisir en moins de temps qu'il ne faut pour le dire.

Ma mère est super-fière que je sois avec Marcy. Pour elle, c'est la fille idéale qui m'inculque les bonnes valeurs, qui m'évite de faire des erreurs d'adolescent stupide. Et le sexe en fait partie. C'est une femme, elle ne peut pas comprendre ce que mon corps réclame, ce qu'il m'impose. Je suis sûr que ma mère ignore ce que sont les pulsions sexuelles.

Elle apparaît dans l'embrasure de la porte, comme toujours impeccable dans son tailleur anthracite qui n'a pas bougé de la journée. Je ne sais pas comment elle fait pour être irréprochable du matin au soir, même ses cheveux sont encore plaqués sur son crâne en un chignon parfait qui ne lui demande jamais plus de cinq minutes. C'est quelqu'un d'incroyable, que j'admire et respecte. J'aurais certainement fait beaucoup plus de conneries si je ne redoutais pas de la décevoir.

Je suis tellement heureux qu'elle soit ma mère. C'est une femme magnifique, la femme idéale, le genre de femme que tout homme rêverait d'avoir dans sa vie. Non, en fait, je voudrais la même en plus cool et plus délurée, parce que je sais que mon père craque parfois de toujours devoir faire ce qu'il faut.

Je sursaute bêtement quand elle souffle, trop autoritaire :

– Tout va bien mon chéri ?

Je me lève d'un bond et me précipite pour l'embrasser avec un sourire forcé jusqu'aux oreilles. Je sais que je ne suis pas crédible, mais je suis incapable de faire mieux.

– Bien sûr, Maman.

– Toi ! Tes hormones te travaillent, déclare-t-elle avec cette expression soucieuse que je déteste tant.

Comment fait-elle ? Elle ne pourrait pas faire comme si de rien n'était, comme si elle n'avait pas remarqué que je suis devenu un adolescent en rut ? Ou juste faire semblant de ne rien voir, comme le font toutes les mères. Quand je pense à celle de Steve qui ne pipe pas un mot, même quand elle le surprend en train de se masturber, je l'envie. Moi, la mienne en aurait une attaque, pire, elle m'enverrait chez le pasteur pour confesser mes péchés.

– Maman, arrête ça, je réponds en tentant de prendre le même ton autoritaire qu'elle.

Elle pose une main rassurante sur mon épaule et ajoute avec son petit sourire d'avocate persuadée d'avoir raison.

– Sois patient, mon chéri. Ne fais pas de bêtises que tu pourrais regretter. Tu verras, ça passe.

Et ça y est, elle l'a dit. Pourquoi faut-il qu'elle fasse toujours ça ? Qu'est-ce qu'elle y connaît ? Elle n'est pas en pleine puberté à ce que je sache. Mais je m'en moque ! Je n'ai pas besoin d'être culpabilisé ou rassuré, j'ai juste besoin de le faire et de reprendre le contrôle de mon corps.

CHAPITRE 4

Sandre

Depuis une heure, je guette le moindre bruit qui provient du garage. J'ai besoin de me défouler, mais j'ai peur de tomber sur mon père. Il y a installé un sac de boxe il y a quelques années et j'aime m'y entraîner en douce. Je ne veux plus être la victime… de personne, jamais. Mais même si c'est ridicule, je redoute qu'il m'y surprenne.

Une fois certaine que le silence a retrouvé sa place dans la maison, je ferme toutes les portes et m'y engouffre à pas de loup. Il n'est pas là, mais je sens encore sa présence. L'odeur âcre de sa transpiration emplit la pièce. Mon père est de ces hommes puissants qui marquent leur empreinte durablement partout où ils passent.

J'enfile les gants, trop grands pour moi, et commence à frapper en me remémorant ma confrontation avec Josh Anderson : « T'as les couilles en ébullition et t'arrives plus à penser avec ta tête. »

J'AI DIT ÇA ? J'ai vraiment dit ça ? Je n'aurais pas pu me contenter de le penser ?

Bon OK, ça me ressemble. J'ai juste fait ce que je fais toujours : piquer là où ça fait mal, tester les limites, provoquer et… il a répondu. Il n'a pas eu peur, il n'a pas eu honte, il ne s'est pas défilé. Le souvenir de son corps pressé contre le mien me rend folle, me pousse à cogner plus fort dans le sac. Je n'en reviens toujours pas d'avoir osé le toucher, le défier, d'avoir désiré aller plus loin, au point de me sentir frustrée qu'il n'ait pas posé ses mains massives sur moi. Quelle folie ! J'ai disjoncté et je divague toujours en imaginant ce qui aurait pu se passer si je n'avais pas rompu le charme. Le charme, n'importe quoi ! Reprends-toi, Sandre ! Je ne suis rien pour lui. Et il n'est rien pour moi. IL. N'EST. RIEN. POUR. MOI.

Mes poings frappent le cuir rouge usé et je m'écarte pour m'acharner avec mes genoux, puis avec mes pieds. Je le revois s'approcher si près de moi que j'en ai encore des frissons. Sa peau douce et chaude contre la mienne. Il faut que j'arrête d'y penser, que j'oublie les sensations qu'a éveillées en moi sa proximité.

Ce mec est en manque, un truc de dingue. Je n'arrive pas à croire que Marcy gâche à ce point la marchandise. Et qu'est-ce qui m'a pris de lancer un tel sujet ? Il ne faut jamais parler de sexe à un puceau. Ça me semble tellement logique maintenant que c'est trop tard.

Soudain, les choses m'apparaissent sous un autre angle. Pour la première fois, ce ne sont plus mes parents qui surgissent sur le cuir rouge mais toutes les godiches du lycée qui se dandinent, railleuses. Si elles savaient que je viens d'envoyer bouler le gars le plus sexy du coin ! Combien d'entre elles auraient vendu leur âme pour une telle opportunité ? Et moi qui reproche à Marcy de gâcher la marchandise !

Putain, Josh Anderson était à ma merci, si vulnérable qu'il m'aurait laissée le dépuceler. J'en ai presque des palpitations dans le bas-ventre en y pensant. Moi, j'aurais pu avoir Josh à mes pieds et je l'ai repoussé. Mes membres s'activent sur le vieux sac en y songeant : l'avoir sous mon emprise, tremblant entre mes doigts, prêt à m'en redemander encore et encore, accro à mon corps qui s'offre à lui toujours plus, toujours plus loin.

Mais bien sûr !

Il faudrait d'abord que je sois capable de le faire décoller. J'entends d'ici ma mère : « Ma chérie, un homme, ça se tient par les couilles, si tu ne gères pas au lit, il s'enfuira en courant. » Comment a-t-elle pu dire des trucs pareils à sa fille de seulement quatorze ans ? Elle est sexologue, mais quand même. Pourtant, je dois bien reconnaître qu'elle n'a peut-être pas tort. Oliver m'a plantée après une première fois plus que décevante, et si j'avais laissé Josh aller plus loin, il se serait sauvé lui aussi.

Et comme une envie pressante, j'ai besoin de me documenter, maintenant et vite. Je quitte les gants, les jette dans un coin et récupère ma chemise sans me préoccuper de la sueur qui ruisselle dans mon dos. Après avoir déniché une tranche de jambon dans le frigo et du pain de mie rassis, je rallume le vieux riblon qui me sert d'ordinateur, déverrouille la porte de l'atelier de ma mère et appuie sur l'interrupteur. Aux murs, les photos de lycéens ont remplacé les gribouillages maternels. Il n'y a qu'une table au centre de la pièce, entièrement recouverte des clichés que je n'ai pas encore eu le temps de classer. Mon Reflex y est posé négligemment, j'avais prévu de développer mes nouvelles prises du jour, mais elles attendront. J'ignore les gros plans de Josh qui me font de l'œil et me dirige directement vers la grande bibliothèque qui remplit le mur du fond.

Toutes les lectures de ma mère sont parfaitement rangées. Tous ces ouvrages dont elle parle avec passion comme si elle exerçait une activité des plus banales. J'aurais dû peut-être l'écouter plus souvent ?

Je sais exactement où chercher. Mon doigt court sur les reliures. Il y a toute la collection de la sexologue Barbara Keesling : *Le super-orgasme au féminin*, *Comment faire l'amour toute la nuit*, *Le guide du plaisir partagé* et ceux du célèbre Français Gérard Leleu : *Le traité du désir*, *L'art de la fellation*, *Comment le faire jouir de plaisir*… et des auteurs moins connus, ou des trucs à faire frémir, genre : *Oser la sodomie*. J'inspire un bon coup et je m'encombre les bras de la moitié des bouquins du rayon sexe.

Je me débarrasse de mon chargement sur le plan de travail à côté de papi (c'est comme ça que j'ai baptisé le vieil ordi portable de ma mère) qui ronronne calmement. Je sors des feuilles et des stylos comme si je m'apprêtais à faire mes devoirs et je m'attelle à la tâche.

Après quatre heures à bouquiner, j'ai griffonné une dizaine de pages et j'ai une idée plus précise de la chose. En fait, je suis soulagée, je n'étais pas si ignorante que ça, j'avais juste quelques lacunes de vocabulaire.

Et puis, ce n'est pas si terrible. Les termes techniques que les spécialistes utilisent rendent la chose moins effrayante, mais la manière dont ils en parlent est parfois surprenante. C'est comme s'il s'agissait d'un sport qui demande discipline et pratique pour progresser. C'est un peu déroutant, mais ça m'a rassurée. Je peux le faire, je peux y arriver, j'ai juste besoin de m'entraîner.

Au final, je me suis couchée à une heure du mat passé. J'étais complètement crevée, mais impossible de dormir. Comment voulez-vous fermer l'œil quand vous avez fait des découvertes à vous retourner le bas-ventre ?

Quand mon réveil sonne, je ne sais même pas si j'ai dormi, mais pour la première fois depuis des mois, je n'ai pas fait de cauchemar. Je crois avoir rêvé du corps de Josh pressé contre le mien, mais c'est tellement proche de ce qui s'est passé la veille que je n'en suis plus vraiment sûre.

J'enfile des vêtements à la va-vite, attache mes cheveux en une queue-de-cheval haute, accentue mon regard en recouvrant ma paupière de fard marine et en surlignant le contour de l'œil d'un crayon noir et d'une bonne couche de mascara. Je me retrouve avec sur le dos une chemise bleue à fines rayures qui agrémente habituellement un des costumes sombres de mon père, mais je me moque de la manière dont je suis fringuée.

Une fois devant la porte close de ma chambre, je me fige un instant pour écouter les bruits de la maison. Pas d'eau qui coule, pas de tintement de vaisselle, pas de conversations ni joyeuses ni amères… Lorsque je suis certaine du silence, je m'engouffre dans le couloir, hésitante. La chambre de mes parents semble inanimée et je respire à nouveau avant de me précipiter dans la cuisine pour allumer la cafetière. La machine s'emballe bruyamment pendant que j'en profite pour fouiller le bureau de ma mère, dissimulé dans un coin de l'atelier.

Je sais exactement ce que je cherche, mais j'ai du mal à me rappeler où elle le range. Je finis par dénicher le vieux calepin recouvert de cuir rouge, caché dans le fond d'un tiroir sous un amas de prospectus. Je feuillette les pages cornées. Ma mère a toujours été du genre à cumuler les contacts inutiles et elle les planque pour que mon père ne les découvre pas. Il ne supporte pas ça. On se demande pourquoi ?

Les pages défilent avant que je ne trouve enfin le numéro de sa gynéco, le docteur Chamroux. Je ne l'ai jamais rencontrée, mais je sais que c'est une femme. J'aime autant. Je n'ai pas vraiment envie de me faire tripoter les parties intimes par un vieux pervers. Je retourne dans la cuisine, décroche le téléphone mural et compose le numéro en toussotant.

– Bonjour, c'est madame River, je souhaiterais un rendez-vous pour ma fille.

J'ai la voix qu'adopte ma mère quand elle veut qu'on la prenne au sérieux, et ça a l'air de fonctionner. La secrétaire, à l'autre bout du fil, me demande poliment si je le désire rapidement. Bien sûr, elle doit être habituée aux mauvaises manies de ma génitrice. Incapable de prévoir quoi que ce soit, madame River.

– Oui, si possible, je réplique, sur le même ton qu'elle.

– Demain en fin de matinée, ça vous irait ? poursuit-elle avec le même timbre enjoué.

Comme ça doit être chiant comme boulot !

– Ça serait parfait.

– Alors, à demain onze heures. Vous viendrez avec votre fille ?

Je panique soudain. Ne me dites pas que c'est le genre de chose qu'on doit faire avec ses vieux quand on est encore mineure.

– Non, je suis débordée en ce moment. Elle viendra seule, je lui explique en priant pour qu'elle ne tique pas.

– Très bien. C'est noté, Madame. Bonne journée.

Je souffle bruyamment en raccrochant le combiné. Je peux donc consulter un gynéco sans l'autorisation de mes parents, tant mieux. Et une bonne chose de faite.

Après avoir descendu mon café avec deux tranches de pain de mie de la veille, je prends le chemin de l'école.

J'ai du mal à penser à autre chose. Je me demande comment les autres font pour ne pas avoir l'air trop nuls la première fois. Peut-être qu'ils se contentent de l'être ? Mais si je me décide à tenter l'expérience, hors de question que je me satisfasse de la médiocrité.

Ah quelle belle expression ! La prof d'anglais nous a sorti ça l'autre jour en parlant de nos notes. Je doute quand même que ça puisse motiver qui que ce soit. Enfin, tout ça pour dire que moi, je veux l'emmener au septième ciel. Je veux qu'il m'en redemande, je veux le tenir par les couilles. Même Marcy deviendra banale à côté de moi quand il découvrira ce que je peux lui faire.

Bon d'accord, j'en rajoute peut-être un peu !

CHAPITRE 5

Sandre

Je suis déjà arrivée au lycée et, pour une fois, sans avoir détesté les raisons qui ont poussé mes parents à m'envoyer étudier à l'autre bout de la ville pendant toutes ces années. Une demi-heure de bus, deux correspondances, alors qu'il y a tout ce qu'il faut à côté. Ils ont toujours eu un grain, mes vieux.

Comme tous les matins, je passe par le stade et me glisse dans le fond des gradins sans me faire remarquer. Je veux voir dans quel état est Josh après notre petite conversation intime de la veille. Je sors mon Reflex et fixe le téléobjectif. Dissimulée entre les barrières de protection, je sais que personne ne peut m'apercevoir.

Je ne m'attarde pas sur les camés ou les intellos qui potassent leurs cours. Je focalise directement sur la zone ombragée où Josh et ses potes ont l'habitude de traîner. Il est là, il discute avec Steve qui porte un jean tellement déchiré qu'on verrait presque son cul. Pour une fois qu'il n'est pas planqué dans un coin à bécoter, celui-là.

Et là, je me mets à flipper à l'idée que peut-être sa vanité a pris le dessus sur ses obsessions. En même temps, qu'est-ce que Josh pourrait révéler de si terrible ? Que je l'ai provoqué, tripoté et qu'il n'en a pas profité. Non, c'est un mec, il ne dira rien. J'ai beau m'en convaincre, je stresse quand même à mort.

J'oriente l'objectif vers Josh. Il porte un jean noir qui moule parfaitement son joli petit cul et une chemise sombre avec dans le dos un motif que j'ai du mal à distinguer d'où je suis. Ses mains enlacent la taille de Marcy. Elle est, comme toujours, splendide avec une petite robe vaporeuse en satin bleu qui marquerait presque un peu trop ses formes. Ils me tournent en partie le dos, mais la conversation semble plutôt détendue. Je shoote quelques clichés avant de continuer mon observation à l'œil nu. Ils ont l'air de bien se marrer, ce qui me fait paniquer à nouveau. Et s'ils parlaient de moi, s'il avait trouvé le moyen de tourner les choses à son avantage. Je connais les mecs et leur manie de toujours se faire mousser. Mais une idée me rassure : non, il ne ferait jamais ça, il redouterait trop ma contre-attaque. Je n'ai pas la réputation d'être une tendre et ce ne sont pas deux heures passées ensemble qui vont tout changer.

Après avoir fait un tour d'horizon pour tenter de penser à autre chose, je range mon Reflex et vais me glisser dans la foule qui s'entasse devant la porte. J'ai parcouru toutes les meilleures planques et les recoins dissimulés du parc, mais impossible de me souvenir de ce que j'ai vu. Je ne sais même pas ce que les camés fumaient ni si quelqu'un s'est fait tabasser sur le parking. C'est toujours là que les durs à cuire attendent ceux qu'ils ont dans le collimateur.

En m'engouffrant dans la vieille bâtisse, une voix m'appelle et je me fige sur place. Qui a osé ? Je découvre Prude qui me rejoint tout sourires avec son éternelle jupe plissée et sa veste rayée.

– Tu es là ? Je t'ai cherchée partout, s'emballe-t-elle, trop joyeuse.

Je l'avais oubliée celle-là ! Il faut vraiment que je trouve une solution pour m'en débarrasser. En attendant, je l'ignore. Fort heureusement, nous n'avons pas les mêmes cours et elle est obligée de m'abandonner devant la salle du cours de sciences.

Quand la matinée se termine, je n'en reviens toujours pas de l'avoir passée tranquille sans la binoclarde enjouée. Mais Josh et son corps musclé, lui, ne m'ont pas lâchée. Je n'aurais jamais imaginé que quelques instants d'un tête-à-tête imprévu puissent me coller à la peau si sournoisement.

Devant l'entrée du réfectoire, la petite coincée à lunettes se dresse sur la pointe des pieds pour être sûre de ne pas me rater. Malheureusement pour moi, elle ne m'a pas oubliée.

J'ai un haut-le-cœur en découvrant que cette godiche s'est postée juste à côté de Josh et Marcy qui se pelotent comme s'ils ne s'étaient pas vus depuis des mois. Il est toujours en ébullition. Une de ses mains presse sa poitrine, tandis que l'autre remonte distraitement sa robe vaporeuse. L'espace d'un instant, je m'imagine à sa place. Le contact de ses doigts qui se glissent le long de mes jambes et dans mon dos, la fougue de sa langue qui s'introduit dans ma bouche… Ressaisis-toi, Sandre ! Qui voudrait être elle ? Elle est grotesque à tenter de gérer la situation, le repoussant d'une main et maintenant le pâle tissu de sa robe de l'autre.

Le cri suraigu de Prude chasse définitivement cette vision prohibée. Dans sa bouche, mon prénom a l'air d'une insulte, c'est terrifiant. Je vois Josh s'écarter vivement de sa dulcinée comme si sa belle-maman venait de le prendre sur le fait. La mère Shepard est pire que le pasteur. À elle seule, elle pourrait enrôler tout un couvent.

Alors que ça n'aurait jamais dû arriver, nos regards se croisent brièvement. Je sais qu'il regrette déjà ce bref coup d'œil. Ses yeux clairs ont frémi, comme la veille. Et à mon tour, je tremble. Tout en moi lui rappelle ses faiblesses. Un sourire moqueur s'imprime sur mon visage pour repousser ce qui m'anime réellement et j'articule en silence sans le quitter des yeux : « Bourses pleines ». Ma provocation ne le fait même pas grimacer et ses grands yeux azur ne flanchent pas une seule seconde. Il se presse contre Marcy en un défi inexprimé. Mon cœur perd pied, mais je refuse de l'écouter. Soudain, mes initiatives de la nuit me semblent ridicules. Il ne sera jamais à moi, de quelque façon que ce soit. Il n'aurait sans doute même pas été jusqu'au bout si je l'avais laissé faire. Comment ai-je pu imaginer une chose pareille ?

La coincée chasse mes pensées déviantes, alors que nos plateaux glissent devant les étalages de bouffe pas vraiment appétissante.

– Tu lui plais, chuchote-t-elle en se penchant discrètement vers moi.

Un instant, je crois rêver, mais elle m'a bien parlé. Je l'observe pour vérifier si quelque chose sur son visage trahirait la bêtise de sa réflexion. Ce n'est pas possible, d'où elle sort celle-là ?

– Tu confonds intimidation et attirance, je riposte, acerbe, pour dissimuler le choc de sa déclaration surréaliste.

Elle vire au cramoisi, se concentre comme si elle hésitait entre un flan et une banane, elle est pathétique. Dites-moi qu'elle a juste dit ça pour me faire plaisir ? Je vais mourir de honte !

Est-ce que ça signifie que ça se voit que ce crétin me fait de l'effet ? Non, ce n'est pas possible. Si une godiche comme elle s'en aperçoit… Non, non, non, ce n'est pas possible, je ne peux même pas l'imaginer. Et si lui avait compris ?

– La manière dont il t'a regardée, c'est…

Je lui retourne un regard noir pour qu'elle ne termine pas sa phrase, mais elle insiste quand même :

– Je… je suis désolée… Je n'aurais peut-être pas dû dire ça, mais… mais tu es vraiment belle, je suis sûre qu'il pourrait s'intéresser à toi si tu faisais un effort.

Elle tente de rattraper le coup, tandis que nous nous installons le plus loin possible de Josh et de sa bande qui ricanent déjà de ce qu'ils n'ont pas pu entendre.

– Bordel, mais est-ce que j'ai l'air de vouloir plaire ? je m'emporte, en tentant d'ignorer les horreurs qui envahissent ma tête.

Elle m'a tellement perturbée que je découvre, stupéfaite, ce que je viens de prendre pour mon déjeuner : un hamburger, des lasagnes et un flan, très équilibré tout ça. Elle m'a énervée à un point incroyable. J'ai envie de lui lancer mon plateau à la figure, mais je me retiens. Pas de scandale, pas de colle, pas de visite au dirlo, ce sont les seules règles que je ne peux pas transgresser.

Mais qu'est-ce qu'elle s'imagine, la coincée ? Bien sûr, je connais mes pouvoirs de séduction, je les ai même déjà testés. J'étais populaire dans mon ancien lycée, j'avais l'embarras du choix, mais je ne veux plus être ce genre-là. Je ne veux plus être superficielle et insouciante, avoir des amis qui ne s'intéressent qu'à votre notoriété et vous abandonnent dès que les ennuis débarquent.

Elle se tortille sur sa chaise comme une gamine qui a envie de pisser. Je vois bien qu'elle veut dire quelque chose et qu'elle n'ose pas, mais je ne vais pas l'encourager quand même, qu'elle se débrouille ? Et enfin, des mots saccadés finissent par sortir de sa bouche.

– J'ai… j'ai discuté avec mes camarades d'algèbre… ils… ils m'ont parlé de ce qu'on raconte sur toi… euh… tu sais la prison et les histoires de tueur à gages… Je… je trouve ça ridicule de croire à des trucs pareils… Moi, dans mon ancien lycée, on racontait que j'étais d'une famille de mormons.

Je la dévisage, ahurie. De tout son baratin, je n'ai retenu qu'une chose : elle a des camarades d'algèbre ? Elle, elle a des camarades ?

– Tu t'es fait des potes et tu viens quand même m'emmerder ? je proteste, outrée.

– Je ne vais pas te laisser toute seule, je ne suis pas comme ça !

Elle n'est pas comme ça ? Elle n'est pas comme ça ! Quelle cruche ! Mais quelle cruche !

Elle aurait même pu me convaincre si ses lunettes rondes et ses couettes de petite fille ne venaient pas gâcher le tableau. Elle ne va pas se la jouer bon Samaritain ! Tout d'un coup, elle me fout la gerbe. Elle pue la naïveté, je n'en reviens pas. Comment a-t-elle pu survivre sans que personne ne lui remette les pieds sur terre ? Non, je sais, elle est irrécupérable. Et en plus, il a fallu qu'elle ait tout compris : les mensonges pour éloigner les curieux et… Josh. Elle ne pouvait pas se contenter de me fuir, de me craindre comme tous les autres. J'empoigne le plateau que j'ai à peine touché et me redresse, furieuse. C'est décidé, la coincée n'existe plus de toute façon, inutile de se prendre la tête avec une plaie pareille.

Je suis soulagée de rentrer enfin chez moi. Un week-end entier sans se farcir la pire godiche qui soit. Et puis, je me fige sur le pas de la porte en réalisant que nous sommes vendredi. Est-ce qu'ils sont là ? Je scrute la rue, observe le jardin, la poignée, guette le moindre bruit. La maison est fermée, il n'y a personne. Je respire à nouveau en repensant à l'incroyable pot de colle qui s'acharne à s'insinuer dans ma vie. Même si elle n'est plus là, le brouhaha suraigu qu'elle provoque continue de perturber mes sens. Elle ne m'a pas lâchée de l'après-midi. Un instant, j'ai cru qu'elle allait me raccompagner chez moi. Rien que de penser à elle, j'ai la migraine. Le silence de la maison qui habituellement me dérange serait presque appréciable.

Après m'être enfilé deux Paracétamol, je commence à bosser sur l'exposé de la mère Salomon. Mes cours auraient pu attendre. Ce n'est pas vraiment ce que j'ai prévu, mais je ne peux m'empêcher de repousser l'échéance. Après les bouquins théoriques de ma mère qui m'ont retourné le cerveau, je suis terrifiée à la simple idée de redécouvrir mon corps. Je suis pathétique !

Et puis, il y a notre conversation de la veille. L'espace d'un instant, j'aimerais juste arrêter de penser à Josh, mais les cours, ça n'a jamais été l'idéal pour se vider la tête.

CHAPITRE 6

Josh

Le corps de Marcy m'aide à oublier que c'est celui de Sandre qui a envahi mes sens depuis hier. Ce n'est pas qu'elle me plaise. La sentir contre moi n'avait même rien d'exceptionnel. Mais ma petite amie ne m'a jamais touché de cette façon. Je perçois encore ses doigts sur mes hanches et entre mes jambes. Rien que d'y songer, je bande comme un fou.

Malheureusement, ce n'est pas la seule chose qui accapare mes pensées. Impossible de me sortir de la tête ce que j'ai découvert dans ses yeux. En un regard, elle m'a troublé plus que quiconque, parce qu'elle n'est plus seulement une garce sans cœur, elle est comme moi, abîmée par la vie.

Et Marcy qui écourte notre étreinte, me refusant le contact dont j'ai tant besoin ! Il faut qu'on parle, mais ce n'est pas le moment, je dois récupérer Colin dans dix minutes.

– Tu pourrais passer à la maison quand ta mère sera rentrée ? me propose-t-elle.

– Je lui ai aussi promis de faire les courses pour le week-end, je mens en retirant mes mains de son corps magnifique.

Mes amis n'ont jamais entendu parler de Rita, ils ne connaissent rien de mon passé trouble, des années de solitude, de souffrance, que j'ai vécues avant d'emménager à Winsted. Ils ignorent tout des souvenirs qui me hantent, qui m'empêchent d'être vraiment moi. Aucun d'eux ne sait ce que c'est de devenir adulte avant l'heure, de grandir sans autorité parentale. Je voudrais en parler, mais plus que tout, je préfère être comme eux : un ado insouciant et sans histoire. Parfois, j'aimerais juste pouvoir en discuter avec Marcy, mais je redoute que son regard change quand elle saura, alors je ne dis rien, même si c'est une barrière de plus entre nous.

Elle m'embrasse tendrement, mais sans y mettre la langue. Ses doigts se contentent d'effleurer ma poitrine, et je retiens le grognement de frustration qu'elle détesterait entendre.

En arrivant devant l'école de Colin, mon sentiment de manque ne m'a toujours pas quitté. J'ignore les quelques mamans qui me détaillent comme si j'étais une pâtisserie dans une vitrine. Parfois, je me demande ce que font leurs maris pour qu'elles bavent devant tous les jeunots qui passent.

Dès que je m'approche de l'allée ombragée, Colin me saute au cou et fait le malin devant ses camarades de classe en pénétrant dans ma Mustang rouge, pas discrète pour deux sous. Je suis très fier de ma caisse. J'ai bossé comme un malade l'été dernier pour me la payer.

– La maman de Nil t'adore, elle me demande toujours de tes nouvelles, déclare-t-il, en lui faisant de grands signes.

– Elle est un peu trop vieille pour moi, je commente en faisant ronfler le moteur.

– Ben pourquoi tu dis ça ? C'est normal, c'est une maman !

C'est vrai, j'oublie parfois que Colin est trop jeune pour comprendre ces choses-là. J'aimerais tellement pouvoir partager plus avec lui, mais c'est encore trop tôt. Je change de sujet avant qu'il ne me pose quelques questions embarrassantes.

– Il faut que je m'arrête à la supérette pour acheter deux, trois trucs.

– Ne me dis pas qu'on va voir Rita ? ronchonne-t-il, croisant les bras sur sa poitrine en signe de protestation.

– Elle n'est pas si horrible et ça lui fait plaisir de te voir, j'ajoute alors qu'il boude à côté de moi.

– N'importe quoi, elle me regarde comme le coyote qui n'arrive jamais à attraper Bip Bip.

J'éclate de rire, et son expression se renfrogne davantage. S'il savait, il ne la verrait pas comme ça.

– Tu n'es pas son père, ajoute-t-il, soudain très sûr de lui, tu n'y es pour rien si elle ne sait pas s'occuper d'elle.

Un hoquet de surprise m'échappe et je me demande s'il n'en a pas déjà compris plus qu'il n'est censé savoir.

– J'en ai pour deux minutes et je reviens.

Je le laisse ruminer dans la voiture, pendant que j'achète quelques fruits, des légumes et un paquet de pâtes.

Une fois devant l'immeuble de Rita, il me suit sans discuter, juste parce que le quartier de Hartford où elle vit est parfois un peu flippant. Colin ne se risque pas à jouer les durs à cuire et je préfère ça. Il se colle contre moi, quand nous croisons dans les escaliers un homme aux allures de biker. J'esquisse un sourire moqueur et il me tire la langue.

Nous attendons quelques minutes devant la porte de Rita mais, comme souvent, elle ne répond pas, alors je sors le double des clés que j'ai toujours sur moi. Colin entre le premier et s'enfonce dans le canapé en allumant la télé. Comme toujours, il règne un désordre incroyable dans le petit studio. J'ouvre la fenêtre pour aérer un peu et attaque la vaisselle qui s'est entassée dans l'évier.

Rita débarque alors que je termine de nettoyer la cuisine.

– Hé Joshy, ça me fait plaisir de te voir, couine-t-elle sur un ton un peu trop enjoué.

Elle se dresse sur la pointe des pieds pour atteindre ma joue et je me penche pour lui faciliter la tâche. Ses cheveux sont passés du noir corbeau au rouge criard depuis ma dernière visite et ses grands yeux bleus ont quelque chose d'intrigant qui me rappelle Sandre. J'évite de détailler sa tenue un peu trop légère et provocante, bien que ce soit la seule femme que je connaisse qui n'ait pas l'air ridicule dans des fringues pareilles.

Rita Riley doit avoir dans les quarante ans, mais elle n'en fait même pas trente. C'est sans doute parce qu'elle est encore totalement immature.

– Pourquoi tu as amené le têtard ? murmure-t-elle en désignant Colin qui fait exprès de l'ignorer.

– Parce que c'est mon frère et que s'il y a bien une personne à qui je ne veux rien cacher, c'est lui.

– Pourtant tu sais bien qu'il me fout les jetons !

– Et maintenant, tu as la phobie des petits garçons de sept ans, je la taquine en attaquant la préparation des pâtes.

– Il a grandi, commente-t-elle, soudain perdue dans ses pensées. Tu devrais arrêter de venir, je me débrouille très bien toute seule.

Je ne réponds pas, parce que cette conversation ne rime à rien et que nous en avons déjà trop parlé. J'ai besoin de m'assurer qu'elle va bien, sinon ça me ronge, c'est aussi simple que ça.

– Ça va ton boulot ? je demande pour changer de sujet.

– Sam et Josy me sortent par les trous de nez, pour changer !

Rita est serveuse dans un bar à strip-tease. Sam est son patron et Josy une collègue. Je n'y ai mis les pieds qu'une fois, un jour où elle n'y travaillait pas, et ne lui en ai jamais parlé. Ma mère refuse que j'y aille, mais j'avais besoin de savoir où Rita passait ses soirées. Même si ma mère tolère mes visites, elle redoute toujours que Rita me corrompe.

– Mais ne parlons pas de ça, poursuit-elle. Comment vont tes amours ? Toujours la même ?

– Tout se passe bien, je bredouille en salant l'eau et surtout en évitant de songer au corps de Sandre qui me tourmente.

– Tu mens très mal, Joshy chéri. Dis-moi tout, tu sais que je m'y connais en relation amoureuse.

– … Déclare la femme qui n'est pas capable de garder un homme plus d'une semaine, je lui réponds d'un ton moqueur et avec un clin d'œil.

– Ce n'est pas bien de se moquer, réplique-t-elle, m'envoyant un léger coup de coude plus affectueux qu'autre chose.

– Elle n'est pas encore prête à ce que notre relation évolue.

Je m'étonne moi-même de lui faire cet aveu, Rita est incapable de comprendre ce genre de chose, elle qui butine de mec en mec sans se soucier de leurs états d'âme.

– Comment une jeune fille normalement constituée peut-elle résister à un beau mâle comme toi ?

C'est bête, mais cette remarque me fait plaisir. Je voudrais le lui dire au lieu de ça, je me contente de grogner.

– Ne te moque pas.

– Tu devrais lui proposer une petite gâterie pour lui prouver quel gentleman tu es, déclare-t-elle le plus sérieusement du monde.

Décidément, nous ne vivons pas sur la même planète !

– Ta notion de la galanterie est terrifiante, Rita !

CHAPITRE 7

Sandre

J'essaie de m'avancer dans mon travail, mais je suis distraite. J'ai très envie d'assouvir ma curiosité, c'est quand même dingue de n'avoir jamais osé expérimenter la chose. Entre les conseils perturbants de ma mère et le ratage avec Oliver, j'ai préféré ignorer que mon entrejambe avait des besoins.

Je me précipite dans ma chambre. Elle est très peu meublée, ma mère a toujours apprécié la déco minimaliste, ça fait chic et ce n'est pas cher. Il n'y a qu'un immense lit au centre de la pièce, mais j'ai ma salle de bains perso et mon propre dressing. Près du lit, un imposant miroir habille le grand mur entièrement blanc.

Je me déshabille et pose les pieds sur le miroir, jambes écartées. Ainsi, j'ai une vue plongeante sur mon intimité. Ça ressemble aux croquis de la veille, ceux des bouquins de ma mère. Je reconnais les grandes lèvres, les petites… J'écarte le tout et pars à la recherche du fameux clitoris. Il est là, en haut des petites lèvres, une protubérance se dévoile.

D'un doigt hésitant, j'explore le bouton magique, faisant courir mon index dessus.

C'est vrai que ce truc est sensible ! Un frisson me parcourt et remonte jusque dans mon ventre.

Impossible de faire ça en m'observant dans la glace, c'est trop… perturbant. Je me redresse d'un bond et me dirige vers le fond du couloir. Après quelques instants d'hésitation devant la porte, je l'ouvre lentement. S'ils ne sont pas là maintenant, c'est qu'ils ne rentreront pas ce soir, et mes parents ont une immense baignoire alors que je n'ai qu'une douche. J'ignore le carnage de la chambre et m'engouffre dans l'imposante salle de bains entièrement carrelée de faïence noire. Encore une idée farfelue de ma mère.

Je fais couler l'eau et entreprends de me démaquiller. Je me préfère au naturel, mais sans maquillage je ne serais pas assez impressionnante. Je souris à mon reflet, satisfaite de me retrouver, et me glisse dans l'eau fumante.

Waouh, ça fait vraiment du bien ! Pourquoi ne le fais-je pas plus souvent ? Je tente de me détendre en oubliant ce que je m'apprête à faire. Pourquoi ça me gêne ? Je suis seule et la maison est fermée à clé. Et puis, tout le monde le fait, à ce que je sache.

Enfin presque…

Je ne suis pas convaincue que le pasteur, Marcy, ou pire sa mère, s'adonnent à ce genre de plaisir. Je penche ma tête en arrière et chasse les images horribles de la mère Shepard en train de se masturber. Je contemple le plafond sur lequel le lustre dessine des motifs étranges. Lentement, je repositionne mes doigts sur le bouton magique.

Je le masse, le stimule, le caresse, et tout mon corps s'embrase. J'ai soudain trop chaud, mon cœur s'emballe comme si je venais de faire un marathon et mes hanches ont une envie irrésistible de se dandiner. Une onde de plaisir monte le long de ma colonne vertébrale et je stoppe brutalement le massage. Je ne veux pas que ça aille si vite, j'ai encore plein d'endroits à explorer avant de m'enflammer.

Je souffle un grand coup, ferme les yeux et fais glisser mes doigts le long de mes petites lèvres, là je touche une autre protubérance qui aime aussi se laisser titiller. Si mes souvenirs sont bons, c'est par là qu'on fait pipi. Ouais bon ! Je poursuis mon exploration en inspirant profondément, je veux découvrir là où s'engouffre le fameux instrument. Mon index rencontre enfin une cavité étroite. Bon sang, si son sexe doit s'introduire là, il va falloir faire de la place ! Pas étonnant que ça ait été si douloureux la première fois.

Lentement, je fais coulisser mon doigt à l'intérieur. C'est doux, humide et chaud, ce n'est vraiment pas désagréable comme sensation. Avec mon autre main, je vais faire une visite au bouton magique. Hé, en douceur, j'aimerais faire durer le plaisir.

J'accélère et, soudain, j'en veux plus. J'envoie mon majeur rejoindre mon index et je frémis de plaisir. Si on m'avait dit que ça faisait cet effet-là, j'aurais essayé plus tôt. J'aurais essayé plus tôt si ma mère ne m'avait pas traumatisée avant même que ça me démange.

J'accélère encore sans tenir compte de l'eau qui éclabousse le carrelage. Mes paupières papillonnent et le visage provocateur de Josh apparaît, son corps vient se presser contre le mien pour décupler mon plaisir et ses mains caressent ma peau. Une vague de bien-être se déploie en moi et un râle, qui me surprend moi-même, s'échappe de ma bouche. Josh me sourit, satisfait, et mes doigts se retrouvent prisonniers à l'intérieur de ma chair qui se convulse. Bon Dieu, que c'est bon !

Je reste un long moment immobile, savourant la plénitude qui s'ensuit. Je crois n'avoir jamais été aussi détendue de toute ma vie. Comme quoi les gonzesses aussi ont besoin de décompresser.

Toutes ces expérimentations m'ont filé la dalle, mais le frigo est toujours vide. Il va vraiment falloir que j'aille faire les courses. Pour ce soir, je n'ai pas le choix, je me contente d'une tranche de jambon et d'une pomme fripée. Après un souper plus que rapide, je file dans l'atelier et récupère les deux pellicules que je n'ai pas encore eu le temps de développer. Dans le fond de la pièce se trouve une minuscule salle de bains qui me sert de labo. Mon matériel est vétuste et il m'a fallu pas mal de recherches sur Internet pour arriver à m'en servir correctement, mais il ne m'a strictement rien coûté. Je l'ai déniché dans le grenier un jour de déprime, j'ignore à qui il appartient, mes parents n'ont jamais eu de famille et je ne les ai jamais vus l'utiliser. Au début, je voulais juste comprendre le fonctionnement de tous ces objets mystérieux et, petit à petit, la curiosité s'est transformée en passion. Découvrir les fêlures, les faiblesses des visages que me dévoile le papier, c'est presque magique.

Je tire la porte, enroule la pellicule autour de la spire avant d'allumer la lampe inactinique. Une fois le révélateur dans la cuve, je remue le contenu en examinant les clichés qui sèchent sur l'étendage. Je grimace en observant les derniers portraits de Josh, je n'ai jamais réussi à capturer l'étincelle qui ne cesse de m'appeler. C'est comme si elle me prouvait que je me trompe pour mieux me narguer lorsque nos regards se croisent. Marcy, elle, m'a déjà révélé toute sa fragilité, ses blessures et ses doutes, Steve a baissé sa carapace, montré ses égratignures sur le papier, mais Josh, lui, ne dévoile rien.

Je remplace le révélateur par un bain d'arrêt et commence à faire le tri des photos qui ne passeront pas la porte du labo, qui n'iront jamais rejoindre les autres sur le mur. Je termine avec le fixateur et éteins la lumière inactinique pour m'attaquer à la deuxième pellicule. Une fois mes négatifs prêts, je les observe à la loupe pour choisir ceux qui méritent d'être développés.

Quand je me couche enfin, il est déjà tard, mais pour une fois, je m'endors instantanément. C'est l'avantage d'avoir vidé la pression !

Ma mère est au pied de mon lit. Ses yeux brillants et son sourire triste n'augurent rien de bon. D'une voix rauque, je lui demande ce qui se passe, ce qui ne va pas, mais elle ne répond pas. Elle me tend une feuille de papier où je reconnais son écriture fine et serrée. J'hésite à la prendre, je ne veux pas savoir ce qu'elle contient. Mon père apparaît et il grogne en s'approchant :

– Pourquoi tant de chichis, on doit en finir, elle comprendra.

Il se penche sur moi et ses mains impressionnantes s'enroulent autour de mon cou. Je sens la panique m'envahir et l'air se raréfier. Mes doigts s'agrippent à ses poignets et je le supplie silencieusement, mais il ne lâche pas sa prise et ne paraît éprouver aucun remords à son geste. Mon sang afflue dans ma tête et mon cœur semble avoir migré vers mon cerveau, il palpite violemment à mes tempes. Ma vision se trouble, je me sens partir. Les dernières forces qui me restent se déploient dans un cri assourdissant et… la pièce retrouve son calme.

Le jour est à peine levé et je suis seule. La maison est silencieuse, mais il est peut-être dans le garage à se défouler avant de partir. Si c'était le cas, je sais que je ne l'entendrais pas, alors je vérifie la rue de la fenêtre de ma chambre. Sa vieille Jeep n'est pas là, je peux respirer à nouveau.

En ignorant la peur qui me vrille encore le ventre, je prends une douche, m'habille en vitesse d'un jean et d'un chemisier blanc un peu trop moulant

– je devais avoir moins de poitrine quand je l'ai acheté. J'aurais pu me contenter de mes tenues habituelles, mais hors de question de donner une raison à la gynéco de contacter ma mère.

À l'arrêt de bus, je patiente avec la vieille Rosy qui habite juste en face de chez moi. Elle doit se rendre au marché comme tous les samedis. D'habitude, elle me dévisage en coin, genre je pourrais lui piquer son sac, mais là elle me sourit, comme si elle voulait que je le lui porte. Les gens pourraient-ils arrêter de se fier aux apparences ? Je suis sûre qu'elle ne m'a même pas reconnue, cette vieille peau. Quand le bus arrive, je lui tire la langue en la doublant pour monter la première. Je vais te la passer, l'envie de me sourire !

Un quart d'heure plus tard, je suis dans la salle d'attente de madame Chamroux. Je suis en avance, mais si j'avais su à quoi m'attendre, je me serais pointée à la dernière minute. La pièce est bondée de femmes sur le point de mettre bas. J'hallucine, on veut me traumatiser. C'est au cas où une idée débile me traverserait l'esprit ? Elle a fait exprès, la mère Chamroux ?

Je n'ai jamais rien vu d'aussi énorme. Ça doit vraiment être douloureux. Et comment vont-elles sortir ça maintenant ? La plupart d'entre elles se caressent le ventre comme pour faire passer des brûlures d'estomac. J'ai du mal à déglutir rien que d'y penser. En plus, elles me regardent toutes tendrement, comme si elles avaient une poussée d'instinct maternel. Je crois que je vais vomir.

Je parie qu'il est écrit sur mon front « vierge prête à passer à l'acte » et même si techniquement, je ne le suis plus, je suis subitement morte de honte.

Je ne peux retenir un souffle de soulagement quand j'entends mon nom du bout du couloir.

– Mademoiselle River, c'est à vous.

Je m'avance vers une petite bonne femme maigrichonne. Elle porte une blouse blanche, et ses cheveux roux sont attachés en un chignon strict. Je me demande si son entrejambe aussi a cette étrange couleur carotte. Je retiens un fou rire en pensant à quel point son nom lui va bien.

Bon OK, elle n'était pas terrible celle-là. C'est les nerfs, je n'en peux plus. Ces horribles bonnes femmes avec leurs ventres prêts à exploser m'ont vraiment perturbée. Et puis, je flippe à mort en réalisant que je vais devoir lui déballer mon petit oiseau. Je n'ai même pas songé à débroussailler le passage. Quelle cruche !

Elle me tend une main striée de veines apparentes et je la lui serre vigoureusement.

– Sandre, c'est un plaisir de faire enfin votre connaissance. Savez-vous que je vous ai mise au monde ? annonce-t-elle comme s'il s'agissait d'un exploit.

Cette grognasse veut me perturber avant même d'avoir plongé ses mains dans mes parties intimes. Je ne préfère pas connaître les détails de mon expulsion, surtout après avoir partagé d'interminables minutes avec les futures mères de créatures visqueuses, fripées et braillant à tout-va. Quand je songe à ce qui se cache dans leurs entrailles… Non, n'y pense pas !

– Vraiment ? Alors, pourquoi ne pas avoir convaincu ma mère de trouver un prénom plus adapté à un enfant ?

Mon ton est mielleux et je souris de toutes mes dents pour faire passer l'horreur qui a osé s'échapper de ma bouche, mais c'est plus fort que moi, il fallait que je le dise. Elle rougit et je me demande si elle connaît l'histoire. Après tout, elle était là. Elle manque s'étrangler avec sa salive et alors qu'elle vire au cramoisi, elle réplique en tentant de dissimuler son trouble :

– Et comment va Melinda ? Ça fait longtemps que je ne l'ai pas vue, j'espère qu'elle n'oublie pas sa visite de contrôle.

Vas-y, change de sujet ! Je suis sûre qu'elle connaît l'histoire. Fais l'autruche, sale pimbêche hypocrite !

– Vous connaissez ma mère, toujours débordée.

Je prie qu'elle ne m'en demande pas davantage. Et si elle insiste, je pourrais relancer le sujet de ma naissance, histoire de la déstabiliser encore un peu.

Elle me conduit dans son bureau qui est bien trop grand pour cctte petite bonne femme. Derrière elle, une immense baie vitrée donne sur un jardin et une pièce attenante renferme les instruments de torture. Tout est blanc du sol au plafond et je me demande si c'est un goût qu'elle partage avec ma mère. Elle m'indique la salle qui me fait frémir.

– Déshabillez-vous. Tout sauf la culotte, précise-t-elle. Je suppose que vous n'avez pas encore eu dc rapports.

Et voilà, je le savais, je ne peux quand même pas lui dire la vérité. Et elle veut des détails aussi ? Quelle horreur ! Impossible de la regarder en face après une question pareille, bien que je sois soulagée de garder mes dessous.

– Euh… non, je mens, horriblement gênée.

Elle débarque dans la pièce alors que je finis de retirer mon soutif et elle me montre la table d'auscultation d'un air autoritaire. Je m'exécute sans piper mot.

Des étriers sont fixés dessus. Je ne peux m'empêcher de grimacer en imaginant leur utilisation. Je m'assieds sur le papier qui me colle aux cuisses dans un bruissement sourd et m'allonge en tentant de le maintenir en place. Je l'observe du coin de l'œil. Je me demande si elle est mariée et si elle a des enfants. Peut-on vraiment désirer en avoir en faisant un boulot pareil ?

Ses gestes semblent machinaux. Elle me prend le pouls, écoute mon cœur, me palpe le ventre et, pour finir, me tripote les seins comme si elle y prenait du plaisir. Il faut quand même être un peu pervers pour faire ce genre de job. Elle repose ses instruments et lâche enfin le premier sourire depuis qu'on a mis les pieds dans cette horrible pièce.

– Eh bien, vous êtes en pleine forme, me rassure-t-elle.

Non, vraiment ? Tu pensais que je m'inquiétais pour ma santé ?

– Vous pouvez vous rhabiller. Je vais vous prescrire la pilule, et on se revoit dans six mois pour faire le point.

Pour faire le point ? Tu veux faire le point sur quoi ? Sur mes seins, ou c'est juste histoire de me piquer un peu plus de fric ? Et elle ne m'a même pas demandé ce que je foutais là. Parce qu'on l'appelle docteur, elle croit pouvoir décider pour moi. Elle ne m'a rien proposé. Elle me prend pour une débile incapable de choisir un moyen de contraception ? J'ai envie de lui renvoyer sa bêtise à la figure, mais je la vois déjà appeler ma mère…

Pourquoi ma mère va-t-elle chez elle ? Elles sont copines ? Elles ont été à l'école ensemble ? Cette gonzesse est aux antipodes des personnes que ma mère apprécie habituellement. Le rendez-vous a duré à peine cinq minutes pour un total de 200 dollars. Quelle arnaque ! Franchement, elle n'a pas honte de se foutre de la gueule des gens ?

Je n'ai pas desserré les dents, même pour lui dire au revoir. J'avais trop peur de me défouler sur sa connerie et de m'attirer des ennuis. La pilule a vraiment du mal à passer, c'est le cas de le dire. Si j'ai le choix, la prochaine fois, j'irai en voir une autre. Rien que de penser à elle, mes poils se dressent. Dans le bus du retour, je m'oblige à l'oublier. J'ai encore plein de choses à faire.

Je rentre en vitesse chez moi, récupère un vieux caddie planqué derrière la maison et me précipite vers la supérette du coin.

À l'angle de la rue, je me trouve nez à nez avec la mère de Josh, comme toujours tirée à quatre épingles, avec ses tailleurs stricts et griffés qu'elle ne quitte jamais. Et dans mon empressement, je manque l'envoyer rejoindre le fond du caddie. Elle me retourne un regard bleu plein de reproches avant de poursuivre sa route en vacillant légèrement. Je suis sûre qu'elle ne sait même pas qui je suis. Comment est-il possible que Josh et elle soient parents ? Ils ne se ressemblent même pas. Cette bonne femme me donne des sueurs froides.

Je fais le plein de nourriture en vitesse et m'attarde dans le rayon préservatifs en vérifiant que personne ne m'observe. Il y a un tel choix que je ne sais plus où donner de la tête. Mais à quoi servent toutes ces variantes pour un simple petit bout de plastique ? On peut choisir la matière, la forme, la texture, le parfum, la couleur, la finesse, la longueur, la grosseur… J'en reste scotchée un instant. C'est pour les collectionneurs ? Bloquée devant, comme un gosse au rayon confiseries, les petites boîtes colorées me rappellent des paquets de bonbons, à déguster sans modération ! Ils sont doués quand même. J'ai envie de tous les prendre en croyant aux miracles qu'ils promettent sur leurs emballages et, sans réfléchir, j'envoie les Orgasmic, Tutti Frutti et Endurance rejoindre les yaourts, gâteaux et aux autres aliments.

Bon, je ne vais pas traîner dans le coin, j'ai trop honte et je ne sais même pas pourquoi. Tout le monde en passe par là, je n'ai rien d'une exception, alors c'est quoi le problème ? En quittant le rayon, mes yeux se posent sur un paquet de préservatifs féminins. Sans prendre le temps de m'arrêter, j'en jette un discrètement dans mon caddie. Je suis trop pressée de déserter les lieux.

Avant de rejoindre la caisse, je fais une halte aux produits d'épilation. Ici, je suis plus à l'aise, bien que si une mère de famille passait par là, je finirais cramoisie. C'est dingue, l'effet que leur fait ce fichu instinct maternel. Je trouve ça écœurant, rien que pour ça, je ne veux jamais avoir d'enfant. Enfin, fort heureusement, il n'y a jamais personne dans la supérette du vieux Dorel. Après quelques hésitations, je me décide pour un kit de cire chaude et une crème dépilatoire spécial maillot.

Comme d'habitude, Nancy la gothique mâchouille son chewing-gum en rêvassant. Ça fait un an qu'elle bosse ici et je me demande encore pourquoi elle y est, vu la tête d'enterrement qu'elle tire en permanence. Je vide mes courses sur le tapis en prenant soin de dissimuler les paquets de capotes bien trop nombreux pour ne pas attirer l'attention. Alors qu'elle commence à biper mes emplettes, je prie pour qu'elle ne remarque rien. Pourtant, je n'en ai rien à foutre de ce qu'elle peut penser, la Nancy. Cette gonzesse est une paumée qui doit sniffer des cochonneries quand elle n'est pas ici.

Heureusement, elle est tellement ailleurs que mes achats coquins passent inaperçus. Ses yeux troubles fixent l'écran de la caisse enregistreuse comme s'il n'existait pas. Ses cernes sont marqués et ses joues pendouillent alors qu'elle doit avoir à peine trente ans. Il suffit de la regarder pour vous dégoûter de faire un jour un régime. Elle peut passer d'archi-maigre à bien potelée en à peine six mois et ses changements sont si fréquents qu'à chaque fois je ne sais plus à quel stade elle en est.

– Sandre ! Bonjour ! Comment vas-tu ?

Je sursaute en entendant la voix grave qui m'interpelle, la main bloquée sur un paquet de capotes rose et jaune. Le vieux beau qui me sourit comme si j'étais un ange tombé du ciel me donnerait presque des palpitations de terreur. Pourquoi faut-il que le père de cet intello de Will Donnell se croie toujours obligé de prendre de mes nouvelles ? Avons-nous été intimes dans une autre vie ?

– Merde ! Euh… Bi… bien ! je bafouille, en dissimulant la petite boîte dans le fond du caddie tandis que je tends de l'autre main la carte de crédit que ma mère alimente régulièrement.

– Génial ! Et tes parents ? insiste-t-il.

Mais qu'est-ce que ça peut bien lui foutre à ce con ? Je suis sûre qu'il ne leur a jamais parlé. Il n'est pas le genre de fréquentation de mes vieux, alors pourquoi cette politesse acharnée ? Ça doit être un de ces crapauds de bénitier qui se croit obligé d'aider son prochain. J'ai l'air d'avoir besoin d'aide ?

– Euh… très bien ! Bonne journée !

Je m'éloigne sans lui laisser le loisir de s'inquiéter plus longtemps. Mais quel abruti !

J'ai fini de ranger mes emplettes, l'après-midi est déjà bien entamé et je dois encore bosser sur mes cours. Je tiens vraiment à ma moyenne, il est hors de question que je me retrouve dans le collimateur des profs. Pour l'instant, ils m'ignorent, moi aussi, et tout le monde est content.

En montant à l'étage, je redécouvre les paquets de capotes qui me narguent en bas des escaliers. Je les avais déposés là en rentrant et leur présence m'était sortie de la tête. J'en prends un de chaque et les déballe une fois dans ma chambre. Le féminin est incroyablement large, comme s'il y avait autant d'espace là-dedans, ils ont mal regardé ! Putain, je pourrais y mettre mon bras. On n'est pas des vaches à ce que je sache. À l'intérieur, un anneau en plastique sert, d'après la notice, à le maintenir. Après avoir hésité un bon moment, je me décide à essayer. Il faut faire un huit avec l'anneau et s'enfourner le tout à l'intérieur. Eh bien, je vais vous dire, c'est bien plus facile de mettre un tampon. Après une demi-heure à m'arracher le minou, je renonce et, histoire de soulager mes nerfs à vif après cette expérience terriblement frustrante, je décide de retourner faire un petit tour dans la baignoire de mes parents. Je suis à la fois gênée et excitée en imaginant qu'ils pourraient me surprendre ici, même si je sais pertinemment qu'un samedi après-midi, je ne risque rien.

CHAPITRE 8

Josh

Cette nuit, j'ai rêvé que je le faisais avec Sandre. C'était incroyablement torride et… perturbant. Ses grands yeux noirs me fixaient, troublés d'un désir désespéré, c'était elle qui menait la danse et chacun de ses coups de reins m'emmenait plus loin. Dans mon rêve, elle était belle et extraordinairement sexy. Un corps parfait, à tomber. Elle ne disait pas un mot, mais ses gémissements trahissaient son plaisir. Résultat, je me suis réveillé en sueur et au garde-à-vous.

Impossible de me sortir de la tête ses courbes harmonieuses et ses va-et-vient envoûtants. Pour une fois que Rita n'accapare pas mes nuits, je pourrais presque remercier la rebelle de me divertir de mes démons, bien qu'elle m'ait abandonnée au matin avec une trique de malade.

Du coup, j'ai passé la journée au stade pour oublier cette vision déstabilisante. Cette fille est la dernière personne avec qui je souhaiterais le faire, alors pourquoi faut-il que mon subconscient me sorte des images pareilles ?

En arrivant devant chez Marcy en début de soirée, je n'ai toujours pas recouvré mes esprits. Comme si Sandre s'était faufilée sous ma peau, avait imprégné ma chair, alors qu'en réalité, elle m'a à peine touché. Il faut que je songe à autre chose et vite, il faut que Marcy m'aide à oublier. On doit parler.

J'ignore les mille recommandations de sa mère avant de nous laisser partir. Chaque fois que je l'emmène à une fête, c'est la même histoire : « Josh, tu ne peux pas boire, tu conduis », « Et je ne tolérerais pas que ma fille rentre ivre », « Je connais les garçons de ton âge, ils ne pensent qu'à ça, mais n'y pense même pas »… Elle me ferait presque culpabiliser, mais je refuse qu'elle me fasse renoncer. Cette femme ne connaît rien des tourments d'un adolescent.

– Maman ! supplie Marcy.

Madame Shepard grimace, mais obtempère. Marcy me pousse à l'extérieur de la maison avant que le calvaire ne recommence. Je souffle bruyamment, soulagé d'avoir survécu une fois de plus. Elle va finir par me castrer, la mère Shepard. Mais alors que je dévale les escaliers en entraînant sa progéniture par la main, elle ajoute :

– Et Marcy n'est pas le genre de fille qu'on trompe en douce.

Je me fige sur place. Elle a deviné ! C'est une sorcière qui s'est insinuée jusque dans ma tête et dans mes rêves. Je sens la honte m'envahir, sa mère est vraiment infernale et insultante.

– Ne l'écoute pas, me souffle Marcy en esquissant un sourire compatissant alors que je peine à retrouver mes esprits.

Il faut que je chasse cette femme et ses idées psychorigides de mes pensées. Elle ne connaît rien à la vie. Je plains son mari, il doit vraiment s'ennuyer avec elle. Non, c'est lui l'enfoiré ! Comment puis-je songer à une chose pareille après tout ce qu'il lui a fait endurer ? Si Marcy la laisse nous malmener, c'est uniquement parce qu'elle se sent coupable de ce que sa mère doit traverser seule.

Je l'entraîne vers ma vieille Mustang rouge. Une fois à l'intérieur, je glisse ma main autour de sa taille et l'attire doucement contre moi, plaquant ma bouche contre la sienne et faufilant mes doigts dans sa chevelure incroyablement soyeuse. J'ai terriblement besoin de ce contact. Comme toujours, Marcy est sublime. Elle a opté pour un jean ultra-serré et un chemisier transparent qui laisse deviner un magnifique soutif en dentelle. J'ai très envie d'y engouffrer ma main, mais je sais qu'elle le prendra mal, alors je me contente d'introduire lentement ma langue entre ses lèvres pulpeuses. La sensation est à tomber, douce, chaude, exquise, parfaite, mais elle écourte rapidement notre étreinte. Je suis frustré. Si elle savait dans quel état je suis aujourd'hui. Je suis en manque de contact charnel, un truc de dingue.

Bien sûr, devant ses parents, je ne l'embrasse que sur la joue. Ils savent qu'on en fait un peu plus, mais je crois qu'ils seraient choqués s'ils me voyaient, ne serait-ce que frôler ses lèvres en leur présence. Marcy a de qui tenir. Et quand je repense aux recommandations de sa mère, j'en ai des nausées.

Alors que je fais ronfler le moteur, histoire de distraire mes hormones qui ont retrouvé toute leur ardeur malgré la menace de la mère Shepard, Marcy enfile le pull qu'elle avait apporté au cas où. Je sais qu'elle n'a pas froid, il fait incroyablement chaud pour la saison et ma voiture est une fournaise. Mais elle a certainement dû repérer mes coups d'œil vers son décolleté à tomber. Marcy n'aime pas ce genre de soirée où tout le monde se tripote sans se cacher. Je suis sûr que ça lui donne des idées, même si elle n'osera jamais l'admettre. C'est pour ça qu'elle ne porte pas de robe pour sortir, j'aurais trop de facilité à réveiller ses envies.

– Ne fais pas rugir ta voiture devant chez moi, râle-t-elle en ajustant sa ceinture de sécurité. Tu vas effrayer mes parents.

Dur retour à la réalité ! Marcy a toujours été douée pour refroidir mes ardeurs.

Boby est un de mes meilleurs potes de l'équipe de rugby. Il a la chance d'avoir une immense maison à l'écart et des parents souvent absents. Ses fêtes sont géniales, l'alcool y coule en abondance, car comme il fait bien plus vieux que son âge, ça lui est facile de s'en procurer ! Boby est une baraque de près de deux mètres, tellement impressionnante que la majorité des gonzesses ne s'en approche pas. Pourtant, c'est un gros nounours qui mériterait une fille bien, mais il n'attire que les profiteuses qui veulent être invitées à ses soirées. Parfois, il en profite, mais il n'est encore jamais resté longtemps avec une fille.

Je me gare à l'écart, parce que je sais qu'une fois à la fête, je ne trouverai plus le courage ni le bon moment pour lui parler. Mes doigts se crispent sur le volant et j'oblige les mots à quitter ma bouche :

– Marcy. Ça fera bientôt deux ans qu'on se connaît, qu'on s'est embrassés pour la première fois. Je t'aime, je t'aime comme un fou, il n'y a que toi, mais… mais notre relation n'évolue pas, nous en sommes toujours au point de départ.

Ses beaux yeux bleus sont perdus dans la nuit, elle n'ose pas me regarder.

– Je… je comprends, bafouille-t-elle, mais nous sommes… nous sommes encore trop jeunes pour nous engager sérieusement… Je ne voudrais pas regretter.

Ces mots sont douloureux alors qu'ils ne devraient pas l'être. Elle a raison, notre histoire est peut-être déjà trop sérieuse pour notre âge. Pourtant, je refuse de m'éloigner d'elle et je prie pour qu'elle ne le souhaite pas non plus.

– Je ne veux pas te perdre. Je ne veux t'obliger à rien, Marcy. Je peux comprendre que tu ne sois pas prête. Je parle juste d'apprendre à mieux nous connaître, de se découvrir plus… intimement.

Après un silence interminable qui me torture les entrailles, elle murmure, d'une voix presque inaudible :

– La seule chose dont je suis certaine, c'est que je t'aime, Josh.

Je souffle, soulagé, j'avais peur un instant qu'elle me propose une pause. Une pause, c'est typiquement féminin. Par expérience, pas la mienne, celle des potes, je sais que ces choses-là ne se terminent jamais bien. Je me penche pour effleurer ses lèvres, et sa main frôle ma joue affectueusement. Elle quitte la voiture en ajustant sa tenue. Une façon de me faire comprendre que la conversation est terminée.

En nous approchant, je l'enlace et dépose un baiser sur son front. Elle me sourit timidement et réfugie son visage dans mon cou. Il y a des tourtereaux qui se bécotent dans tous les coins et je sais qu'elle est gênée. Planqué derrière un grand pin, je repère Ron, notre talonneur, qui tripote l'une des amies de Marcy. Il me fixe malicieusement en plaquant un doigt sur sa bouche. Nous savons tous les deux que si ma petite amie remarque le manège, la suite ne sera pas belle à voir. Marcy a tendance à se montrer surprotectrice avec ses copines, comme si elle redoutait que toutes les personnes auxquelles elle tient souffrent de la trahison que vit sa mère au quotidien.

Je détourne la tête pour ne plus y penser. Un peu plus loin, un camé du lycée effeuille une demoiselle que je ne connais pas, à peine dissimulés par un buisson fleuri. Le parc qui entoure la maison a l'avantage d'avoir un maximum de recoins sympas, et pour faire se tripoter tranquillement, on n'a pas trouvé mieux.

Je sais que Marcy les a vus et que notre conversation n'a rien arrangé à la situation, pourtant j'ai trop besoin qu'on se rapproche. Je relève son visage parfait pour qu'elle me regarde. Ses grands yeux bleus plongent dans les miens et je frémis de ce que je m'apprête à lui dire.

– Boby pourrait nous prêter sa chambre pour qu'on passe un petit moment tranquille ?

Elle me dévisage comme si je prévoyais de braquer une banque !

– Je… j'ai besoin d'y réfléchir avant, déclare-t-elle, esquivant le sujet comme toujours.

– Mais je ne parle pas de le faire. Je voudrais juste pouvoir être seul avec toi rien qu'un instant.

Mon insistance a l'air d'une supplication, et elle s'arrête. Son visage ne trahit aucune émotion. Ses mains remontent sur ma poitrine puis caressent mon menton, que je n'ai pas pris la peine de raser. Elle frôle mes lèvres du bout des siennes.

– Tu en as trop envie pour être raisonnable.

Je sais que ça veut dire « non », et mon cœur se comprime violemment. Pourquoi refuse-t-elle d'entendre, de comprendre que tous les hommes ne sont pas comme son père ? Pourquoi nous refuse-t-elle le bonheur ? En réalité, je connais la réponse même si elle ne l'a jamais dit ouvertement : Dieu doit approuver chacun de nos actes si nous voulons demeurer en paix avec nous-mêmes. Ce qui signifie le mariage. Est-ce ce qu'elle attend de moi ? Je ne peux quand même pas l'épouser, à peine sorti de l'école, juste pour assouvir mes pulsions. Bien sûr, je l'aime comme un fou. Elle pourrait bien être l'unique, mais je suis encore trop jeune pour m'engager.

On a à peine passé le seuil que Lucy lui saute dessus. Apparemment, Elsa sort avec Léo et ils s'exhibent sur le billard de l'immense salle de jeux de Boby. Je pourrais aller me délecter du spectacle, mais je ne suis vraiment pas en état de supporter ça. Et puis, Marcy risque de faire la morale à sa copine et je sais que la honte va me monter aux joues. C'est comme si elle hurlait : « Regardez-nous, nous sommes toujours purs et fiers de l'être. »

Franchement, je suis un mec, comment pourrais-je en être fier ?

Je m'éloigne du danger imminent et retrouve Steve et Boby qui s'enfilent des bières dans la cuisine. Boby m'en tend une, mais je veux un truc plus costaud. Entre la mère castratrice, Marcy trop sexy et trop prude et les couples qui se tripotent dans tous les coins, j'ai besoin de me vider la tête. Enfin, ça serait plutôt les couilles, mais pour l'instant, un whisky suffira. Arrête, Josh ! Tu parles comme Sandre ! Et ne pense pas à Sandre !

Je me suis déjà enfilé la moitié d'un verre quand j'entends les premières vocalises moralisatrices qui résonnent dans toute la pièce. Puis quelques gloussements s'ensuivent et Steve se penche vers l'embrasure de la porte pour mieux profiter du spectacle.

– Ta bonne sœur a encore fait des siennes, se moque Steve comme d'habitude.

Je le dévisage. Ça y est, il va recommencer à me soûler avec ses conseils de Don Juan. En une gorgée, je termine le verre qui me brûle la langue et m'en sers un second.

– Fiche-lui la paix, il est amoureux, intervient Boby.

– Mais l'amour ne vidange pas les bourses, insiste Steve. Tu sais comment finissent les bagnoles qu'on ne vidange jamais ?

– Ta gueule, Steve !

Cet imbécile parle comme la rebelle. Je devrais les présenter tous les deux, ils feraient un couple… explosif. Je souris en les imaginant se chamailler comme deux vieux amoureux.

Je l'ai à peine évoquée que mon rêve érotique me revient en pleine figure. Ses seins doux et fermes, sa taille fine, ses fesses à tomber… Non, aucune fille ne pourra jamais être à ce point… bandante. J'ai pas pensé ça, moi !

Mon Dieu, il faut que j'arrête d'y songer. Et comme si Dieu voulait me punir d'avoir osé profaner son nom, Roger déboule avec des détails croustillants sur le couple de la soirée. J'engloutis un nouveau verre pour dissiper mes pensées indécentes. Ce n'est pas possible d'en avoir envie à ce point ! Et pourquoi faut-il que tout le monde en parle en permanence ? Je vais craquer, je n'en peux plus.

Quand Marcy débarque, rehaussée d'un halo lumineux comme les apparitions dans les films, je réalise que j'ai peut-être un peu forcé sur le whisky. Elle m'enlace les épaules et je me blottis contre elle, en manque, cherchant son splendide postérieur que j'aimerais sentir nu sous mes mains.

– On rentre, chéri, me susurre-t-elle à l'oreille comme s'il s'agissait d'une proposition indécente.

Soudain, j'ai l'impression qu'elle vient d'ouvrir une porte et que nous allons enfin passer aux choses sérieuses. Tout ce que tu veux, ma chérie. Je te suivrais n'importe où, même en enfer. Je me redresse d'un bond et titube en découvrant que la pièce tangue dangereusement. Je me raccroche à elle, persuadé qu'elle va me conduire dans un recoin tranquille où elle sera, pour la première fois, toute à moi. Je plonge dans ses iris magnifiques à la recherche du désir qui a charmé mes sens enivrés, mais il n'y a rien. Une fois de plus j'ai rêvé. Marcy ne me désire pas, elle n'éprouve pas ce genre de sensation. Je sursaute quand elle s'écrie horrifiée :

– Mais… tu as trop bu ?

– Juste un petit peu…

Je me défends, alors que ma voix pâteuse me trahit.

– Je vais nous chercher un chauffeur, déclare-t-elle en m'aidant à me rasseoir sur le tabouret du bar.

Je la regarde s'éloigner en admirant son postérieur qui s'anime gracieusement. L'alcool a l'incroyable pouvoir de dissiper instantanément tout souvenir, aussi désagréable soit-il. Demain, j'aurai certainement oublié avoir imaginé qu'elle ait pu, ne serait-ce que souhaiter passer à l'acte. Steve la coupe dans son élan en la retenant par le bras.

– Rentre avec Lucy, lui propose-t-il, je m'occupe de lui.

Je vois Marcy hésiter, son regard faisant des allers et retours entre Steve et moi, puis elle acquiesce et s'éloigne sans un mot. Elle n'est même pas venue me dire au revoir. Elle est furax. Je vais me faire démonter quand j'aurai retrouvé mes esprits mais, pour l'instant, je préfère savourer l'euphorie du moment.

– On va pouvoir en profiter, maintenant que le champ est libre, ironise Steve, en versant un peu de whisky dans mon verre presque vide.

J'observe sa belle gueule de vainqueur, ses cheveux en bataille et son tee-shirt noir trop moulant. Comment Marcy peut-elle lui faire confiance ? Je suppose qu'il faut un vagin pour comprendre.

– Et au fait, pas trop flippant le repère des River ? demande Boby, comme s'il devenait urgent de changer de sujet.

– On dirait qu'elle habite dans une maison témoin.

– Sérieux ? Et ses vieux ? insiste-t-il comme si ça pouvait l'intéresser.

– Ils n'étaient pas là.

– On s'en bat les couilles de la rebelle, déclare Steve en quittant la table.

Je n'ai pas besoin de vérifier où il va pour savoir qu'il part chasser, maintenant que Lucy est rentrée.

Lui, rien ne le passionne en dehors de ce qui se trouve dans son pantalon. Moi aussi, j'aimerais m'en… battre les couilles, de la rebelle ! Ma queue s'emballe chaque fois que je repense à son corps nu et à ses gémissements de plaisir. J'ai vraiment un problème ! Boby me tape sur l'épaule comme pour me rassurer, et j'ajoute un peu de whisky à mon verre.

Je finis par aller danser avec les autres au milieu du salon. Je crois bouger, mais c'est comme si les mouvements des autres provoquaient les miens. Les meubles, la déco, la pièce entière se trémoussent au rythme d'un rock assourdissant.

Un peu plus loin, je repère Sandre qui se dandine elle aussi, comme si elle avait trop bu. Je m'approche d'elle, ignorant l'absurdité de la situation, et commence à lui cracher à la figure toutes les horreurs qu'elle mérite d'entendre. Elle me sourit bêtement comme si je venais de lui parler chinois. Ses cheveux sont lâchés et ses pommettes rebondies lui donnent un air sympathique. Elle semble tellement moins effrayante dans cet état. Et soudain, je comprends. Son regard a perdu de sa hargne, il paraît même plus petit…

Ce n'est pas elle !

Je m'écarte, horrifié. Je titube et m'appuie sur un type pas plus stable que moi. Un couple me bouscule sans s'en apercevoir et je vacille avant de m'écrouler. Je crois finir par terre, mais le canapé me rattrape de justesse. Quelle chance, je n'en reviens pas !

Je regarde les lumières s'agiter au plafond en sirotant mon verre déjà vide. Soudain, je comprends que je ne suis pas seul sur le sofa. De nouveau, Sandre m'observe, provocatrice. Elle aussi semble dans un sale état, mais je m'en moque. Mon corps n'a pas oublié à quel point il l'a désirée cette nuit et l'autre jour quand ses mains ont osé parcourir mon entrejambe. Je la veux, sans trop savoir pourquoi. Même si ce soir elle n'est pas vraiment jolie, ou peut-être c'est l'ivresse qui ne l'arrange pas. Ses yeux gris bizarres semblent sortir de leurs orbites et son maquillage qui a coulé accentue ses cernes marqués. Sa bouche est un peu trop fine et toute gercée, mais son décolleté pigeonnant révèle des seins à tomber. Après observation, je ne suis plus très sûr d'avoir Sandre en face de moi, mais c'est trop tard, mes pensées fusent dans tous les sens et mes membres semblent devenus incontrôlables. Mes doigts se posent sur sa cuisse sans demander la permission.

– Ça te dit qu'on aille se tripoter dans un coin tranquille ? je l'interroge d'une voix que je ne reconnais pas.

Mon Dieu, j'ai dit ça ? Son drôle de regard s'illumine, et la partie de mon cerveau encore valide se questionne sur la probabilité qu'elle soit réellement Sandre River.

– Ouais, grogne-t-elle comme si elle allait vomir.

Dans l'état où on est, ça ne sera sans doute pas génial, mais mon corps la réclame et il est le seul maître à bord ce soir.

Je l'empoigne par le bras et la conduis dans les escaliers qui mènent à la chambre de Boby. À mi-chemin, elle me pousse contre le lambris et enfourne sa langue dans ma bouche avec une telle violence que je suis scotché sur place. Sur le coup, je trouve ça à gerber. On dirait qu'elle veut me voir ressortir tout ce que j'ai ingurgité. Et puis, je réalise que je désire ça depuis si longtemps que je ne peux pas attendre comme un imbécile qu'elle me nettoie les amygdales. Je réponds à son ardeur et empoigne ses hanches pour reprendre le dessus et la plaquer à mon tour contre le mur qui vacille légèrement. Ses fesses sont moins fermes que celle de Marcy, mais c'est plutôt agréable à tripoter, surtout quand aucune main n'est là pour m'arrêter. Je l'entraîne jusqu'à la porte de la chambre de Boby sans lâcher ses lèvres ni son postérieur que je presse contre mon entrejambe surexcité.

Alors que nous arrivons enfin à destination, elle titube et me repousse violemment en arrière, la main sur la bouche. Sur le coup, je pense avoir raté quelque chose, je suis convaincu qu'elle va m'éconduire, horrifiée comme le fait toujours Marcy. Et puis, je la vois se précipiter dans la salle de bains éclairée. Quelques secondes plus tard, des grognements peu ragoûtants s'en échappent et je comprends. Je m'affale sur le lit, écœuré. Impossible de la toucher après ça.

CHAPITRE 9

Sandre

On est dimanche. Le dimanche c'est le jour où mes parents profitent l'un de l'autre et me laissent la maison pour moi toute seule. Le dimanche, je m'autorise une grasse matinée sans craindre la colère de mon père. Aujourd'hui, je me lance dans une grande séance débroussaillage. Et là, je regrette vraiment d'avoir négligé ce détail tout l'hiver : les bandes de cire m'arrachent des cris de douleur et je suis vraiment soulagée quand il ne me reste plus que le maillot. Ça, je ne l'ai jamais fait. Il faut dire que je ne mets jamais les pieds à la piscine, donc pourquoi se torturer inutilement.

J'ai regardé sur Internet, histoire de me faire une idée, et je suis tombée des nues. Il y a des modes même pour ça, avec différentes formes : classique, ticket de métro, brésilien, bikini… comme si ça avait un quelconque intérêt à cet endroit-là. Je ne peux quand même pas aller chez l'esthéticienne juste pour avoir une coupe minou branchée !

Je me fous à poil et m'observe dans le miroir. Je me sens un peu conne avec mon tube de crème, à examiner mes parties. Il y a des poils qui dépassent de tous les côtés, entre les jambes et sur les grandes lèvres. Je ne sais pas par où commencer et comment étaler le bazar sans en mettre partout.

Finalement, je vais chercher une serviette et m'assieds par terre devant le miroir, jambes écartées. Je tartine généreusement comme l'indique la notice et j'attends. Je n'aurais jamais imaginé me sentir aussi ridicule. Tout ça pour quoi ? Pour qu'un mec me reluque la chatte. Je suis sûre qu'ils ne s'y attardent même pas. Et puis, si ça se trouve, ils aiment ça, les poils. Franchement les gonzesses, il faut toujours qu'on se prenne la tête. Mais, maintenant que j'ai tout badigeonné, je ne vais pas faire marche arrière, d'autant plus que ce n'est pas douloureux.

Une fois le temps écoulé, je me précipite sous la douche. Enfin, façon de parler, parce qu'il faut plutôt se dandiner si on ne veut pas se tartiner les jambes au passage. Encore un grand moment d'humiliation. Bon, le résultat n'est pas si mal. Il n'y a plus rien, c'est tout doux et c'est quand même plus joli, même si je me demande toujours si ça a réellement de l'importance.

CHAPITRE 10

Josh

Je n'ai pas encore ouvert les yeux, mais je sais déjà que cette journée va être un enfer. J'ai la bouche pâteuse, le crâne dans un étau et des membres trop lourds pour que je puisse les déplacer sans effort. Le soleil me réchauffe agréablement le dos et je me dis que j'aimerais bien rester au lit.

Le soleil ? Il ne s'engouffre dans ma chambre qu'en fin d'après-midi. Je n'ai pas pu dormir toute la journée ?

Je me lève d'un bond, et une douleur atroce me laboure la nuque alors que je chancelle pour retrouver l'équilibre. J'hésite avant d'ouvrir à nouveau les yeux. La lumière se reflète sur chaque surface, m'éblouissant douloureusement. J'aurais besoin de lunettes de soleil. Cette pièce veut ma mort !

Après hésitation, je décide de me rasseoir. Le lit est tellement bas que je manque m'affaler. Je me masse les tempes pour tenter de me motiver. J'entrouvre un œil en grimaçant pour vérifier où je suis. Bon sang, la chambre de Boby ! Ça veut dire que je ne suis pas rentré. Ma mère va me tuer ! Je tâte mes vêtements à la recherche de mon portable et le dégote dans une des poches arrière de mon jean. Deux messages en absence. Je frémis en imaginant la fureur de ma mère.

Finalement, je suis presque soulagé en découvrant que les deux sont de Marcy.

Marcy ? Elle était avec moi ? Je l'ai raccompagnée ?

Je ne parierais pas là-dessus. Elle grimace dès que je bois un verre de trop, alors si je l'avais ramenée, je m'en souviendrais. Ses messages doivent être hystériques. Je les écouterai plus tard. Mon crâne n'est pas en état d'entendre des cris suraigus.

Je titube jusqu'à la porte en tentant de savoir à quel moment j'ai dérapé. Je me rappelle Elsa et Léo sur le billard, la leçon de morale de Marcy et les sarcasmes de Steve, et puis ça se trouble. J'ai dû y aller fort sur le whisky !

En descendant, j'entends des rires s'échapper de la cuisine. Le living ressemble à un capharnaüm. Le sol est collant et la pièce pue la gerbe. Il y a des verres en plastique vides partout, la table basse a disparu et un tabouret de bar gît sur le canapé. Des chips se mêlent au vomi dans un aquarium qui n'a plus de poissons depuis belle lurette. Steve et Boby remplissent des sacs-poubelle en ricanant.

– Toujours en vie ? se moque Boby en me découvrant dans l'embrasure de la porte.

– Plus pour longtemps, ma mère va me défoncer.

– Ta mère, on s'en est chargés ! Moi, je m'inquiéterais plus pour Marcy si j'étais toi.

Steve est un abruti, mais je peux compter sur lui pour embobiner mes parents. Je n'ai jamais compris comment ma mère pouvait lui manger dans la main à ce point. Elle se fait avoir comme toutes les autres quand il s'agit de Steve. J'aimerais tellement avoir son talent.

– Qui a raccompagné Marcy ? je finis par demander en tentant de ramasser un gobelet écrasé à mes pieds.

Je devrais m'inquiéter. Je ne m'étais encore jamais retrouvé dans un état pareil, et je suis convaincu que Marcy a dû détester ça. Et si j'avais dit ou fait quelque chose qui a pu la contrarier ? Après notre conversation de la veille et la frustration qui s'en est suivie, je crains le pire. Dites-moi que je me suis simplement écroulé dans un coin ! Je tente de remettre de l'ordre dans mes idées quand un mot de Steve m'extirpe de mes pensées.

– … et alors, Sarah Miller ?

Une image apparaît. Son corps contre le mien, sa langue dans ma bouche et mes mains sur ses hanches pour la presser plus étroitement contre mon entrejambe.

Bon sang, Sarah Miller ! Qu'est-ce que j'ai fait ?

Je cherche dans ma mémoire des détails de l'horreur que j'ai osé commettre. Sarah Miller ! Bon sang ! J'ai trouvé le moyen de choisir pire que la rebelle. J'en ai des haut-le-cœur rien que d'imaginer son haleine de camée et ses petits yeux de fouine qui lui sortent de la tête. Et son cul ! Cette fille ressemble à une bouteille d'Orangina tellement ses fesses sont monumentales. J'ignore si j'ai envie de me rappeler, mais les images reviennent d'elles-mêmes, s'imposent à moi sans me demander mon avis. Sa langue envahissante me chatouillant le fond de la gorge, mes mains pétrissant son énorme derrière comme si je m'apprêtais à faire du pain.

Non, non, NON !

Je préférais ne pas savoir finalement. Mes yeux se ferment pour tenter de stopper le flux de ces visions écœurantes. Et puis, je me rappelle la façon dont elle m'a rejeté et les bruits horribles émanant de la salle de bains.

Je ne l'ai pas fait ? Je ne l'ai pas fait ! Merci mon Dieu !

L'après-midi s'étire avec une lenteur insoutenable. J'ai l'impression que quelqu'un s'amuse à déranger ce que nous venons de ranger et, pour couronner le tout, les ricanements de Steve et Boby me broient le crâne. Je ne vous raconte même pas la corvée de la serpillière. Je voudrais une douche bien chaude et, plus que tout, mon lit, mais je préfère patienter pour être sûr de ne pas croiser ma mère.

Finalement quand je rentre, je suis seul chez moi. Mes parents m'ont laissé un mot sur la table de la cuisine : « Nous rendons une petite visite aux Donnell. Une assiette t'attend dans le micro-ondes si tu as faim. » J'aurais dû m'en douter, ils sont toujours fourrés chez les Donnell ou eux chez nous. Philip est le meilleur ami de mon père depuis l'enfance et ils ont toujours été inséparables. Ils ont fait leurs études ensemble et se sont épaulés à chaque épreuve de la vie.

Je sors le plat de haricots, poulet et frites du frigo. C'est certainement délicieux, ma mère cuisine à merveille, mais je ne suis pas convaincu que mon estomac accepte quoi que ce soit après ce que je lui ai fait endurer. En évitant de respirer l'odeur écœurante de nourriture, j'emporte l'assiette dans le jardin et la déverse dans la haie. Ma mère aura des doutes si elle voit que je n'ai pas mangé, et les chats du quartier devraient apprécier le cadeau.

Après une bonne douche, je m'écroule sur mon lit et quand mon réveil sonne, j'ai l'impression de ne pas avoir dormi. Mon esprit n'a pas eu le temps de me murmurer des horreurs ni au sujet de Sandre ni de Rita. Et heureusement, mon mal de crâne a presque disparu, même si j'aurais eu besoin de quelques heures de sommeil en plus.

J'écourte les interrogations de ma mère sur mon week-end de débauche. Elle ne se doute de rien et j'aimerais autant que ça dure. Si je pouvais éviter un sermon de plus, ça m'arrangerait.

En arrivant au lycée, je découvre Marcy qui m'attend sur le parking. Elle a opté pour une de ses splendides robes vaporeuses qui dévoilent juste ce qu'il faut de ses formes divines. Elle m'était sortie de la tête, mais en l'apercevant, irrésistible comme toujours, je me demande comment une chose pareille a pu se produire. J'ai envie de la sentir contre mon corps, de me blottir dans son cou et d'embrasser chaque partie visible de sa peau. Elle est parfaite. Ses cheveux sont d'une douceur incomparable, sa bouche tendre, juste ce qu'il faut, et ses magnifiques…

Ses yeux me lancent des éclairs ! Quel crétin, je n'ai même pas écouté ses messages et à voir sa tête, je parierais qu'ils devaient être corsés. Sans réfléchir, je saute hors de mon bolide et me jette à son cou. Si je désire éviter la tempête, il faut que j'y mette le paquet.

– Ma chérie ! Comme tu m'as manqué ! Je n'ai vraiment pas assuré, je ne sais pas ce qui m'a pris. Je t'en prie, pardonne-moi. Ça n'arrivera plus jamais. J'ai été malade comme une bête. J'étais trop mal pour te rappeler, mais je n'ai pas arrêté de penser à toi et je m'en suis voulu. Vraiment !

J'écarte mon visage de son corps torride pour vérifier l'effet de ma tirade. Pourvu que ça marche ! Pourvu que ça marche ! Son regard a retrouvé de sa douceur, mais ses traits parfaits sont toujours impassibles. Sa tête est légèrement penchée sur le côté, ce qui signifie qu'elle réfléchit. Ce n'est peut-être pas encore gagné, mais j'ai évité la tempête.

– Tu ne réalises pas ! J'ai passé un week-end horrible à m'imaginer le pire, à douter de nous, de moi, à me demander si j'avais fait les bons choix.

Soudain, je culpabilise, je culpabilise à mort. J'aurais dû la rappeler, je n'aurais même jamais dû réagir de cette façon après notre conversation.

Elle a tellement souffert du comportement de ses parents, je n'ai pas le droit de la brusquer. Mais mon corps, lui, ne partage pas mes convictions. Il a besoin de peaux torrides, de caresses enivrantes et il se moque de ses états d'âme, il est en manque, un point c'est tout.

– Je suis tellement désolé, je n'aurais jamais dû aborder le sujet, réagir comme ça. C'est moi qui ai eu tort. Ne doute pas, Bébé, tu sais à quel point je t'aime, jamais je ne pourrais te faire de mal volontairement.

J'ai terriblement envie de laisser ma langue s'introduire dans sa bouche et mes mains s'aventurer sous sa jupe, mais ce n'est pas le moment de divaguer, pas après le coup que je lui ai fait samedi.

Steve arrive à ce moment-là dans son énorme 4 × 4, la musique à fond. Lucy et sa copine Deborah en sortent en gloussant et Marcy les rejoint en me lançant un regard compatissant et si attendrissant, qu'il m'apaise aussitôt.

– T'inquiète, vieux ! Les filles sont incapables de flairer ce genre de choses, me rassure Steve avec une claque dans le dos.

Steve s'imagine que j'ai enfin sauté le pas avec la grosse Sarah. Rien que d'y penser, j'en ai la nausée, mais je préfère qu'il le croie. Peut-être me foutra-t-il la paix ? Enfin, on peut toujours rêver !

– Quand vas-tu te décider à raconter ? insiste-t-il.

– Aucune chance !

– Je parie que tu as tout oublié ?

– Certains détails, j'aimerais autant, je râle en chassant les images écœurantes de sa langue énorme au fond de ma gorge.

– Tu m'étonnes, ricane Steve en louchant sur le postérieur de ma copine.

Ce mec est le pire des obsédés que je connaisse. Mais même si nous n'en parlons jamais, je sais qu'il n'agit pas ainsi sans raison, lui aussi il en a bavé. Et puis c'est peut-être nul, mais avec lui je me sens plus normal.

Moi non plus, je ne peux pas m'empêcher de reluquer son joli petit cul et, de nouveau, j'ai terriblement envie de retenter un assaut jusqu'à sa culotte. Peut-être après les cours ? J'espérais vraiment que cette idée m'aide à survivre à cette journée, mais non, les heures s'écoulent avec une lenteur insupportable. Je ne parle même pas des deux heures de basket, avec cette grosse baraque stupide qui passe son temps à hurler comme un demeuré. Non franchement, on appelle ça un prof ?

Une torture.

J'ai du mal à rattraper les balles, le panier semble plus haut que d'habitude et, pour couronner le tout, la rebelle joue juste à côté. Elle finit toujours sur le banc de touche. Sa prof ne supporte pas ses contacts brutaux et son manque de collaboration. Je suis sûr qu'elle le fait exprès pour faire flipper les petits nouveaux.

Soudain, j'ai l'impression qu'elle m'observe et ma main rate le ballon tandis que mes genoux viennent s'entrechoquer l'un dans l'autre.

Je m'écroule comme un impotent, je suis persuadé qu'elle ricane dans mon dos.

– Nom de Dieu ! Anderson, qu'est-ce que tu fiches aujourd'hui ? gueule le prof, mais je ne l'écoute pas.

Je fixe Sandre qui me dévisage, moqueuse. Cette fille ne devrait pas me déstabiliser. C'est une garce aigrie et asociale. Oui mais voilà, je sais ! Je sais, et ça change tout. Elle a maintenant une raison de se comporter de cette façon, et moi j'en ai une de ne plus lui faire de reproches. Et puis, je réalise que nous devons nous voir ce soir et le peu de courage qui me reste s'envole en fumée. Elle va m'achever ! C'est vraiment une sale journée !

J'essaie de trouver un subterfuge pour annuler, mais je sais que je n'y échapperai pas indéfiniment. J'ai besoin de remonter ma moyenne et je comptais un peu là-dessus.

Je suis encore en train de me chercher des excuses quand j'arrive devant chez elle. J'aurais voulu que Marcy me retienne, qu'elle invente n'importe quel prétexte pour me garder auprès d'elle, mais elle a fait tout le contraire. Elle dit qu'elle pense à mes études, mais moi j'ai le sentiment qu'elle me maintient à distance. C'est un radar à testostérone, dès que mon taux grimpe, elle disparaît. Et en ce moment, ça n'arrête pas, pourtant je n'avais vraiment pas la tête à ça aujourd'hui, mais j'ai l'impression que mon entrejambe a pris le contrôle. Et c'est de pire en pire depuis la conversation avec Sandre River.

Je m'apprête à sonner quand je me rappelle ses mots : « T'as les couilles en ébullition et t'arrives plus à penser avec ta tête. » Je ne peux pas remettre les pieds dans cette baraque maudite. Je suis prêt à m'enfuir quand la porte s'ouvre toute seule.

Une inconnue se trouve de l'autre côté. Elle porte un débardeur et un legging noir comme si elle allait faire du sport. Elle est mince et de longs cheveux bruns, qui paraissent incroyablement doux, encadrent sa silhouette magnifique. Ses iris sombres m'observent, amusés, et sa bouche pulpeuse esquisse un étrange sourire. Ses traits sont d'une finesse étonnante, presque enfantine. Sandre a une sœur ?

– T'as l'intention d'entrer un jour ? déclare-t-elle sur un ton moqueur.

Le son de sa voix me fait sursauter. Ce n'est pas une inconnue, c'est la rebelle. Je réalise que jusqu'à présent, je n'avais jamais remarqué autre chose que ses grands yeux qui me fusillaient ; sans maquillage, elle n'est tout simplement plus la même. En plus, elle serait presque… vraiment belle ! Et son sourire embarrassé a quelque chose de surréaliste.

Je suis toujours figé sur place quand elle claque la porte derrière moi et me pousse dans les escaliers qui conduisent à l'étage. M'emmène-t-elle dans sa chambre ? Je la soupçonne de me dissimuler une partie de son univers, de m'éloigner de ce que j'ai vu en elle la dernière fois, de vouloir me détourner de la vérité. Elle m'entraîne dans une petite pièce étonnamment vide et blanche, à l'exception d'un lit et d'un grand miroir. Ce style épuré, comme au rez-de-chaussée, ce n'est pas elle. Il y a vraiment quelque chose qui cloche dans cette maison.

– C'est ta chambre ? je bredouille, incapable de comprendre ce que je fais ici.

– Les posters, ce n'est pas mon truc, se contente-t-elle de répondre, tout aussi gênée.

Perd-elle sa confiance, une fois quittés son eye-liner et ses vêtements trop grands ? Perplexe, j'observe Sandre, tellement différente sans son regard charbonneux, et cette pièce qui ne reflète aucune rébellion. Je voudrais savoir ce que je fiche ici, mais les multiples émotions qui traversent son visage sont indéchiffrables.

– Eh, c'est quoi ton truc ? je tente sans oser bouger.

Au sourire qui illumine son visage, je sais qu'elle ne va pas répondre. Sandre a soudain retrouvé son assurance, et ma perplexité s'envole.

On va bosser ici ? Elle n'a même pas de bureau. Je tends l'oreille à la recherche d'un bruit qui révélerait une autre présence dans la maison, quand elle me pousse violemment sur le lit. Je m'affale, surpris. Ça va encore être ma fête et je vais regretter d'être venu, mais je ne bronche pas. Cette fille me paralyse. Elle a vraiment… quelque chose de différent, d'énigmatique.

Un sourire malicieux rehausse ses pommettes. Elle est magnifique, avec cette étrange expression coquine. Ses mains glissent sur son legging et, lentement, le tissu coulisse sur ses cuisses. Le vêtement atterrit en silence sur le sol et je me retrouve dans l'incapacité de reprendre mon souffle. Elle finit de le retirer avec ses pieds en embarquant ses chaussettes au passage.

– T'es folle ! Qu'est-ce qui te prend ? je m'indigne en me redressant paniqué, alors que mon regard ne peut s'empêcher de parcourir ses longues jambes fines et son petit cul rebondi.

– Tu veux que j'arrête ? m'interroge-t-elle d'une voix tremblante, alors que ses doigts ont déjà dévoilé une taille archi-fine.

Je vais voir ses seins ! Je ne peux quand même pas lui dire d'arrêter. Elle a dégrafé son soutien-gorge et ses seins sont à tomber. Juste la taille idéale.

– Je peux toucher ? je lui demande alors que je m'approche déjà, malgré moi.

Je ne contrôle plus rien, mon corps a pris le relais et il est en transe. Elle me sourit et, soudain, je la trouve incroyablement belle. Je suis sûr que même Marcy n'est pas aussi bien gaulée. Comme j'aimerais la voir nue ! Mon esprit culpabilise un peu, alors que le reste de mon corps s'en moque éperdument.

Ses seins sont tendres et fermes, juste comme il faut. Sa peau est d'une douceur incroyable, si parfaite que j'ai envie d'y goûter. Elle n'a aucun tatouage, contrairement à ce que je croyais, et je préfère ça. J'enfouis mon visage dans son cou et fais glisser ma bouche vers ses seins. La sensation est exquise, les pulsations de sa poitrine m'incitent à continuer. Ses mains s'engouffrent sous mon sweat et, sans réfléchir, je le retire pour lui faciliter la tâche. Je n'ai jamais été touché comme ça et je n'aurais jamais imaginé que ça me fasse cet effet-là. Je suis déjà au garde-à-vous. Le contact de sa peau contre la mienne est à tomber. De quoi me rendre dingue !

Je me croyais incapable de pensées cohérentes, mais soudain une idée me glace le sang : nous ne désirons peut-être pas la même chose, peut-être je suis en train de me foutre dans une galère monstre. Je m'écarte doucement. Je ne veux pas la contrarier. Je ne vais pas prendre le risque de gâcher une relation charnelle totalement improbable.

– On devrait… se mettre d'accord avant ? je bafouille, extrêmement gêné.

Elle relève la tête pour plonger ses grands yeux sombres dans les miens. Elle est tellement moins impressionnante sans maquillage et tellement plus jolie.

– Tu veux des règles ? se moque-t-elle, en glissant son doigt sous la ceinture de mon jean. Genre ? Tu veux savoir qui fournit les capotes ? Tu veux choisir la position ? Tu veux garder tes chaussettes ?…. Tu veux être sûr qu'il ne s'agit que de sexe, n'est-ce pas ?

Et voilà, elle l'a dit. Dans d'autres circonstances, je l'aurais trouvée horripilante, mais là il faut bien admettre que sa franchise a du bon.

– C'est ça !

Et je regrette déjà d'avoir ouvert la bouche.

Elle est pratiquement nue contre moi, je serai bientôt en elle et je prends le risque de tout foutre en l'air. Rien que d'y songer, je bande encore plus dur.

– Tu crois vraiment que je suis cruche au point de penser qu'il puisse y avoir autre chose ?

C'est sans doute ridicule, mais je suis autant soulagé que déçu. Je ne suis pas son genre, je ne l'intéresse pas. Elle veut m'utiliser exactement comme mon corps le désire, et ce détail rend la situation moins honteuse, mais aussi plus perturbante. Et comme un écho à mes pensées, elle ajoute :

– Pas de sentiments, pas d'attache, juste du sexe.

Son attitude me déstabilise et pendant un instant, je suis incapable de lâcher ses yeux trop sombres. Qu'est-ce qu'elle cache, qu'est-ce qu'elle ne dit pas ? Josh, profite et arrête de cogiter ! Ne fais pas tout foirer !

Je penche la tête pour me régaler de ses seins, ma langue titille ses mamelons qui durcissent sous la caresse. Mes mains s'aventurent le long de ses reins, sur ses fesses et son entrejambe. Je frôle sa féminité à travers la dentelle de sa culotte, c'est chaud et humide. Bon Dieu, je n'ai jamais été aussi excité !

Ses doigts experts dessinent les courbures de mon corps, réveillant tous mes sens. Oh la vache, elle est douée pour me rendre complètement dingue ! Ses mains effleurent la naissance de mon ventre et son souffle chaud caresse ma poitrine agitée. Alors qu'elle déboutonne habilement mon jean, je me demande si Marcy le ferait aussi bien. Marcy ! Pourquoi je pense à elle ? Pas maintenant !

Et soudain, comme si ça changeait quelque chose à ma trahison, je précise :

– Pas de baiser sur la bouche.

Elle se contente de grogner comme elle l'aurait fait avec un enfant trop gâté qui aurait des exigences ridicules. Les choses sont claires, mais elle s'en moque et ses mains sont déjà partout sur mon corps.

Je n'en peux plus. Je la veux, tout de suite. Sans lui demander son accord, je l'empoigne par les cuisses et plaque son sexe contre le mien. Elle enroule ses jambes autour de mes hanches, maintenant je sais qu'on désire la même chose. J'entends son cœur tambouriner dans sa poitrine alors que je savoure ses seins, en me dirigeant vers le lit.

Ce n'est plus Sandre, ce n'est plus une sale pimbêche aigrie, c'est juste une fille magnifique qui me fait le plus beau des cadeaux. Je brûle de désir pour elle et, à cet instant, elle pourrait tout exiger de moi. Je m'allonge sur elle en faisant glisser mes mains sur son joli petit cul. La chaleur de son corps et le contact de sa peau sont les plus exquis des plaisirs.

CHAPITRE 11

Sandre

Je n'arrive pas à réaliser.

Josh est là, allongé sur moi, il est nu et tremblant de désir pour moi. Je ne peux pas m'empêcher de sourire comme une gamine à qui l'on viendrait d'offrir un Ken.

J'emmerde toutes les salopes du lycée qui rêveraient d'être à ma place. Il pourra bien toutes les sauter après ça, je serai toujours la première, celle qu'il n'oubliera jamais. Je me mens en pensant que c'est pour ça que je le fais, je ne suis pas prête à admettre que je suis folle de lui. Moi ? Je ne suis pas ce genre de godiches qui craquent pour les beaux sportifs sans cervelle. Mais j'ai bien l'intention d'en profiter.

Je savoure son corps musclé qui me frôle comme si j'étais une petite chose fragile. Ses lèvres goûtent chaque parcelle de ma peau, ses gestes sont timides et délicats, mais je sais qu'il apprécie l'instant. Sa poitrine se soulève bruyamment et son regard pétille d'envie. Ses doigts descendent le long de mon ventre, effleurant ma culotte sans oser la retirer. Il prend le temps de découvrir chaque recoin de mon corps, pourtant je sens bien qu'il est prêt à passer à la suite. Nos sexes se frôlent à travers le fin tissu de nos sous-vêtements et je me presse contre lui sans parvenir à retenir un gémissement. Je veux lui montrer que je suis prête, que je ne doute pas. Je le veux en moi et je sais qu'il en a envie aussi. La peur d'une nouvelle déception douloureuse n'est rien à côté du désir qui m'habite.

Le contact de nos peaux moites emballe mon cœur et mon corps. Il râle dans mon oreille et je devine qu'il n'en peut plus. Je glisse mes doigts entre nous pour retirer son boxer. Il frémit et se fige en s'écartant de moi. Son regard est terrifié, il a l'air franchement déçu. Je suis sûr qu'il pense à Marcy. Bon Dieu, il va le faire, il va me laisser plantée là comme une conne, la chatte en ébullition. Comment ai-je pu me retrouver dans une situation pareille ? Bon sang, il ne serait pas là si elle était capable de s'occuper de son mec ! Il va partir, je le sens, il va partir ! Mon cœur fait des ratés en l'imaginant prêt à s'enfuir, mort de honte.

– Je n'ai pas de capote, finit-il par bredouiller, paniqué.

Un soupir de soulagement m'échappe et un sourire débile illumine mon visage. Je glisse ma main sous le lit et récupère au hasard l'un des nombreux sachets colorés que j'ai glissés dans une boîte de gâteaux. Il me renvoie mon expression malicieuse et, d'un geste rapide, finit de retirer son boxer et plaque son corps surexcité contre moi en remontant la couette sur nous. Il se penche sur mes seins et explore les pointes sensibles de sa bouche entrouverte. Ses baisers humides me consument et je gémis en pressant ma main sur sa nuque.

Que c'est bon !

Je me mets à me tortiller comme une pauvre créature prise au piège, sans vraiment savoir pourquoi je fais ça. Ses doigts s'aventurent sur ma taille, il se met à quatre pattes et doucement fait coulisser mon shorty le long de mes jambes jusqu'à l'enlever. Puis il remonte et me fixe comme un gosse qui a très envie de jouer. Son instrument vient caresser le mien pendant qu'il me taquine du regard. Ce mec a un don pour me rendre folle.

Alors qu'il joue avec mes désirs, il attrape le petit sachet coloré que je tiens toujours dans la main, le déchire avec ses dents et installe le plastique comme s'il le faisait régulièrement. Pas possible, lui aussi, il s'est entraîné !

Posant ses doigts sur mon bas-ventre, il va faire une petite visite à mon clitoris et je frémis de plaisir.

– Pour la suite, il va falloir m'aider, me souffle-t-il dans le creux de l'oreille.

– OK, mais tu n'as pas intérêt à faire le bourrin, je le menace avec un regard noir.

– Je suis un tendre, moi, Mademoiselle, se moque-t-il en se déhanchant sur mon corps entièrement nu.

Je frémis à sa réplique, c'est comme s'il m'offrait plus que du sexe.

C'est bête, mais je pensais être terrifiée, alors que je n'ai jamais été aussi sûre de moi. Je descends ma main le long de ses pectoraux, m'éternise sur ses abdos si bien dessinés et atteins la naissance de son sexe, avant de guider la bête jusqu'à l'entrée de la caverne d'Ali Baba. Il grogne et, d'un mouvement de reins, s'introduit doucement en moi. Un courant électrique me parcourt. Je ne saurais dire si c'est agréable ou douloureux, je suis trop excitée pour m'attarder sur ces sensations. Je le sens hésiter alors qu'un râle s'échappe de sa gorge. Je pose mes doigts sur ses fesses bien fermes pour le guider lentement. Je le désire si fort que mon entrejambe s'ouvre pour lui dans une sensation délicieusement douloureuse.

Ses yeux sont plongés dans les miens comme s'il voulait lire en moi. Il me sourit alors qu'il attaque un mouvement de va-et-vient qui me fait frémir de plaisir. Je le suis dans sa danse qui prend rapidement de la vitesse. Tout mon corps semble apprécier ce bien-être exquis et nos respirations s'accélèrent à l'unisson. Il gémit et son souffle chaud caresse la naissance de mes seins. Je sens ses membres trembler contre les miens et je devine qu'il est déjà prêt pour le bouquet final.

Je stoppe brusquement et le maintiens immobile en plaquant mes mains sur ses hanches musclées. Il se fige.

– Je t'ai fait mal ? me demande-t-il soudain inquiet.

– Bordel, ce n'est pas un sprint, c'est un marathon. Si tu me laisses sur la ligne de départ, je te jure que je me vengerai.

Il me dévisage, incapable de retenir un éclat de rire. Et il se fout de ma gueule en plus !

– Tu me pardonneras, je débute, déclare-t-il en amorçant un lent et profond va-et-vient. C'est mieux comme ça ? poursuit-il, le regard plein de malice.

Et en plus, il joue les gentils garçons.

Pour simple réponse, je hoche la tête en étouffant un grognement. Merde, c'est trop bon !

Je guide ses gestes en me plaquant contre lui, j'attrape ses fesses pour bien le sentir, et nos deux corps s'accordent dans une ondulation rythmée. Nos cœurs battent à l'unisson, nos gémissements se répondent et je sens tout mon être s'embraser, alors qu'il me mordille le lobe de l'oreille.

– Je croyais qu'on devait y aller doucement, me souffle-t-il, suffoquant. À ce rythme-là, je ne tiendrai pas longtemps, précise-t-il, toujours moqueur.

Son déhanché se fait plus profond et des muscles dont j'ignorais l'existence se contractent à une cadence effrénée, tandis que mon corps se perd dans une vague de plaisir immense.

– Oh putain, Josh !

– Mon Dieu, tu fais quoi ? grogne-t-il dans un râle qui me surprend.

Un soubresaut le parcourt. Après s'être figé un instant, il s'écroule sur moi, le souffle court, son cœur battant contre le mien. Je me sens si bien. Je n'ai jamais été aussi détendue. Mes mains remontent lentement sur son dos et ses omoplates, et je profite de son immobilité pour explorer une dernière fois son corps parfait.

Son portable se met à sonner bruyamment, nous ramenant trop vite à la réalité. Il s'arrache de moi pour sortir l'engin de la poche de son jean et je ne peux retenir un râle de déception.

– Merde, souffle-t-il en décrochant.

Il s'assied au bord du lit en me tournant le dos, retire la capote et répond, alors que je contemple son magnifique dos nu :

– Désolé, Maman, j'ai oublié de te prévenir. Je suis chez Steve… oui, je vais dîner chez lui… oui, Maman… à tout à l'heure… OK, bisou.

Il jette le portable sur ses vêtements qui jonchent le sol et se tourne vers moi, tout sourires.

– Merci, murmure-t-il. C'était… y a pas de mot. Génial, exceptionnel, grandiose…

– Tu t'en vas ? je le coupe.

J'appréhende son départ, alors que je ne devrais pas. Je ne suis rien pour lui. Pourquoi s'éterniserait-il ?

– Je pensais qu'on aurait pu recommencer avant.

Une expression coquine illumine son beau visage. Je ne peux cacher ma joie. Il a aimé, mieux, il en redemande. Je me redresse d'un bond en m'exclamant :

– Et si tu venais sous la douche avec moi ?

Je fais couler l'eau et il me suit sous le jet. Ma douche est immense, ouverte sur le reste de la pièce. Ce n'est pas le top, si on veut éviter d'en foutre partout, mais au moins on n'y est pas à l'étroit.

Je dépose sur ma paume du gel douche et commence à le faire mousser sur sa poitrine déjà trempée. Il frémit, surpris, et me décoche un sourire salace en me piquant le flacon des mains. Délicatement, il étale le produit frais et parfumé sur mes seins, descend sur mon ventre, alors que mes doigts se faufilent dans son dos et descendent lentement sur ses fesses. Sans éprouver la moindre gêne, il s'aventure entre mes jambes en me fixant, malicieux. Je lui rends son expression de défi et pars à la recherche de son instrument, faisant mousser le gel douche autour de sa queue déjà en érection. Il grogne en me poussant contre la faïence encore fraîche et fait glisser sa bouche le long de mon cou. Je me presse plus fort contre lui, le bousculant à mon tour contre le mur opposé. Je devine son sourire sur ma nuque, alors qu'il empoigne mes fesses et me soulève pour me positionner à sa hauteur. Je frémis en le sentant durcir entre mes jambes. C'est tellement bon !

Lentement, il me fait descendre le long de son corps jusqu'à ce que je pose les pieds par terre et, d'une main, il saisit un préservatif que je fixe, surprise. Où l'avait-il caché, celui-là ? Je ne peux retenir un rire en découvrant le violet électrique du fin plastique.

– Cette couleur te va à ravir, lui dis-je, moqueuse, en le regardant habiller la bête.

– Mais tout me va, réplique-t-il en mc collant contre son ventre humide.

J'enroule de nouveau mes jambes autour de sa taille, et il me coince contre la paroi. Je halète, les yeux mi-clos, savourant ses caresses enivrantes. J'entortille mes doigts dans ses cheveux, descends le long de sa nuque, tandis qu'il palpe mes hanches et mon cul. Après avoir bien profité de son dos musclé, je glisse une main entre nous pour le guider jusqu'en moi. Il râle dans mon cou en s'introduisant lentement. Je lui réponds par un gémissement, et il s'anime prudemment, dans des mouvements profonds et généreux. Son cœur tambourine contre ma poitrine et il prend de la vitesse, encouragé par mes battements qui s'affolent. Il stoppe soudain, tout son corps crispé sur moi. Je crois qu'il a un problème et l'interroge du regard, mais il se contente de me sourire fièrement.

– Tu as vu, j'ai retenu la leçon, me taquine-t-il en s'introduisant plus profondément.

Je le complimente en me dandinant pour qu'il reprenne sa danse.

– Hum, oui, tu apprends vite.

Ses lèvres s'étirent d'un sourire d'envie et son beau visage plonge dans ma poitrine, tandis que d'une main il caresse délicatement la naissance de mes reins. Je frissonne sous les sensations grisantes qui se déploient dans mon ventre. Je sens la jouissance arriver, alors qu'il suffoque de désir.

Nos corps s'emballent une dernière fois dans des gestes profonds et langoureux et il s'écroule contre moi. Il est si lourd que je ne sens plus que lui, les tremblements qui secouent ses membres, ses poumons qui se contractent irrégulièrement et son souffle rapide qui rafraîchit agréablement ma joue. Je pourrais rester ainsi éternellement, même si le carrelage est trop dur et trop froid pour être confortable.

Après un moment délicieusement interminable, il s'écarte doucement en me reposant sur le sol. Il a toujours son air niais et, pourtant, il n'a jamais été aussi beau qu'à cet instant, ses cheveux humides en bataille et l'eau ruisselant dans son cou.

– Comment tu fais ce truc, trop génial à la fin ? me demande-t-il en s'extasiant. C'est… waouh !

– Ça s'appelle un orgasme, je réponds, un brin railleuse.

– Eh bien, j'en veux encore, déclare-t-il en m'embrassant sur la joue.

Je ne peux retenir un sourire ravi, tandis qu'il se rince sous le jet d'eau tiède.

– Je resterais bien encore, m'annonce-t-il, malicieux, en empoignant une serviette qui pend au portemanteau, mais il faut que j'y aille.

Je fais de même en l'observant avec gourmandise. Ce mec n'est peut-être pas à moi, mais je serai toujours sa première fois et, rien que pour ça, je ne regretterai jamais ce qui vient de se passer. J'attrape un shorty et enfile une nouvelle chemise blanche trois fois trop grande, alors qu'il se rhabille avec souplesse.

– Je te raccompagne, dis-jc cn le devançant dans les escaliers.

– Demain, on essaiera d'avancer notre exposé, précise-t-il en récupérant son sac et son blouson.

Je l'observe se diriger vers la porte, et nos regards se croisent. Il stoppe dans son élan, semblant m'admirer comme si je pouvais être son genre.

– T'es bien foutue quand même, lance-t-il soudain en se penchant vers moi pour effleurer le coin de mes lèvres du bout des siennes, semblant hésiter entre ma joue et ma bouche.

Je reste figée sur place, stupéfaite, mais il ne remarque rien. Il a failli m'embrasser, il a failli m'embrasser !

Je fixe l'entrée, alors qu'il a déjà disparu dans l'embrasure. J'ai moi aussi un regard niais en direction de la porte inanimée. Il est déjà loin, mais je n'ai toujours pas bougé, contemplant le vide avec mes interrogations et mes délicieux souvenirs.

CHAPITRE 12

Josh

En rentrant chez moi, j'ai des envies de courir, de sauter, d'embrasser les gens sur mon passage, même si je ne croise personne. Mon Dieu que c'était bon, mon corps est comme libéré, je me sens plus grand, plus fort. Je suis invincible, plus rien ne peut m'atteindre ! J'aimerais le hurler pour que tout le monde le sache, alors que je devrais avoir honte de faire une chose pareille à Marcy. Je dois vraiment avoir un grain. La folie de Sandre doit être contagieuse et je pourrais devenir fou pour elle.

Bon sang, je disjoncte !

Je ne sais pas ce qui m'a pris. Pourquoi j'ai cédé si facilement ? Je ne me suis jamais senti aussi bien, autant moi-même. Dans ses yeux, il y a mon âme, mon passé et je déteste ça, mais je suis incapable d'y résister. En quelques instants et un millier de sensations, je me suis égaré, j'ai perdu le chemin que je croyais tout tracé. Moi et Marcy, elle et moi contre la terre entière, est-ce que c'est toujours ce que je veux ? Oui, Marcy est l'unique, elle l'est dans mon cœur et ma vie. Mais Sandre vient de prendre le contrôle de mon corps, de s'insinuer dans mes pensées, dans mon âme, au point que je me sente déboussolé. Impossible de retrouver mes esprits, pire, je n'en ai aucune envie.

Quand je me faufile dans la cuisine, ma mère est en plein ménage. Il faut toujours qu'elle astique à fond avant d'aller se coucher. Je prie pour qu'elle soit trop occupée à sa tâche pour remarquer le sourire ridicule que je ne parviens pas à dissimuler. Je l'embrasse furtivement sur la joue, prêt à m'éclipser, mais elle se fige et je sais que je suis foutu.

– C'est quoi ce parfum ? demande-t-elle en me dévisageant pour tenter de lire la réponse sur mon visage.

– Certainement… celui de Marcy, je bafouille, l'air le plus détaché possible, et espérant être convaincant.

– Je croyais que tu étais avec Steve ?

Elle va se douter de quelque chose, elle va se douter de quelque chose ! Je suis mort.

– Marcy et Lucy étaient avec nous.

– Tu as pris une douche ?

Putain, je n'avais même pas pensé à mes cheveux trempés. Je suis totalement à l'ouest et complètement dans le pétrin.

– On a fait quelques paniers et avec cette chaleur j'étais en nage.

– Et Steve a changé de gel douche ?

Aucun détail ne lui échappe. Je suis mort, c'est sûr !

– Maman ! C'est quoi toutes ces questions ?

– Tu ne me mentirais pas ? insiste-t-elle encore, les traits tirés comme si elle redoutait la réponse. Tu as ce sourire ridicule…

Je prie pour qu'elle n'ait pas tout compris. Et même si elle ne finit pas sa phrase, je sais très bien à quoi elle pense. Pourvu qu'elle ne le dise pas !

– Je sais que tu n'es plus un enfant et que c'est de ton âge, reprend-elle, mais Marcy n'est pas encore prête et ça se voit. Ça serait dommage de la perdre en précipitant les choses.

Est-ce qu'elle croit que je l'ai fait avec Marcy ?

– Je ne suis pas stupide !

Je quitte la pièce après l'avoir embrassée. Pourtant, Dieu sait qu'elle a raison, je dois vraiment être débile. Ma mère vient de me faire redescendre sur terre de la pire des façons. Mon cerveau s'emballe, paniqué. J'ai tout gâché !

Devrai-je vivre l'enfer d'avoir découvert le paradis ? Comment vais-je pouvoir cacher ça à Marcy ? Avant, j'avais l'impression qu'il était écrit « puceau » sur mon front, maintenant je suis sûr qu'un panneau « dépucelé » clignote au-dessus de ma tête. Et malgré ça, je n'arrive pas à regretter. C'était délicieusement parfait, surréaliste… Comment ai-je pu trouver Sandre River belle et sexy, mieux encore… bandante ? Ce n'est pas parce qu'une infime partie de mon être se sent comprise que je dois tout lui donner sans concession. J'ai vraiment disjoncté ! Et malgré la tourmente et l'absence de souper, je m'endors sans problème.

Le regard sombre de Rita me fixe, contrarié. J'entends des cris étouffés derrière moi, il faut que j'y aille, mais je suis incapable de bouger, incapable de lâcher ses iris horrifiés. Sa détresse me paralyse sur place, annihilant tous mes sens.

– C'est ta faute, hurle Rita.

Je tends la main en signe de pardon, mais elle la repousse. Ses yeux se révulsent et elle s'écroule sur le sol, me faisant sursauter de terreur. Soudain, elle convulse et je me jette à ses pieds. Un liquide épais et écœurant s'échappe de sa bouche entrouverte, mais elle ne réagit pas. Je crie en espérant attirer une âme charitable, je ne sais pas quoi faire, et mes doigts refusent de la toucher.

Marcy apparaît derrière moi, elle aussi semble fâchée.

– Qu'est-ce que tu attends, fais quelque chose, m'intime-t-elle, en se penchant sur Rita toujours inerte.

D'une main hésitante, j'attrape l'épaule de Rita et pousse son corps lourd et complètement malléable sur le côté. Je tente de déterminer si elle respire encore, sous le regard moralisateur de Marcy. Un rire moqueur envahit la pièce et je détourne la tête pour découvrir d'où il provient. Sandre s'avance, sûre d'elle ; elle me tend la main en souriant.

– Tu ne vois pas qu'elles n'ont plus besoin de toi ? déclare-t-elle en montrant Rita qui se redresse comme si de rien n'était et Marcy qui rit aux mots silencieux d'un bel inconnu.

J'attrape le poignet de Sandre pour m'aider à me relever et, une fois à sa hauteur, la détresse que je lis dans ses yeux me retourne le cœur.

– Moi, j'ai besoin de toi, souffle-t-elle en engouffrant son visage dans mon cou pendant que ses mains courent sur mon dos.

Je l'enlace, et tout mon être s'embrase pour elle. Ses doigts suivent la ceinture de mon jean à la recherche de la fermeture alors que je lui retire son haut. Un sourire s'étire sur ses lèvres lorsqu'elle me pousse sur le lit que je n'avais même pas remarqué. La pièce se modifie, rétrécit, s'assombrit, elle n'a plus rien d'inconnu. C'est ma chambre et quand j'ouvre les yeux, je réalise que pour la première fois depuis des années, mes rêves ont pris une allure plus plaisante.

Mais Sandre a disparu avant de pouvoir me soulager et je bande comme un fou, incapable de penser à autre chose. J'essaie de me convaincre que c'est Marcy qui devrait me faire cet effet-là, que c'est elle qui devrait me tirer de mes cauchemars. Elle me plaît. La beauté de la rebelle n'est rien d'autre qu'une déformation de mon cerveau. Hier, j'ai été faible, mais ça ne se reproduira plus.

Lorsque je débarque sur le parking avec ma vieille Mustang, j'ai réussi à me persuader que la Sandre sublime n'était qu'une hallucination et que je serais stupide de refaire une erreur pareille. Je ne peux quand même pas prendre le risque de perdre la femme idéale pour un coup de folie, une lueur imaginaire au fond des yeux d'une inconnue. Et quand j'aperçois Marcy dans une splendide jupe crayon rose tendre et une blouse blanche légèrement transparente qui lui vont à merveille, je n'ai plus aucun doute là-dessus. Comment ai-je pu être aussi stupide ? J'ai déjà la fille parfaite.

Après avoir récupéré mon sac sur la plage arrière, je lui saute au cou en priant pour qu'elle ne remarque rien, mais Steve déboule avec sa fâcheuse manie de dire ce qu'il ne faut pas.

– Alors, ta soirée avec la rebelle ? Tu as testé le bras de fer avec un ex-taulard ?

Je déglutis bruyamment en pensant à la veille, ce n'est pas avec son père que j'ai expérimenté les rapports de force. Enfin, façon de parler. Je hasarde un œil vers Marcy qui me dévisage comme si elle avait tout compris. Mon Dieu, j'en étais sûr, c'est inscrit sur mon front !

CHAPITRE 13

Sandre

Je croyais ne jamais réussir à m'endormir. Difficile de penser à autre chose qu'à Josh, à ses caresses enivrantes, son sourire malicieux et son corps à tomber. Je ne parle même pas de la sensation délicieuse de le sentir en moi et de la jouissance que me procurent ses coups de reins. Sandre, pense à autre chose ! C'est dingue, mais j'avais imaginé ça rapide et sans tendresse, juste une explosion de sensations avant qu'il ne s'éclipse comme un voleur. Mais il s'est montré délicat et attentionné. Pourquoi faut-il qu'il soit si parfait ? Comment vais-je pouvoir l'oublier après ça ?

Et pourtant, grâce à lui et au plaisir qu'il m'a donné, j'ai passé une superbe nuit, reposante et sans cauchemar. Mais une fois debout, c'est l'enfer. Je panique, j'ai peur de le revoir, peur de son comportement au lycée, de ses regrets, de son mépris, et pour ne rien arranger, il y a du bruit dans la cuisine. Je vais devoir attendre avant de descendre et, s'ils ne se bougent pas, je serais en retard. Pour une fois, je souhaiterais qu'ils viennent me voir, que ma mère me sourie, qu'elle me serre dans ses bras, me rassure, et que mon père me promette qu'il changera, qu'il fera des efforts pour moi, parce qu'il m'aime. J'espère, même si je sais que ça n'arrivera pas. Il faut que j'arrête de croire que tout peut être différent. Alors, je dévale les escaliers et quitte la maison sans me retourner, tant pis pour le petit déjeuner. Ils ne me font plus peur.

Finalement, je suis en avance au lycée et j'aime autant. De mon perchoir et grâce à mon objectif 70-300, je repère Josh et, à nouveau, mon cœur s'affole. Je tente de capter son regard en zoomant sur son visage trop serein, je voudrais y découvrir un changement, même minuscule. Mais il ressemble au Josh habituel, comme si, la veille, je n'avais pas fait de lui un homme. Je flashe en espérant que le développement me révèle un tout petit détail, une infime partie de moi en lui. Il tient la main de Marcy en discutant avec Steve et je diminue la focale pour faire un plan plus large. Il n'est pas collé à elle comme souvent et elle a l'air d'apprécier. Si elle savait pourquoi, la pimbêche, elle ferait une crise d'hystérie hallucinante. Je ne peux retenir un sourire en l'imaginant hurler des horreurs qui offusqueraient son Dieu tout-puissant. Je ris, et pourtant c'est bien plus douloureux que je le croyais de les voir ensemble.

Quand je me décide enfin à rejoindre les autres, le gros de la troupe est déjà à l'intérieur. J'ai tellement peur de me farcir encore la coincée que j'ai préféré attendre la dernière minute. Prude, elle, ne m'a pas loupée. Elle se précipite vers moi avec sa panoplie de petite fille sage, son sourire naïf et ses histoires assommantes ; et elle les débite, m'empêchant même de m'entendre penser. J'ignore si c'est bien ou si c'est mal. Jusqu'où aurait pu dévier mon esprit si on lui avait laissé le loisir de divaguer ? Je sais que Josh et son corps superbe l'auraient accaparé, et les doutes qui vont avec m'auraient envahie.

À midi, je suis dans les premières à m'attabler au fond du réfectoire. Je n'ai pas encore croisé Josh et j'ai bien l'intention de continuer comme ça. Je l'ai repéré plusieurs fois de loin, mais j'ai tout fait pour l'éviter. Je ne veux surtout pas savoir comment il me regardera après nos gestes de la veille.

Quand sa bande et lui pénètrent dans la salle bondée, j'ai les yeux baissés et il ne semble pas me remarquer. La coincée est encore à mes côtés avec plein de choses inintéressantes à raconter.

– Tu savais que les petits nouveaux ont jeté des pétards dans les toilettes du premier. Résultat, on ne peut plus y aller... Et la camée aux cheveux rouges a terminé sa matinée aux urgences après avoir dévalé les escaliers... Et un des gars trop mignons dc l'équipe de natation lui a fait un clin d'œil.

Moi qui croyais qu'ils étaient tous gays ! Nom de Dieu, mais qu'est-ce que je raconte ?

Je ne peux plus la supporter, en plus sa voix est un supplice. Je dois rester calme, je dois rester calme ! Elle n'existe pas. Elle va finir par se lasser. Il faut positiver.

Après avoir englouti le peu que mon estomac puisse accepter en pareille circonstance, je m'éclipse discrètement en m'éloignant le plus possible de la bande des populaires. J'allais réussir mon coup, mais Prude, qui s'est précipitée derrière moi, envoie valser son plateau et tous les regards se tournent dans notre direction. Elle est ridicule avec des spaghettis dans les cheveux et de la sauce tomate qui dégouline sur ses lunettes et son beau chemisier blanc. La situation serait plutôt comique… une autre fois.

Habituellement, je me moque d'être le centre de l'attention, il me suffit d'un regard noir pour leur faire regretter d'avoir joué les curieux. Mais, au milieu de cette foule, il y en a un qui ne craint plus les éclairs de mes yeux sombres. Josh m'observe, amusé, comme si j'étais la distraction, et non cette gamine empotée. Je me détourne et quitte la pièce, furieuse, ignorant la situation délicate dans laquelle j'abandonne la coincée. Je redoutais de croiser son regard et j'avais raison, quel enfoiré ! Comment a-t-il pu me dévisager de cette façon ? Qu'est-ce que je suis devenue pour lui ? Un pantin qui fait ses quatre volontés ? Il veut vraiment savoir qui tire les ficelles ?

Je croyais m'être débarrassée de Prude, mais raté ! Cinq minutes plus tard, elle est déjà de retour dans mes jambes, son blazer à carreaux fermé jusqu'en haut pour dissimuler l'horreur qui se cache dessous.

– L'avantage avec toi, c'est que personne n'a osé regarder mon popotin pendant que je réparais mes bêtises, chantonne-t-elle, toujours aussi enjouée.

Qu'elle est cruche ! Elle n'a pas besoin de moi pour éviter qu'on lui reluque le cul. Qui s'intéresserait à son postérieur avec la dégaine qu'elle se paie ?

La journée se termine enfin, je suis soulagée de voir la coincée rentrer chez elle, et terrifiée, même paniquée, à l'idée de retrouver Josh. On va vraiment bosser notre exposé comme si de rien n'était ? Non, ce n'est pas possible ! Et si je ne retournais pas chez moi ? Il finirait par se lasser de m'attendre.

Machinalement, j'ai emprunté le chemin habituel et quand j'arrive, il est déjà devant la porte, adossé à la balustrade de la terrasse. Il a retiré le blouson de son équipe de rugby et ne porte qu'un jean qui tombe bas sur ses hanches et un sweat moulant qui dessine à la perfection sa superbe musculature. Un corps pareil, ça devrait être interdit. Ses mèches rebelles dissimulent en partie son regard glacial qui me fait frémir. Il regrette de l'avoir fait avec moi. Il regrette, c'est sûr !

Après avoir vérifié qu'aucune voiture familière n'est garée dans la rue, j'enjambe le portillon sans prendre la peine de l'ouvrir. Pour être honnête, j'ai perdu la clé. Je passe devant lui sans le regarder et extirpe mon trousseau de ma poche en retenant un tremblement. Avant de déverrouiller la porte, je fais une pause pour être certaine que le silence règne à l'intérieur. J'inspire violemment pour évacuer la pression, alors qu'il m'observe, indéchiffrable.

Il me suit dans le domicile que j'ai parfois du mal à considérer comme le mien. Tout est blanc, design et vide, exactement comme ma mère l'a voulu. C'est beau, mais c'est surtout super-chiant à entretenir. Je jette mon sac sur le canapé en cuir blanc et me tourne vers lui. Il a l'air aussi gêné que moi.

– Tes parents ne sont pas là ? finit-il par articuler avec une mimique irrésistible qui pourrait presque me laisser penser qu'il en sait plus qu'il n'en dit. Mais c'est impossible !

– Tu comptes me le demander chaque fois ? je réponds sur un ton trop sec qui me surprend moi-même.

La situation est délicate, mais je ne veux pas le faire fuir pour autant.

– Ça leur arrive de rentrer ? insiste-t-il, ignorant mon timbre cassant.

– Pas en semaine, je mens, en me débarrassant de ma veste.

Un long silence gênant s'ensuit. Si ça se trouve, il me met tout sur le dos et je suis devenue une grosse garce aguicheuse. On n'est pas dans la merde ! Je devrais dire quelque chose, genre « faisons comme si de rien n'était, OK ? ». Je me demande encore comment débloquer la situation quand il finit par proposer.

– On s’y met ?

J’hésite un instant avant de sortir les documents cornés de mon sac. Si je les lui donne, ça sera sans doute la dernière fois que nous nous verrons. À cette pensée, mon cœur se comprime violemment, je suis vraiment une cruche, de toute façon on n’a pas l’intention de se lier d’amitié, mais c’est plus fort que moi, ça me rend dingue. Je lui ai fait un cadeau exceptionnel et voilà comment il me remercie. Quel enfoiré ! J’ai soudain très envie de me venger.

– Putain, tu as de la chance ! Je t’ai mâché le travail, j’ironise en lui jetant le dossier.

Il l’attrape d’un geste habile et feuillette la vingtaine de pages que j’ai rédigées proprement durant le week-end. Il semble surpris, mais un sourire se dessine sur son beau visage.

– Tu l’as terminé ? me demande-t-il, ahuri.

– Je pensais que tu ne reviendrais pas… après notre conversation… euh… au sujet de tes couilles… je bafouille un peu gênée, avant de poursuivre sur un ton plus enjoué et autoritaire :

– Je suis la mère Salomon. Je vous écoute, Monsieur Anderson.

Tu as voulu te foutre de ma gueule ! Alors, voyons, comment tu t’en sors ? Je sais, je prends des risques, mais au point où nous en sommes, ça ne peut pas être pire.

Il n’a pas bougé, il me fixe comme s’il ne saisissait pas. Mais je ne me démonte pas, même si je suis paniquée.

– Et appliquez-vous si vous voulez une bonne note, j'insiste avec malice.

L'expression de son visage est indéchiffrable. On dirait qu'il s'apprête à s'enfuir en courant, mais après une hésitation interminable, il se penche sur les feuilles et commence sa lecture.

– Les droits de la famille ont considérablement évolué au cours du siècle passé…

Studieux, les mots s'échappent harmonieusement de sa bouche comme s'il récitait un poème. J'ai tout loisir de l'admirer, sans risquer d'être surprise. Il n'a aucun défaut, c'en est presque injuste. Il est tout simplement beau avec ses longs cils qui dissimulent entièrement ses yeux, son nez fin et droit, ses lèvres rouges et charnues et sa mâchoire carrée rehaussée d'une barbe naissante. Hier, je lui ai fait un cadeau, mais aujourd'hui, il va devoir le mériter.

Je laisse glisser ma chemise sur le sol et lentement je commence à retirer mon débardeur. Il stoppe un instant sa lecture et m'observe mi-surpris, mi-amusé.

– Monsieur Anderson, je vous écoute…

Son attitude me rassure. Il ne va pas fuir. Alors que je ne suis plus qu'en culotte, je me rapproche doucement et il se met à bafouiller.

– La famille nucléaire ma… majoritaire au début du siècle a… laissé place aux familles monoparentales…

– Vous manquez de concentration, Monsieur Anderson, ce n'est pas sérieux.

Je le taquine en glissant mes mains sous son tee-shirt.

– L'évolution des mœurs… voit l'apparition… de… de…

Il perd pied, alors que mes doigts déboutonnent son jean et se faufilent sous son boxer. Il est à ma merci et j'adore ça. Soudain, il envoie valser les pages qui volent en silence jusqu'au sol et il retire son haut en grognant.

– Je pense que nous devrions revoir ensemble votre barème de notation, se moque-t-il en m'empoignant sous les fesses pour m'installer sur son épaule.

J'étouffe un cri stupéfait et m'exclame, feignant d'être choquée :

– Monsieur Anderson, je ne suis pas de ces femmes qu'on achète !

– C'est ce qu'on verra, répond-il en grimpant les escaliers agilement comme si je ne constituais pas un handicap à l'exercice.

– Monsieur Anderson, reposez-moi immédiatement !

À ma grande surprise, il obéit, me faisant glisser lentement le long de son corps. La sensation est exquise et j'en profite pour respirer son doux parfum musqué. Nous sommes déjà dans ma chambre. Son visage est si proche du mien que je pourrais l'embrasser sans peine, mais je ne suis pas convaincue qu'il apprécie. Doucement, ses mains remontent sur mon ventre, s'attardent sur ma poitrine, puis l'une d'elles vient se perdre dans mes cheveux, tandis que l'autre frôle ma joue délicatement.

– Il faudrait arranger ça, souffle-t-il en caressant l'ovale de mon visage.

Alors, ça a de l'importance pour lui ? Il me veut moi, sans dissimulations ni artifices ? Je m'écarte en esquissant un sourire, soudain intimidée, et déclare d'une voix à peine audible :

– Je reviens.

CHAPITRE 14

Josh

Quand je suis arrivé devant chez Sandre, tout à l'heure, j'étais déterminé à ne pas recommencer, à mettre les choses au clair. J'avais besoin de le faire, je l'ai fait, c'était génial, mais ça serait stupide de jouer avec le feu. J'aime Marcy. Elle mérite quelqu'un de bien et je croyais être ce gars-là, je veux être ce gars-là. C'est elle que je désire et pas Sandre River.

Elle n'est même pas mon genre.

Pourtant, sans ses vêtements, elle est incroyablement attirante. Je tente de me convaincre que c'est le cas de toutes les femmes, même si je sais pertinemment que cette idée n'est pas vraisemblable. Cette fille a vraiment un truc. Elle sait si bien parler à mes sens, les mettre en ébullition, éveiller mes fantasmcs les plus fous.

Adossé au chambranle de la porte, je l'observe en silence. Sur la pointe des pieds, en équilibre sur le rebord du lavabo, elle s'applique à retirer le charbon qui dissimule ses faiblesses et la rend tellement impressionnante. Alors qu'elle est concentrée sur son reflet dans le miroir, j'en profite pour la détailler : ses longues jambes fines, son petit cul rebondi, sa taille de guêpe et ses seins à tomber. Ça paraît dingue, mais je la trouve parfaite et, comme la veille, je me dis que ce sont mes hormones plus que moi qui apprécient sa beauté. Après un interminable silence, je hasarde, curieux :

– Pourquoi ne te contentes-tu pas d'être toi ?

Elle sursaute quand nos regards se croisent dans le miroir. Sans tout ce noir, ses yeux sont doux, fragiles et malicieux, son sourire rehaussé d'une fossette a quelque chose d'irrésistible. Encore mes hormones qui parlent !

– Je ne suis pas certaine d'être à l'aise au lycée dans cette tenue, déclare-t-elle en désignant son corps nu.

Elle me sourit en arrangeant ses cheveux. Qui aurait cru que la rebelle puisse avoir de l'humour ? C'est dingue ! Comment peut-elle savoir si bien se rendre attirante ou détestable ? Le genre de gonzesse capable de vous faire perdre la tête.

– Je parlais de ton maquillage et de tes vêtements informes, je continue sans tenir compte de son air provocateur.

Son regard s'assombrit brièvement comme si je venais de toucher un point sensible. Marcy aurait-elle raison ? Se punit-elle vraiment en portant ces horreurs ? Je n'aurai sans doute pas la réponse, car de nouveau, son visage a pris cette expression joueuse qui m'a fait perdre pied tout à l'heure.

– Je suis bien plus moi comme je suis, souffle-t-elle, déjà tout proche de moi.

– Tu parles de toi… dans cette tenue ? je la taquine en glissant ma main sur sa taille pour l'attirer dans mes bras.

– Monsieur Anderson, vous me distrayez, alors qu'il me semble que vous n'avez toujours pas terminé votre travail, me gronde-t-elle en me poussant vers le lit.

Elle est d'humeur joueuse et j'adore ça. Bon sang, elle sait y faire !

– Vraiment ? Pourtant, je croyais vous avoir proposé un autre sujet pour évaluer mes compétences.

Je l'empoigne par les fesses pour la déposer sur le matelas. Elle est allongée, je suis accroupi sur elle, torse nu, le jean dégrafé, et mon entrejambe érigé la trouve terriblement belle et sexy.

– Je suis seule à décider les sujets sur lesquels portent mes notations, Monsieur Anderson, insiste-t-elle, en enfouissant ses doigts dans mon boxer.

Je retiens un grognement. Quand j'y pense, je ne pourrai jamais lui résister. Je suis irrécupérable, cette fille pourrait tout obtenir avec ma bite. Je suis foutu !

– Je crois qu'il serait plus sage que nous en discutions en privé avant que vous preniez une décision, je suffoque, alors qu'elle me déshabille avec une agilité impressionnante.

Elle va me rendre dingue. Je ne suis plus en mesure de réfléchir. Je ne sais plus qu'une chose :

je la veux. Je retire son shorty, tandis qu'elle s'attaque à mon boxer.

– Et de quoi désirez-vous parler, Monsieur Anderson ? souffle-t-elle, tandis que sa respiration s'accélère.

Ses mots ont des arrière-goûts de propositions indécentes. Ma peau nue frôle la sienne et m'excite d'une façon que je n'aurais pas imaginée. J'ai envie de toucher chaque parcelle de son corps, je veux goûter ses seins. Je la savoure en tentant de poursuivre notre petite conversation provocatrice.

– Je pensais qu'on aurait pu… évoquer… cette magnifique poitrine… cette peau… si douce et vous pourriez… constater à quel point… je sais… en prendre soin, je grogne sans cesser mes caresses qui semblent faire leur effet.

– Monsieur Anderson, la flatterie ne marche pas avec moi, suffoque-t-elle, en jouant avec mes fesses et mon entrejambe.

– Comment arrives-tu à m'exciter à ce point ? je m'exclame, alors que je croyais m'être contenté de le penser.

Je suis fou de désir pour elle, à un point tel qu'il devient urgent de la sentir autour de moi. Mes mains courent sur sa peau moite, mes lèvres dévorent sa poitrine et son cou. Nos corps sont si proches qu'ils ne forment plus qu'un et je sens son cœur qui s'emballe à un rythme impressionnant. Sans me détacher d'elle, je saisis un sachet coloré toujours dissimulé sous son lit. Après quelques ratés, je sors la capote de son emballage et la glisse entre nous pour recouvrir mon membre plus que prêt pour l'action. Comme Sandre l'a fait la veille, je guide ma queue implorante jusqu'à ce recoin si chaud et si délicat. Je crois être arrivé au but quand elle se met à se dandiner pour me compliquer la tâche.

– Vous semblez prêt à tout pour améliorer votre dossier scolaire, Monsieur Anderson ? se moque-t-elle, alors que je perçois l'humidité de son désir qui me réclame.

– Vous n'imaginez pas à quel point, je réplique en mordillant le lobe de son oreille.

Son souffle réchauffe ma peau et je sens ses mains se faufiler entre nous pour m'introduire en elle. Un soubresaut de plaisir m'envahit et tout son corps s'embrase, alors que je m'enfonce lentement. Ses gestes sont d'une exquise délicatesse et je savoure chacune de ses caresses. Aujourd'hui, je ne suis pas pressé, je veux faire durer le plaisir, jouant avec ses sens pour prolonger ce doux supplice que je voudrais interminable. Jamais je n'aurais imaginé pouvoir éprouver pareille jouissance.

– Putain de merde… gémit-elle en se cambrant.

Bordel, que c'est bon ! Je ne suis pas certain de pouvoir m'en lasser un jour. Je contemple son magnifique corps nu, marqué par nos ébats, quand une image de Marcy qui m'observe, les sourcils froncés, me percute en pleine face.

Je devrais paniquer et, pourtant, la seule pensée qui me vient, c'est Marcy entièrement nue. Serait-elle aussi belle ? Mais bien sûr, quel crétin !

Comment puis-je me poser la question ? Et puis, serait-ce aussi bon ?

Non, mais vraiment je délire ! Ça sera encore meilleur. La perfection. Même si à l'instant, j'ai du mal à imaginer comment on peut faire mieux. Pourtant j'en suis sûr, quand Marcy sera prête, elle me fera oublier les jeux salaces de Sandre et nous poursuivrons notre histoire comme si rien ne s'était jamais passé. J'ai hâte de partager l'extase avec Marcy mais, en attendant, mon entrejambe en redemande déjà et je ne suis pas sûr de pouvoir y résister. Comment mes hormones peuvent-elles me convaincre de continuer à tromper la femme de mes rêves ? Je suis pire que Steve, mais je préfère chasser ces pensées trop perturbantes avant de devenir fou.

J'ai honte, mais j'ai terriblement envie de recommencer et un corps magnifique est là sous mes yeux. Sandre me sourit comme si elle s'apprêtait à me torturer une fois de plus. Je la chevauche en savourant la douceur de sa peau, et une idée stupide me vient :

– On pourrait se filer nos numéros, histoire que tu puisses m'avertir au cas où ?

CHAPITRE 15

Sandre

L'avertir au cas où quoi ? J'ai une envie subite ? Il compte prendre ses habitudes ? Il a peur de finir nez à nez avec mes vieux ?

Une partie de moi est flattée, l'autre paniquée. Je n'avais pas envisagé les choses comme ça. Je pensais n'être qu'une aventure en passant et qu'il m'ignorerait une fois l'exposé terminé. Non, je me fais des idées, il parle de notre partenariat scolaire.

Mais le lendemain soir, il est là à nouveau, et je me surprends à espérer être la seule capable de le conduire au septième ciel, alors que nous l'atteignons pour la deuxième fois aujourd'hui. Bien sûr, je sais que Marcy passera toujours avant moi, elle a son cœur et moi j'ai sa queue. Bon, dit comme ça, ce n'est pas très flatteur, mais au fond je préfère avoir cette partie-là de son anatomie, surtout quand on sait le temps que les mecs passent à y penser. Et puis, elle a les prises de tête et les super-potes à supporter, alors que j'ai les instants de plaisir et les confidences sur l'oreiller. Non, c'est vraiment moi qui ai le meilleur.

Je sais, je sais, je me fais des films, mais c'est tellement bon de rêver et mes rêves n'ont jamais été aussi beaux que depuis qu'il sème son doux parfum partout sur mes draps et dans ma chambre.

Enfin, mes cauchemars sont encore là.

– C'est quoi encore ce bordel, Sandre ? Tu n'es qu'une traînée, tu nous fais honte ! Je te jure que tu vas le payer.

Je sursaute en entendant mon père s'époumoner dans le couloir. Quand il pénètre en trombe dans la pièce, je me positionne devant Josh en priant pour qu'il ne lui fasse pas de mal. Avec lui, je sais qu'il ne se retiendra pas et je redoute le pire. Il fonce sur nous.

– Non ! Arrête ! Il n'y est pour rien, c'est moi.

Je lève les mains et crispe les poings, prête à nous défendre. Il m'empoigne par les épaules pour m'extirper du lit et je crie, je me débats. Mais alors que je me prépare déjà à la violence qui va suivre, il me prend dans ses bras et me berce doucement.

– Là, ça va aller… Ce n'est rien, ce n'est rien.

Je cligne des yeux, stupéfaite par sa soudaine tendresse, et découvre Josh au-dessus de moi. Un rayon de soleil éclaire son beau visage encore marqué par sa nuit de sommeil. Merde !

Je parcours la pièce des yeux à la recherche de mon père. Il n'est plus là. J'écoute le silence rassurant de la maison. Ils ne sont pas là. Je peux respirer à nouveau, mais Josh, lui, paraît inquiet. Qu'est-ce que j'ai bien pu faire ?

– Ça va, Sandre ? m'interroge-t-il en caressant ma joue affectueusement.

Je déteste ce que je lis dans le fond de son regard, ce qu'il semble avoir déjà deviné. Il faut que je me sorte de cette galère, il n'aurait jamais dû assister à ça. Mais qu'est-ce qu'il fout là, d'abord ? Je grogne en me frottant les yeux pour m'assurer que cette fois-ci il est bien réel, même si ça ne devrait pas. C'est bien la réalité, le soleil brille dehors et mon réveil indique 7 h 45.

Re-merde ! Ne paniquons pas ! C'est la situation idéale pour lui faire oublier mon cauchemar encore trop présent.

– Josh, t'as dû t'endormir, tu as passé la nuit ici et on est en retard pour les cours, je déclare le plus calmement possible.

Je grimace en appréhendant sa réaction. Il se redresse d'un bond, ouvrant de grands yeux affolés. Il bondit hors du lit et enfile ses fringues en vitesse.

– Nom de Dieu ! C'est pas possible !

Je fais de même et me mets à flipper en réalisant que je n'aurai pas le temps de me maquiller. Je file dans la salle de bains, empoigne mon crayon, mon mascara et mon fard à paupières et les glisse dans la poche de ma chemise, alors qu'il s'écrie, déjà dans le couloir :

– Je passe un coup de fil avec ton fixe.

Je descends à mon tour en courant, sors deux verres, le sac de viennoiseries et le jus d'orange, pendant qu'il hoche la tête pour me remercier en me piquant une brioche.

– On s'est endormis devant la télé avec Steve... oui, Maman... je suis vraiment désolé... mon portable n'avait plus de batterie... on en reparle ce soir, je vais être en retard... OK, bisou.

Je lui tends un verre. Il me file mon blouson en récupérant le sien. Je bois une gorgée et entame une brioche pendant qu'il engloutit son verre de jus d'orange. J'attrape mon sac et lui fais passer le sien. En cinq minutes, nous sommes prêts à partir et je ne peux m'empêcher de sourire en me rappelant mes parents faire de même, les jours où tout allait bien. Je me disais qu'ils devaient avoir un sixième sens ou un truc du genre pour savoir si bien ce que l'autre désirait. J'ai toujours souhaité rencontrer quelqu'un avec qui je m'accorde aussi bien, même si ça me fait flipper. Josh surprend mon expression amusée et il me dévisage curieux.

– Qu'est-ce qu'il y a de si drôle ?

– Je t'expliquerai plus tard, j'esquive, en me précipitant dans l'entrée.

Jamais je n'oserai lui avouer ce genre de pensée. J'en mourrais de honte.

En un rien de temps, nous sommes dehors, courant côte à côte. Il me prend la main pour m'inciter à aller plus vite et je frémis à son contact. Ne redoute-t-il pas qu'on nous aperçoive tous les deux ?

Quand nous arrivons au lycée, les couloirs sont déserts et il ne m'a toujours pas lâché la main. Il stoppe en évitant de justesse la chute devant la porte de la mère Salomon. Il étouffe un fou rire et inspire un bon coup en me lançant un clin d'œil amusé. Je ne vois vraiment pas ce qu'il peut y avoir de drôle à la situation, et en particulier pour lui. Il pose ses doigts sur la poignée.

– Prête ? me demande-t-il en caressant ma joue.

J'acquiesce, et il ouvre la porte avec un air penaud qui lui va à merveille.

– Désolé, Madame, on travaillait sur notre exposé et on n'a pas vu l'heure, souffle-t-il hésitant, en pénétrant dans la pièce alors que tous les regards sont braqués sur nous.

La mère Salomon nous fait signe de rejoindre nos places sans pour autant dissimuler son agacement. J'avance les yeux baissés, alors que Josh ne semble nullement embarrassé. Je me sens nue sans mon regard smocké et je suis sûre que Josh devrait se sentir gêné de débouler ainsi avec moi.

Une fois installée, j'ose enfin vérifier les réactions. On a clairement éveillé les curiosités, mais tous les yeux se tournent vers Josh, alors que moi, ils m'ignorent comme toujours. Personne n'a remarqué que je n'ai rien d'effrayant ce matin. Je suis morte de trouille, mais lui est naturel et rien dans son attitude ne révèle la moindre inquiétude. Au fond, qui pourrait deviner la réalité ? Je me demande ce qu'il raconte sur moi dans mon dos. A-t-il dit la vérité à quelqu'un ?

Mais pourquoi je me prends la tête ? Je m'en moque complètement. Depuis quand les ragots me concernant ont de l'importance ?

Quand enfin on l'a oublié, il risque un regard irrésistible vers moi, qui semble me demander si ça va. Je lui souris et son visage s'illumine. Il faut qu'il arrête de faire ça, sinon je vais perdre les pédales. C'est clair que je vais finir aux oubliettes, alors pourquoi me laisser imaginer que je puisse compter ?

Et comme prévu, à la fin du cours, je redeviens un fantôme. Il m'ignore en plaisantant avec ses potes et mon cœur se comprime alors qu'il ne devrait pas. Je l'entends répondre :

– Ce n'est pas si terrible de bosser avec elle.

Tu m'étonnes que tu ne trouves pas ça si affreux ! C'est bête, mais ces mots me blessent plus qu'ils ne devraient ! Comment une nuit ensemble pourrait-elle tout changer ? Je suis une idiote ! Je suis idiote et je le sais. Je ne suis que sa première fois et je ne serai jamais rien de plus. C'est ce que je voulais et j'assume !

Je suis à deux doigts de paniquer, mais Prude vient me ramener à la réalité avec une tonne de questions et d'horreurs mielleuses à raconter. Je l'ignore en me dirigeant vers les toilettes, histoire d'arranger mon apparence qui n'a plus rien d'impressionnant. Et bien sûr, elle me suit comme si être tranquille dans ce genre d'endroit n'était pas une évidence. Et jamais elle se tait ?

– Vous travailliez vraiment sur votre exposé ? me demande-t-elle sans aucune appréhension. Il est gentil avec toi ? Oui, je suis sûre qu'il est gentil. Tu vois, je ne m'étais pas trompée, tu lui plais. C'est juste qu'il ne le sait pas encore.

Et maintenant, elle fait les questions et les réponses. C'est de pire en pire. En plus, elle se permet d'analyser ma vie. Il ne faut pas que je l'écoute, il ne faut pas que je l'écoute. Elle va me mettre des idées à la con dans la tête, la coincée. Je me concentre pour tracer une ligne bien droite autour de mes yeux, j'insiste sur mes cils avec la brosse du mascara, j'ai besoin de protection aujourd'hui.

Et pourquoi continue-t-elle à me parler ? Je me donne du mal pour l'ignorer, mais elle continue. Elle a vraiment envie de m'emmerder. Peut-être qu'on était en maternelle ensemble et que je lui ai pourri l'existence à ce moment-là ? Non, ce n'est pas possible, elle était en Californie. Mais alors pourquoi ? Je ne peux plus la supporter.

À midi, je reçois un SMS de Josh. Le vibreur dans ma poche me fait sursauter et je manque envoyer valser les pâtes que je me force à avaler. Je n'ai pas l'habitude de recevoir des messages, et c'est le premier depuis qu'on a échangé nos numéros. Je tremblerais presque en allumant mon portable. J'imagine un « désolé, je ne pense pas qu'on pourra se revoir après l'énorme boulette de cette nuit », mais les mots qui s'affichent sont totalement différents :

ÇA VA ? VAUT MIEUX QU'ON SOIT SAGES CE SOIR SINON MA MÈRE VA M'ENFERMER JUSQU'À LA FIN DE MES JOURS. TU VAS ME MANQUER.

Je le lis et le relis encore. J'ai l'impression de rêver. Waouh ! Surtout le « Tu vas me manquer ». Je suis un peu perplexe, je ne sais pas quoi répondre, mais il faut bien que je le fasse si j'ai envie que ça continue. Et j'ai envie que ça continue. Oh oui !

Dire que ça ne peut que mal finir ! Mais je m'en moque. Comment pourrais-je désirer renoncer à des instants pareils ? J'en ai des palpitations dans le bas-ventre rien que d'y penser.

Je cherche quoi écrire. Ça paraît dingue, mais ça fait des années que je n'ai pas envoyé de textos, même à mes vieux, et j'ignore ce que les gens se disent. Finalement, je me contente de OK, PAS DE PROBLÈME

C'est peut-être un peu sec et impersonnel, j'espère que ça ne va pas refroidir ses ardeurs, mais c'est aussi tout à fait moi, après tout.

Je suis vraiment nulle quand je m'y mets !

CHAPITRE 16

Josh

J'enfonce mon portable dans ma poche, et les ricanements ridicules de Steve me ramènent brutalement à la réalité. Je suis vraiment à côté de la plaque ce matin. En même temps, pas facile d'émerger quand on se réveille nu dans un lit avec un corps magnifique à côté de soi. Elle était si fragile, si belle, je voudrais pouvoir l'aider à ne plus vivre de cauchemars comme celui de cette nuit. Mais je ne suis pas prêt à tout abandonner pour elle.

– Alors, comme ça, tu te lèves aux aurores pour bosser ? On ne me la fait pas à moi ! Elle suce bien ?

La bouchée que je viens d'ingurgiter n'a pas le temps de toucher mes dents qu'elle ressort aussitôt, aspergeant Marcy au passage. Ce n'est pas possible ! Steve sort des horreurs de ce genre à longueur de journée, mais il est trop con pour avoir deviné.

Je hasarde un œil vers Marcy qui se contente d'épousseter sa robe que je viens de souiller en ignorant les gars qui s'agitent. Pourtant, je sais que les grossièretés de Steve la gênent. Je cherche sa main sous la table et elle me fusille du regard quand ses doigts frôlent les miens. J'ai intérêt à dire ce qu'il faut.

– Ça t'arrive de penser à des choses au-dessus de la ceinture ? je réplique, en priant pour qu'il n'insiste pas. J'ai besoin d'une bonne note.

– Et elle t'a donné combien, la rebelle ? raille Steve, alors que les autres le rejoignent dans son hilarité.

Cet imbécile m'a espionné ou quoi ? Je paniquerais presque. Mon cœur s'emballe, et je tremble légèrement. Josh, ressaisis-toi, dis quelque chose et vite. J'allais protester quand Boby s'en mêle et m'enfonce encore plus.

– Non, mais sérieux, moi aussi, je voudrais bien savoir ce que tu foutais avec elle ce matin.

Je le dévisage, ahuri. D'habitude Boby me défend !

– Ça n'avance pas, c'est une vraie chieuse et je suis complètement nul pour ces conneries, je m'emporte, alors que tous les autres se marrent comme des abrutis.

– Si tu sortais ta queue plus souvent, tu serais peut-être plus doué, insiste Steve.

La table d'à-côté se joint au fou rire général, tandis que Marcy vire au cramoisi. Et on appelle ça des potes ? Soudain, j'en veux terriblement à la fille sublime qui enroule ses doigts autour des miens. Si nous étions un couple normal avec des relations normales, je n'aurais pas à subir les railleries des copains.

– Nous avions des recherches à faire à la bibliothèque et cette emmerdeuse ne pouvait pas ce soir… et j'ai adoré me faire sucer entre les rayonnages, j'ajoute pour couper court aux moqueries.

– Josh ! proteste Marcy, plus choquée que jamais.

– Tu voulais qu'ils se taisent ? Tu vois, ça a marché, je lui explique en montrant du doigt les gars qui me fixent, bouche bée.

Je quitte la table et me précipite dehors sans me préoccuper de Marcy ou des potes. En sortant, je me retrouve nez à nez avec Sandre qui fait semblant de m'ignorer. Est-ce qu'elle nous a entendus ? Est-ce qu'elle va mal le prendre ?

Je disjoncte ! Ma vie part en cacahuète et moi, je m'inquiète de perdre mon plan cul !

Un plan cul… incroyable. Mais le problème n'est pas là, le problème, c'est cette petite voix dans ma tête qui me répète inlassablement qu'elle a besoin de moi comme j'ai besoin d'elle. Et depuis ce matin, cette petite voix a redoublé d'intensité.

Je m'adosse à un arbre en observant les rares nuages. Je suis complètement paumé.

– Pourquoi as-tu réagi si violemment ? me demande Marcy, figée à quelques mètres de moi.

– Est-ce que j'ai besoin de répondre ?

– Euh… Tu penses être inférieur à eux… parce que tu as moins d'expérience dans certains domaines, mais tu te trompes, Josh, commente-t-elle calmement.

Marcy devrait étudier la psychologie, elle est douée pour ça, même si ça ne marche pas avec moi. J'ai toujours redouté le regard chirurgical des psychologues.

– Viens là, je lui souffle en ouvrant les bras pour l'accueillir.

Elle hésite avant de s'approcher et pose ses mains sur ma poitrine pour s'assurer d'une distance de sécurité entre nous. Je déteste ça.

– Je n'ai pas à récupérer Colin après les cours, on pourrait faire quelque chose tous les deux, je propose en l'embrassant sur le front.

– J'ai une dissertation à rendre pour demain et… je crois que tu devrais réfléchir… seul.

Mon corps tout entier se raidit, paniqué. Elle a compris, elle a tout compris, elle va me quitter. Ne laisse rien paraître, Josh ! Tu ne peux pas la perdre, pas maintenant. Pourquoi faut-il qu'elle s'éloigne de moi quand j'ai tant besoin d'elle ? Et comme pour me rassurer, elle ajoute :

– Il n'y a personne d'autre, je ne vais nulle part, nous avons toute la vie devant nous, autant faire les choses bien.

J'aimerais pouvoir lui dire la même chose. Mais il y a Sandre, et même si mon avenir c'est Marcy, pour l'instant ce n'est pas elle qui envahit ma tête, s'infiltre partout sous ma peau et m'empêche toute pensée cohérente.

Est-ce que j'ai déjà tout fait foirer ?

– Je pensais que la naïveté était morte durant l'invasion d'Internet, raille Rita, des larmes plein les yeux à force de rire.

Je suis avachi sur son canapé de cuir usé jusqu'à la corde. Je viens de lui raconter mes problèmes et elle se moque de moi ou plutôt de Marcy depuis tout à l'heure. Qui y a-t-il de drôle à prendre son pied avec une fille alors que son cœur bat pour une autre ? Moi, je ne vois pas !

– Tu ne m'aides pas, là ! Je te demande conseil et tu rabaisses ma copine, je râle en m'obligeant à me lever pour ranger les courses que j'ai apportées.

Si je ne le fais pas, Rita laissera tout en plan sur la table et dans deux jours il n'y aura plus rien de comestible.

– Tous les hommes sont infidèles et toutes les femmes s'adaptent. Tu crois vraiment que ton père ne trempe jamais son biscuit à droite à gauche et que ta mère ne remarque rien, s'amuse-t-elle, se contentant de me regarder faire.

C'est rassurant parfois de voir à quel point je suis déjà plus mûr qu'elle, mais quand il s'agit de relation, je dois bien reconnaître que Rita en connaît un rayon. Ça ne l'empêche pas d'avoir tort aussi, et quand le sujet dérive sur mes parents, elle se trompe toujours. Rita ne remarque que le pire en eux.

– N'importe quoi, Martha et Charlie sont fidèles, et ils m'ont bien élevé.

– Pas tant que ça, on dirait ! raille-t-elle, moqueuse.

– Je suis jeune et je n'ai encore juré fidélité à personne, je me défends, tout en terminant de remplir son frigo, puis en sortant une poêle pour lui préparer une omelette.

Dans une heure, elle doit être à son travail et, comme toujours, elle se contentera de manger les restes des clients. Elle est irrécupérable, même si je la trouve mieux depuis quelque temps.

– Alors, pourquoi tu te prends la tête ? Profite de ta jeunesse, Joshy chéri, tu n'en auras pas deux, ricane-t-elle en s'éclipsant dans la salle de bains pour enfiler le minishort qui lui sert d'uniforme.

CHAPITRE 17

Sandre

Rentrée chez moi, le silence de la maison me perturbe plus qu'il ne devrait. D'habitude, j'aime savoir que je suis seule, mais là, ça me dérange. Pourtant, ça ne fait pas si longtemps que Josh s'est invité dans mes soirées de solitude. Je mets la télé pour oublier le vide de la maison et sors mes cours d'histoire et d'anglais dans l'intention de m'avancer. J'ai du mal à me concentrer, alors qu'habituellement je bâcle le tout en à peine une heure. Josh hante mes pensées. Son sourire malicieux, les mèches de ses cheveux qui jouent avec ses beaux yeux bleus, sa peau douce et ferme, son corps tendu sur moi et l'incroyable sensation de le sentir en moi.

Je serais prête à tout pour que ça continue.

L'espace d'un instant, j'ai terriblement envie de m'engouffrer en douce chez lui pour assouvir mes pulsions et rallumer la flamme, mais la vision de sa mère refroidit mes ardeurs. J'aimerais être une petite souris pour savoir ce qu'il fait en ce moment. Il a dû passer un sale quart d'heure. J'essaie de l'imaginer avec sa mère, toujours impeccable, ses yeux bleus, dont il a hérité, lui lançant des éclairs, horrifiée qu'il ait osé la laisser morte d'inquiétude toute une nuit.

Je me demande si elle l'a déjà engueulé ce matin au téléphone. En tout cas, c'est sûr, ça doit chauffer pour lui ce soir. J'ai presque envie de lui envoyer un message pour savoir.

Et là, sans réfléchir, je compose un SMS et l'expédie.

TOUJOURS ENTIER OU TA MÈRE T'AS COUPÉ LES COUILLES, HISTOIRE QUE TU NE T'ÉLOIGNES PLUS DE CHEZ TOI ?

À peine envoyé, je le regrette déjà. Et s'il n'appréciait pas ? Après tout, mon humour au sujet de ses couilles lui a déjà donné des sueurs froides. Mais la réponse ne se fait pas attendre et je frémis en rallumant l'écran.

TRÈS DRÔLE, MAIS C'ÉTAIT MOINS UNE. MERCI DE T'INQUIÉTER POUR ELLES.

Je ne peux m'empêcher de sourire à sa réponse. Je n'ai pas le temps de digérer la bonne nouvelle qu'un autre arrive, me laissant pantelante.

DEMAIN, J'AI MATCH ET JE NE SAIS PAS SI JE TIENDRAI LE WEEK-END SANS TOI.

C'est une façon de me demander si je suis dispo ? J'hésite, je ne peux pas lui dire qu'il y a le champ libre chez moi, sinon il va se poser des questions, et si je ne lui réponds pas, il pensera que je ne veux plus le voir.

TES COUILLES N'ONT PAS EXPLOSÉ EN 17 ANS D'ABSTINENCE, ELLES DEVRAIENT POUVOIR TENIR ENCORE 3 JOURS.

TU N'AS AUCUNE PITIÉ POUR ELLES.

ET QUI S'EST OCCUPÉ D'ELLES CES DERNIERS JOURS ?

C'EST VRAI ! JE VAIS TENTER DE LES RAISONNER, MAIS TU LES CONNAIS…

Je crois que notre petite conversation au sujet de ses couilles est terminée, mais un nouveau message apparaît alors que je m'apprêtais à éteindre mon portable.

TU POURRAIS PASSER CHEZ BOBY, ON Y VA TOUJOURS APRÈS LES MATCHS.

Nom de Dieu ! Il veut quoi ? Que je trouve ma place dans cet univers que je rejette depuis un an. Que je me faufile en douce chez son pote pour qu'on puisse baiser dans un coin pendant que Marcy bassine tout le monde sur l'importance de rester pure. Il croit vraiment que je vais accepter de jouer les roues de secours pour qu'il puisse garder la tête froide en présence de sa belle ? Quel enfoiré ! J'ai l'air d'être du genre à me laisser manipuler ? Le problème, c'est que j'ignore si je suis capable de lui résister.

Le lendemain matin, Marcy n'est pas avec Josh et je me surprends à espérer qu'ils ne soient plus ensemble. Puis elle apparaît. Il la serre dans ses bras musclés en lui susurrant des mots tendres à l'oreille, et la brûlure de la déception vient me narguer sans complexe. Et comme je déteste cette sensation, je passe le reste de la journée à me tenir le plus loin possible d'eux.

Même Prude semble avoir compris et réussit le miracle de ne pas se faire remarquer. Enfin, les meilleures choses ont une fin et on ne peut lui demander d'éviter de mettre les pieds dans le plat.

– On va au match ensemble ? couine-t-elle gaiement.

– Je n'y vais jamais.

À son sourire victorieux, je sais qu'elle aussi en a conscience.

– Tu pourrais changer tes habitudes pour une fois, insiste-t-elle.

Si elle savait que j'ai tenté toute la journée de me convaincre de ne pas y aller pour finalement décider que je n'irai qu'au match et que jamais je ne m'abaisserai à le rejoindre chez Boby Storman. Si elle savait qu'en réalité je n'ai jamais manqué une seule rencontre et qu'il est hors de question de modifier mes habitudes à cause des couilles de Josh !

Je n'achète jamais de billet, je me contente d'une planque sous les gradins avec mon vieux Reflex et mon téléobjectif. J'aime prendre des photos des joueurs en pleine action, et en particulier de Josh. C'est dans ces moments-là qu'il baisse un peu sa garde et les clichés révèlent une infime partie de ses faiblesses.

C'est stupide, mais j'appréhende. Je pensais que le dépuceler ne changerait rien, et j'avais tort. Ce soir, c'est différent, tout est différent. Ces soirs-là,

Marcy joue les groupies en chaleur et je sais que Josh apprécie vraiment ces instants où elle est totalement hystérique et folle de lui. Je ne veux pas savoir si je serais capable de le supporter. Une partie de moi a vraiment très envie de le voir. Il est irrésistible quand il campe les guerriers prêts à tout et à deux cents pour cent dans ce qu'il fait.

Et puis, je ne peux pas m'empêcher de vérifier et vérifier encore s'il sera différent avec sa pimbêche de copine après ce qui s'est passé entre nous. Et comme une idiote, je suis là deux heures avant pour pouvoir me glisser dans ma cachette sans être surprise. Je patiente en shootant les têtes connues qui s'agglutinent petit à petit dans les gradins. Steve a amené les jumelles Crawford, Will l'intello est venu avec ses parents, David le crasseux tente de draguer un peu, même la coincée est là et on dirait qu'elle me cherche. Pour une fois, je devrais avoir la paix.

Ce soir c'est Winsted contre Torrington, et le match est serré. Josh se retrouve plusieurs fois au tapis et à chaque coup, je frémis pour lui. J'ai vraiment un grain, ce n'est pas mon mec, à ce que je sache. Il peut bien terminer à l'hosto, ce n'est pas mon problème.

J'observe Marcy à l'autre bout du stade, elle se ronge les ongles en priant pour lui et je suis certaine qu'elle prie vraiment. Elle et sa famille sont des cathos ultra-pratiquants qui pensent que les gens comme moi finiront en enfer, simplement parce qu'ils ratent la messe du dimanche.

Il ne reste que quelques minutes, et Torrington mène de deux points seulement. Soudain, la foule se dresse comme un seul homme et hurle. Je ne vois plus rien. Les dernières secondes s'écoulent et des exclamations inaudibles s'échappent de toutes parts. J'essaie d'apercevoir quelque chose, de repérer Josh au milieu des jambes qui piétinent, hystériques, mais rien. Et puis, tous se mettent à courir et à sauter en se précipitant sur le terrain et, de nouveau, j'ai le champ libre. Je vois Josh porté en triomphe par la masse impressionnante de Paul Howard. On le repose, et Marcy se jette à son cou. Il la propulse dans les airs en l'embrassant passionnément, et mon cœur fait des ratés surprenants en se comprimant douloureusement. Je retiens un cri qui menace de s'échapper pour libérer la pression. Je tente d'éliminer une pensée insupportable : et si elle acceptait de le faire avec lui ce soir, je ne serais plus personne. Je détourne les yeux.

Les perdants se font sermonner par leur coach. Ils ont la tête baissée et attendent que ça passe. Au fond, je suis plus en accord avec eux, mais mon regard ne peut s'empêcher de retourner vers Josh et Marcy toujours collés l'un à l'autre. Je dois vraiment aimer souffrir.

Petit à petit, le stade se vide et je m'extirpe de ma cachette. Alors que je pensais être la dernière, je découvre le père Donnell adossé à une Toyota noire flambant neuve. Il a l'air ravi de me voir, comme toujours, je crois que c'est le seul mec qui apprécie autant de me croiser par hasard.

– Oh ! Bonsoir, Sandre ! Je n'avais pas vu que tu étais au match !

– Je suis arrivée en retard, je grommelle sans prendre la peine de ralentir.

– Will a perdu son portefeuille dans les gradins, tu ne l'aurais pas vu ?

– Hum, non.

Et je m'éloigne. Qu'est-ce que j'en ai à foutre du portefeuille de son rejeton ? Je suis sûre que c'est un vieux pervers qui kiffe les petites jeunes en rébellion. Trop dégueu !

Sur le chemin du retour, je ne peux m'empêcher de penser à Marcy et Josh. Ils sont sans doute tous chez Boby pour arroser ça. Je me suis promis de ne pas y mettre les pieds et il est hors de question que je craque. Pourtant, une fois dans mon lit, impossible de fermer l'œil. Je vois Marcy lui faire des choses qu'il n'a encore jamais faites avec moi.

Pense à autre chose, pense à autre chose. Il y a des bruits dans le jardin et je me déteste de les redouter. C'est certainement mon père. Je voudrais pouvoir me défouler dans le garage, mais j'ai peur qu'il y soit. Le martèlement du cuir me fait frémir. Ne les écoute pas. De nouveau, Josh me nargue, je l'imagine gémir plus fort que toutes les fois où l'on s'est envoyés en l'air. Et j'aperçois son regard malicieux qui me provoque, le visage à moitié enfoui dans les seins de sa belle.

Il faut que je sache !

CHAPITRE 18

Josh

Que Marcy est sexy ce soir ! Et elle se frotte à moi, fière comme jamais. Je pourrais presque croire qu'elle désire concrétiser. Je sais que je vais me ramasser, mais j'ai terriblement envie de retenter ma chance. Arrête de culpabiliser, profite, hurle Rita dans mes pensées ! J'ai été complètement à l'ouest ces derniers jours. J'ai fait n'importe quoi ! Comment ai-je pu me retrouver accro à Sandre à ce point ? Elle est incapable de me faire autant d'effet que Marcy, puisqu'elle n'a pas mon cœur.

Je suis dans un état second chaque fois que Marcy me frôle pour rajouter du Coca dans mon whisky, me dévoilant au passage son magnifique décolleté. Je n'en peux plus, ses cheveux incroyablement doux me caressent la nuque et son parfum vanillé m'appelle irrésistiblement.

Et elle ne grimace même pas à chaque verre que m'apporte un des membres de l'équipe. Ce soir, j'ai vraiment assuré sur le terrain et je suis certain que la suite des festivités sera encore meilleure. Quand Marcy me demande de rentrer vers dix heures, avec un petit sourire salace, je suis persuadé que ça y est, enfin, on est sur la même longueur d'onde.

Je suis un peu éméché, mais rien de grave, par rapport à la semaine dernière. Elle ne devrait pas tiquer. Elle se pelotonne contre moi en glissant ses mains sous mon blouson de l'équipe. Il n'est plus question de s'interroger sur notre avenir ensemble ce soir, et je préfère ça. J'attends que l'énorme bâtisse de Boby et les éventuels curieux ne soient plus en vue, pour enlacer sa taille fine et plaquer mes lèvres contre les siennes en introduisant ma langue avec fougue.

Je veux lui montrer à quel point je suis fou d'elle. J'empoigne ses fesses parfaitement moulées dans un slim qui lui va à merveille et la presse contre mon entrejambe afin qu'elle sente comme je la désire. Elle se dandine d'excitation et je grogne dans sa bouche en imaginant la suite. Et alors que je nous croyais en osmose, elle me repousse violemment en hurlant, folle de rage :

– Qu'est-ce qui te prend ? Je pensais… tu as réfléchi… enfin, tu étais si tendre, si attentionné, tellement pas… cette semaine… je croyais que tu avais compris.

Les émotions qui traversent son beau visage ramènent instantanément mes parties à la réalité. J'ai dû rater quelque chose. Elle voulait que je me remette en question, je l'ai fait. Je lui ai dit qu'il n'y avait qu'elle, qu'elle était mon amour, ma vie, que je l'attendrai, et je le pense. J'ai déconné, c'est vrai, mais nous sommes jeunes, elle l'a dit elle-même, et je n'ai pas envie de me prendre la tête avec une histoire trop sérieuse.

Rita a raison, il faut profiter.

– Compris quoi ? je bafouille, en tentant de faire le tri dans mes pensées embrumées par l'alcool.

Je n'ai pas rêvé toute la soirée ? Elle se frottait à moi comme une chatte en chaleur. Marcy va me rendre fou !

– Josh, tu le fais exprès, s'indigne-t-elle.

Je reste là comme un imbécile en attendant qu'elle veuille bien m'expliquer. Le whisky et mon entrejambe frustré m'empêchent de réfléchir.

– Je ne veux pas… je veux patienter.

Et ça y est, c'est reparti. Est-ce que je viens de parler de sexe ? De tenter de la dévêtir ? D'abuser de la situation ? Bon OK, j'y ai songé, mais il y a tellement de choses à expérimenter sans même envisager l'acte en lui-même.

– Et la tendresse dans tout ça, tu en fais quoi ? L'intimité, tu y as pensé ? Comment pourrions-nous être un couple alors que nous n'avons pas de vie intime ? je m'emporte, même si je sais très bien que je vais la choquer.

Je m'attends à une leçon de morale, une interminable litanie qui va me dessoûler plus efficacement que n'importe quel remède miracle, mais rien n'arrive. Elle se contente d'inspirer bruyamment avant d'ajouter calmement :

– Nous n'avons pas besoin d'être nus, de faire certaines choses pour qu'une intimité existe entre nous, et tu le sais… Tu n'es pas dans ton état normal. Ça doit être l'euphorie du match qui te perturbe… Tu sais quoi ? Oublions ce qui vient de se passer. Lucy va me raccompagner.

Et c'est tout ! Elle m'embrasse furtivement sur la joue, sa main frôle mon bras et elle disparaît dans l'immense maison des Storman, me laissant là comme un malpropre.

Quand elle réapparaît avec Lucy, je n'ai toujours pas bougé. Je tente de comprendre, mais mon esprit refuse d'assimiler la conversation que l'on vient d'avoir. Elle passe près de moi comme si je n'existais plus et je la regarde s'éloigner, plus belle que jamais. Comment une fille aussi attirante peut-elle rejeter le sexe à ce point ? Mon Dieu, il va vraiment falloir que je calme mes hormones avant de la revoir !

Mon esprit se fixe immédiatement sur Sandre, nue dans son lit. Je l'imagine m'attendre, plus désirable que jamais. Je lui avais demandé de venir, mais elle n'est pas là. Je ne sais toujours pas ce qui m'a pris. Ce n'est pas ce que j'avais décidé, je voulais m'éloigner. Pourtant, je suis déjà en manque d'elle ! J'envisage d'escalader la pergola derrière chez elle pour assouvir mes pulsions ridicules, quand une main m'attrape et me pousse.

– Alors, winner, tu as encore pas mal de verres qui t'attendent !

C'est Paul qui me porte presque à l'intérieur. Des bras se mêlent aux siens et des exclamations de joie m'enveloppent d'une euphorie suffocante. Je peine à reprendre ma respiration, ils me privent d'oxygène, m'empêchent le moindre geste, m'entraînent avec eux dans un mouvement de foule effrayant. D'habitude, j'aime cet enthousiasme d'après match, mais ce soir j'ai du mal. Ils veulent ma mort ! Je suis limite en panique quand Steve vient me sortir de cette embuscade en me refilant son verre.

– Alors mon vieux, tes couilles sont encore restées sur le carreau !

Quel salaud ! J'agonise, et lui me donne le coup de grâce. Et on appelle ça un pote ! J'ai une folle envie de lui foutre mon poing dans la figure.

Je hurle en me jetant sur lui :

– Espèce de grosse merde puante !

Mes phalanges s'écrasent violemment contre sa chair. Je crois l'avoir mis K.-O., mais quand je rouvre les yeux, il est toujours là à m'observer comme un imbécile. Boby s'est glissé entre nous, tenant fermement ma main entre ses doigts imposants. Je tente de me dégager, mais je sais très bien que je n'ai aucune chance.

– Bon sang, laisse-moi lui régler son compte ! Il le mérite, cet enfoiré, et tu le sais !

J'ai beau supplier, l'insulter, il ne relâche pas sa prise.

Lentement, alors que je me débats toujours, il m'éloigne de Steve.

Je lutte de toutes mes forces, mais sans aucune difficulté, il m'enferme dans le bureau de son père. Boby fait toujours preuve d'un calme impressionnant. Un mec comme lui, on l'imaginerait plutôt jouer des poings facilement, alors qu'en fait il est d'une patience à toute épreuve.

– L'humour de Steve a toujours été limite, mais c'est ton pote, tu n'as pas le droit de lui mettre sur la gueule parce que ta vie part en vrille.

Il parle doucement, comme s'il craignait de réveiller un enfant qui dort. Et avec une lenteur surréaliste, il se glisse derrière le bureau de son père, sort un pack de bière planqué je ne sais où et s'installe sur l'imposant fauteuil en ouvrant une cannette. Je l'observe en silence. On dirait qu'il attend que je vide mon sac. Franchement, que veut-il que je lui dise ?

– Josh… tout le monde sait que tu es dingue de Marcy, tu n'as pas besoin de le prouver, mais elle et toi, vous êtes différents. Vous devriez vous accorder une pause avant de faire une connerie que tu regretteras toute ta vie.

Je le dévisage, estomaqué. Je suis un livre ouvert ! Je devrais être dégoûté. Pourtant, je suis juste soulagé, car s'ils savent tout de moi, ils ignorent encore que je l'ai déjà fait.

– Je ne supporterais pas qu'un crétin hyper-coincé ose la toucher.

Bon Dieu, oui ! J'en deviendrais taré. Je serais capable d'envoyer à l'hosto tous les imbéciles qui se permettraient de lui parler.

– Alors, tu vas faire quoi ? m'interroge calmement Boby. Terminer tes études, traverser les orgies universitaires avec tes couilles en ébullition, comme dirait Steve. Et supplier Marcy à genoux de te sucer la bite quand tu n'en pourras vraiment plus ?

Je ne peux m'empêcher de sourire en pensant que Sandre aurait pu sortir la même chose.

– J'évoquais ta demande en mariage, précise-t-il, alors que je souris bêtement.

Le mot « mariage » me ramène instantanément à la réalité, me provoquant un haut-le-cœur que je ravale en engloutissant le verre de Steve que j'ai toujours dans la main. Je suis dans le pétrin !

Je sais que Boby ne croit pas que je l'ai fait avec la grosse Sarah, contrairement à Steve. Je voudrais lui dire que je suis passé à l'acte, que c'était génial et que je suis complètement accro ! Au sexe, pas à Sandre ! Boby est un mec bien, je sais qu'il peut comprendre, mais je sais aussi qu'il me conseillera d'arrêter et, au fond, je n'en ai pas vraiment envie, alors je me contente de demander :

– Toi, tu l'as déjà fait… Tu pourrais t'en passer, pour la fille de tes rêves ?

– J'aimerais te dire que oui, mais je te mentirais… J'ai couché avec des filles sans intérêt juste pour le plaisir de le faire.

Ça peut paraître dingue, mais je suis soulagé. Je ne suis pas un enfoiré comme Steve, je suis juste un mec comme les autres. Je m'approche du bureau pour me prendre une bière et Boby ajoute, pensant sans doute que j'ai besoin d'être rassuré :

– Les filles ne sont pas comme nous, elles ignorent tout de l'effet que ça nous fait et si elles le savaient, je suis sûr que Marcy ne se comporterait pas comme ça avec toi.

Ouais ! Si Marcy pouvait savoir. Je l'imagine me sucer pour m'aider à patienter en attendant le jour où elle sera enfin prête. Mes parties, elles, le sont déjà. Elle est entre mes jambes, ses longs cheveux dorés caressent mes cuisses, alors qu'elle exécute un va-et-vient à un rythme parfait. Que c'est bon ! Je pourrais jouir dans mon pantalon rien que d'y penser. Je dois vraiment avoir un air débile parce que Boby croit judicieux de préciser :

– Tu sais, quand tu l'auras fait, je suis certain que tu ne verras plus Marcy de la même manière.

Il paraît si sûr de lui, même si je ne suis pas vraiment convaincu de comprendre ce qu'il entend par là. J'ai beau l'avoir fait, et refait, et encore… Marcy reste l'unique à mes yeux, la femme idéale, sublime et distinguée, juste comme il faut. Et Sandre… C'est différent. Elle ne compte pas, mais je la veux quand même, quand je suis avec elle, je me contente de débrancher sans souhaiter comprendre ce qu'elle est pour moi. Mais maintenant, je ne peux plus me passer d'elle.

CHAPITRE 19

Sandre

J'ai marché une bonne heure avant d'arriver chez Boby. Je pensais sa maison bien plus proche et, dans l'obscurité, les raccourcis qui me semblaient familiers m'ont provoqué des sueurs froides. À plusieurs reprises j'ai cru m'être perdue.

Quelle idée de faire un tel trajet en pleine nuit ! J'ai vraiment un grain ! Je n'y peux rien si Marcy décide de se dévergonder ce soir. Et franchement, je préférerais ne pas en être témoin. Alors, qu'est-ce que je fous là ? Je tente de me convaincre que j'avais besoin de changer d'air, qu'il n'y a rien de mieux qu'une balade nocturne, mais la vérité, c'est que j'ai très envie de voir Josh. Je suis juste stupide, voilà tout !

La baraque de Boby apparaît enfin. Elle est impressionnante, entièrement recouverte de bois brut et entourée d'arbres de toutes sortes. Putain, elle est limite flippante, pratiquement plongée dans la pénombre. Je dois avoir raté la fête.

Pourtant, le perron est éclairé et une bagnole est encore garée devant l'entrée. Une Mustang rouge ! Et le propriétaire titube contre la portière sans parvenir à insérer la clé dans la serrure. Josh est dans un sale état.

Il ne m'a pas vue approcher et j'en profite pour le détailler. Comme toujours, son jean tombe sur ses hanches d'une manière terriblement sexy et son blouson accentue ses épaules carrées.

– Un coup de main ? je propose, en tentant de réprimer un fou rire.

Comment s'est-il débrouillé pour finir aussi mal en point ? Moi qui croyais que Marcy lui serrait la ceinture. Je me suis vraiment plantée sur ce coup et elle n'est même pas là pour limiter les dégâts.

Avec une lenteur surréaliste, il se tourne vers moi et sursaute en me découvrant. Ses yeux sont hagards et ses cheveux en bataille comme après une bonne baise. Mon cœur panique rien que d'y songer. Il l'a fait ! Un étrange sourire salace vient illuminer son beau visage, avant qu'il réplique d'une voix traînante :

– Tu es en retard, la fête est finie depuis longtemps.

– J'avais des trucs à faire.

Je ne peux quand même pas lui dire que j'ai vu le match, que j'ai tourné cent fois dans mon lit en pensant à lui et que je me suis paumée trois fois avant d'arriver jusqu'ici. Il s'imaginerait que je suis à sa merci. Tout, mais pas ça !

Il m'observe en se balançant d'avant en arrière. Son jean trop large et son tee-shirt tout de travers laissent entrevoir le bas de son ventre. Comment peut-il être sexy et complètement ivre ?

J'hésite un instant avant de m'approcher davantage, je ne veux pas être surprise ici. Je jette un nouveau regard en direction de la maison. Il semble ne plus y avoir personne. Où sont passés tous ses potes ? Pourquoi personne n'est là pour l'empêcher de finir dans un fossé ?

– Putain, mais qu'est-ce que tu fiches ici, tout seul comme un con, dans un état pareil ? je lui demande, en lui piquant les clés des mains.

– Personne ne conduit ma bagnole, s'indigne-t-il, en tentant de récupérer mollement ce qui lui appartient.

J'ignore ses protestations et l'empoigne par la taille en glissant mon bras sous son épaule. Il est plus lourd que je le pensais et je titube quand il se laisse aller contre moi.

– Accroche-toi, tu vas tester le côté passager.

Tandis que je chavire avec lui en contournant la voiture, il me plaque contre la carrosserie et engouffre sa main toujours aussi habile sous le pull camionneur de mon père en faisant jouer ses lèvres dans mon cou. Il sent fort le houblon, il a vraiment dû charger !

– Si tu savais comme je suis en manque, grogne-t-il en frôlant mon visage.

Un ivrogne qui vous fait des propositions indécentes, ça n'a rien de flatteur, mais quand il s'agit de Josh Anderson, ça change tout. J'ai tellement envie de lui que je pourrais lui céder, même dans cet état.

– Pourtant, ta queue doit comater, vu ce que tu viens de lui administrer.

Je caresse ses parties trop tendres pour pouvoir faire quoi que ce soit. Il gémit et retient ma main qui frôle son entrejambe. Il en redemande, l'enfoiré !

– Tu rigoles, je n'ai pas débandé depuis que Marcy m'a planté là, au garde-à-vous.

Je frémis en entendant son prénom, et une vague de sensations contradictoires m'envahit. Il a retenté sa chance… et elle l'a envoyé bouler. Un malaise se glisse entre nous. Cet abruti a vraiment conscience des âneries qui s'échappent de sa bouche ?

Je profite de ce moment de répit pour ouvrir la portière et le pousser à l'intérieur. Ses bras sont toujours autour de ma taille et il resserre son étreinte pour m'entraîner avec lui dans sa chute. Il semble soudain avoir repris du poil de la bête, et il en profite pour s'agripper à mon cul et me plaquer contre lui en riant.

Il redevient sérieux et, de nouveau, ses mains sont partout sur moi. La passion qu'il met dans ses gestes réveille tous mes sens et je le chevauche en suçotant son cou. Mon désir s'enflamme, et je me presse contre lui pour mieux le sentir. Il glisse ses mains ardentes sous mon gros pull et quand je me rends compte qu'il s'apprête à le retirer, je m'écarte brutalement en tentant de retrouver mes esprits.

– Bordel de merde… Ma mère m'a toujours dit qu'il n'était pas correct de profiter d'un homme en état de faiblesse, je souffle en me tortillant pour me dégager et m'installer sur le siège conducteur.

– Pourtant tu l'as déjà fait, riposte-t-il avec un large sourire malicieux.

– Mais tu étais plus que consentant !

J'enfonce la pédale pour entendre ronfler le moteur en lui rendant son sourire provocateur. Je n'ai pas mon permis, mais Oliver m'a souvent laissée conduire sa voiture et il avait, lui aussi, une de ces vieilles bagnoles rouillées qui démarrent au quart de tour.

– Et je le suis encore plus maintenant, insiste-t-il en frottant sa main sur ma cuisse.

Je passe la marche arrière, accélère et manœuvre en faisant crisser les pneus. Il veut que je calme ses ardeurs ?

– Dans ton état, tu le serais, même si je te présentais une amie transsexuelle.

Il ignore ma réplique un peu limite et grogne en fixant le chemin étroit qui se profile devant nous.

– Tu veux ma mort, reste en seconde, ordonne-t-il en se cramponnant au siège.

– À vos ordres, chef !

À ce rythme-là, on n'est pas rentrés. Après quelques mètres sur la nationale déserte, il décrispe enfin ses doigts qui menaçaient de déchirer le cuir et j'en profite pour accélérer un peu. Je sens son regard qui me scrute. Pourquoi me détaille-t-il ainsi ? La pression de ses beaux yeux bleus me déstabilise complètement et j'ai bien du mal à me concentrer sur la route.

– C'est quoi ton genre de mec ? finit-il par demander.

Je n'en crois pas mes oreilles ! Pourquoi ça l'intéresse ? Il s'emmerde et veut jouer les curieux ? Je le déteste quand il fait ça ! Je me tourne vers lui pour tenter de décrypter son regard presque noir dans la pénombre de l'habitacle.

– Putain, c'est quoi cette question ?

– Concentre-toi ! ajoute-t-il, presque suppliant.

Les mecs et leur bagnole, je vous jure ! Je reporte mon attention sur la route, mais sa question flotte encore dans l'air. Je repense à Oliver, à sa carrure imposante, son regard noisette et son sourire de vainqueur. Il était tellement beau ! Lui aussi avait toutes les filles à ses pieds, pourtant il n'avait d'yeux que pour moi. Ça ne l'a pas empêché de me laisser tomber lorsque les ennuis ont débarqué. Un connard comme tous les autres. Avec Josh, au moins, ça a le mérite d'être clair. Il partira quand sa queue aura trouvé mieux.

– Mon genre de mec ? Pas le bon, ça, c'est sûr !

Je ne le regarde pas, mais je sais que je n'ai pas assouvi sa curiosité.

– Tu as déjà eu un petit copain ? insiste-t-il sans quitter le bitume des yeux.

– Ça a l'air si surprenant ?

– Raconte !

Il croit vraiment que je vais lui raconter ma vie. Non, mais, il rêve ! Ce n'est pas mon pote, nous ne sommes rien l'un pour l'autre, juste deux inconnus qui baisent ensemble. J'ai bien l'intention que ça reste ainsi, et pourtant…

– Je vais partir du principe que tu ne t'en souviendras pas demain. Je suis sortie avec un imbécile dans ton genre, beau, superficiel, arrogant…

– Je ne suis pas comme ça, proteste-t-il, presque indigné.

– Si, tu l'es !

– Et comment un mec comme ça a pu s'intéresser à une fille comme toi ?

Je n'aurais même pas dû tiquer, et pourtant, sa réplique me blesse. Et lui, pourquoi est-il là à supplier que je me foute à poil, alors qu'il a une copine trop bien gaulée ?

– Parce que je baise comme une déesse !

S'il savait qu'Oliver s'est enfui en courant après que nous l'avons fait. Je le vois se décomposer et pense un instant qu'il va vomir, avant de comprendre que c'est ma réponse qui l'a mis dans un état pareil. Cet abruti serait possessif pour couronner le tout ? Un comble !

Il n'a toujours pas bronché quand je précise, en me garant devant chez lui :

– Figure-toi que j'ai été populaire.

J'envisage de le laisser là. Il ne risque plus rien devant chez lui. Et puis, je me dis que cet imbécile serait encore capable de foirer. Je contourne la bagnole, lui ouvre la portière et l'attrape par la taille, alors qu'il n'a toujours pas bougé. Avec un effort surhumain, je parviens enfin à l'extraire de la Mustang. Je crois le tenir fermement, mais son poids me surprend et je m'écroule, tandis qu'il s'affale sur moi. Le choc expulse le peu d'oxygène qui me reste et je peine à reprendre ma respiration sous lui. Il se dandine en glissant ses mains sur mon corps et en promenant sa bouche le long de mon visage.

– Merde, Josh ! Tu as vraiment envie qu'un voisin insomniaque nous découvre ?

– J'aimerais beaucoup voir la réaction de la vieille Rosy… Raccompagne-moi jusqu'à ma chambre ou je te baise à la vue de tous.

– Dans les deux cas, c'est non. Je ne veux pas me retrouver à faire un massage cardiaque à ta mère.

– Elle porte des boules Quies, précise-t-il en tentant de se relever.

Je me faufile sous lui et me redresse en l'agrippant pour l'aider à se remettre sur ses pieds. Les quelques pas jusqu'à l'entrée sont un véritable parcours du combattant. Il titube et s'accroche à moi comme s'il n'était plus capable de soutenir son propre poids. En arrivant à la porte, je n'en peux plus et le laisse choir contre le mur.

Il grogne, tandis que je fouille ses poches à la recherche de ses clés. Il ne pourrait pas m'aider ? Et pour ne rien arranger, son trousseau présente l'embarras du choix. Il a les clés de tous ses potes de beuverie ? Je dois m'y reprendre à plusieurs reprises pour trouver la bonne, alors qu'il en profite pour me peloter. Quand la porte cède enfin, je m'écarte pour le laisser passer.

– Tu es arrivé à destination, je précise, en le saluant d'une main levée.

Si je le touche, je sais qu'il va divertir mes sens et que je n'aurai pas la volonté de le repousser. Je hais l'effet qu'il me fait !

– Je pourrais trébucher dans les escaliers, souffle-t-il en m'empoignant par la taille et en m'entraînant à l'intérieur.

Ses mains s'aventurent sur mon corps, tandis qu'il tangue dangereusement. Nous sommes plongés dans l'obscurité et je ne connais pas sa maison. Je m'affale sur lui quand il rate la première marche de l'étage et en profite pour me peloter les fesses en pressant mon entrejambe contre le sien. Je lui fais les gros yeux en l'aidant à se redresser. Je tremble en priant pour ne pas être découverte ici avec lui. Je fais tous les efforts du monde pour rester silencieuse, alors qu'il semble s'en moquer complètement.

En arrivant devant la porte qu'il m'a indiquée comme étant celle de sa chambre, il paraît hésiter, désorienté.

– Je te préviens, si je me retrouve nez à nez avec tes vieux, c'est moi qui te coupe les couilles, je murmure en entrouvrant prudemment la porte.

Une fois en lieu sûr, il attrape mon cul et me soulève du sol pour que nos visages soient à la même hauteur. Et comme je m'y attendais, il titube, déséquilibré par mon poids, et s'affale sur moi dans un lit bien trop moelleux. Cet enfoiré n'a pas fait assez de plaquages pour la soirée ?

– On ne va pas le faire ici, je chuchote alors que sa bouche part à la découverte de mon nombril.

– On va le faire, réplique-t-il, en ôtant son blouson et son tee-shirt, avec un sourire salace qui en dit long.

– Ta queue est trop imbibée pour faire quoi que ce soit, je me moque, en caressant son entrejambe qui se raidit à mon contact.

– Pourquoi es-tu persuadée que je n'en suis pas capable ? Je suis bourré, pas impuissant.

– L'alcool inhibe la libido.

Malgré moi, je profite de son ventre dénudé pour le caresser. Il faut que je résiste ! On ne peut pas le faire, il a trop bu. Et puis, il est pathétique, je devrais avoir pitié, pas le désirer.

– Tu sors ça d'où ? demande-t-il en retirant mon pull pour un meilleur accès à ma poitrine.

Je devrais l'en empêcher, mais je n'en fais rien. Je suis déjà à sa merci, alors qu'il me suce vigoureusement le sein en frottant son sexe contre le mien. Cet abruti a retrouvé ses moyens ! Je suffoque sous ses caresses, il est bien plus entreprenant dans cet état. Je veux sentir son corps nu sur moi, je le veux en moi et je n'attendrai pas lundi. Je suis faible, c'est pitoyable. Et sans réfléchir, je réponds à sa question, le souffle court :

– Ma mère est sexologue.

Il se redresse et me dévisage comme si je venais de lui révéler que moi aussi j'avais des couilles.

– Alors pourquoi n'est-elle jamais là ?

J'hallucine ! Ce connard est capable d'oublier sa bite cinq minutes, juste pour assouvir sa curiosité. Je nc devrais même pas lui répondre, après tout il ne fait pas partie de ma vie. Et puis, un énorme mensonge s'échappe de ma bouche. De toute façon, il ne s'en souviendra plus demain matin.

– Son cabinet est à New York.

– Et ton père ? insiste-t-il.

Il commence à me gonfler avec ses questions. Qu'est-ce que ça peut lui foutre ? Et même si j'étais l'horrible garce que tout le monde semble penser, je doute que ça l'empêche de bander.

Enfoiré, je vais te faire passer l'envie de jouer les curieux !

CHAPITRE 20

Josh

J'attends sa réponse. La curiosité est incroyable pour dessoûler. Je sais ce que j'ai vu dans ses yeux, mais je veux l'entendre de sa bouche. La mystérieuse Sandre m'intrigue et je veux connaître tous ses secrets, mais elle ne semble pas prête à me révéler quoi que ce soit. Elle reste figée un bref instant, comme si ma question avait quelque chose de terrifiant, avant de rouler sur moi en me poussant sur le matelas pour prendre le dessus. Dans la pénombre de ma chambre, je l'observe, elle n'est pas maquillée et son regard a l'air plus bavard qu'elle, mais je suis trop imbibé pour y lire le moindre message. J'ai presque le sentiment de rêver. Je suis dans un état second et je brûle de désir pour elle.

À califourchon sur moi, elle se frotte à mon entrejambe au garde-à-vous et déclare, malicieuse, en me mordillant l'oreille :

– Sandre River n'existe pas. Je ne suis qu'un fantasme qui te permet de tenir le coup. Tu n'as trompé personne. Tu es toujours puceau, mon pauvre.

Et elle retire mon pantalon en me léchant le bas du ventre. Oui, je rêve et je serai bientôt au paradis ! Je veux bien croire tout ce qu'elle me dit, même si je ne suis pas certain d'être capable d'imaginer des rêves aussi bons.

Elle se redresse pour que je puisse mieux l'observer et enlève le peu de vêtements qui lui restent. Dans le noir, les courbes de son corps nu, seulement éclairées par la lune, lui donnent un air surréaliste qui m'excite davantage.

Une fois nue, elle remonte le long de mes jambes en caressant mes parties. Un râle s'échappe du fond de ma gorge et elle plaque sa bouche sur la mienne pour étouffer les grognements que je ne peux retenir.

– Je voudrais t'imaginer comme ça toutes les nuits, je souffle, en tentant de la pénétrer.

Je suis tellement éméché que je ne réalise pas que je m'apprête à le faire sans préservatif. Elle gémit et je me cambre quand ma queue s'introduit enfin. Mon Dieu, que c'est bon ! Je n'aurais jamais pensé que ça puisse être aussi différent sans le bout de plastique entre nous. Je sens sa chaleur humide, la douceur de cette partie si fragile. Je pourrais jouir là tout de suite !

Sandre glisse une main entre nous et je grogne, alors qu'elle me retire délicatement. Je crois que c'est fini, qu'elle va me laisser là dans un état pire que l'agonie. Merde, je n'ai pas de capotes dans ma chambre !

Et alors que je m'apprête à exprimer toute ma frustration, une délicieuse odeur de fraise réveille mes sens et le caoutchouc fin descend le long de mon membre. Elle y a pensé ! Avec une délicatesse infinie, elle me repositionne de nouveau en elle. Je frissonne en empoignant ses fesses pour la sentir plus étroitement autour de moi. Je n'en peux plus ! J'ai l'impression que je bande depuis une semaine.

– Je ne tiendrai plus très longtemps, je suffoque, déjà à bout.

– Ce n'est pas grave… Putain, moi non plus !

Et pour toute réponse à mes supplications, elle accélère le rythme en donnant des coups de reins amples et profonds. Elle fait tout le boulot, et c'est encore mieux ! Je crois lui dire que j'y suis, que mon corps est au bord de l'orgasme, mais mes mots ne sont que des grognements inaudibles. Je la presse plus fort en enfonçant mes doigts dans son joli petit cul et une explosion de sensations envahit tout mon être alors qu'elle se cambre une dernière fois sur moi en haletant.

Je passe la journée du samedi en partie dans les vapes. J'ai un mal de crâne impressionnant, mais ma mère s'abstient de tout commentaire, c'est le privilège d'avoir gagné.

J'ai toujours Sandre sur la peau. Je ne sais même plus si j'ai rêvé ou si elle était bien là cette nuit, mais je veux sentir encore le doux parfum de son corps nu. Je ne l'ai pas entendue partir et, pourtant, elle n'était plus là à mon réveil, alors que je pensais la tenir dans mes bras. La pénombre est plus douce, plus tranquille quand elle est là. Seule son odeur fruitée subsiste sur mon oreiller que je serre comme si elle pouvait m'apaiser.

Sa peau sucrée sur moi et son souffle chaud dans mon cou sont encore si présents que je crois qu'elle est revenue lorsque ma mère ouvre mes rideaux dimanche matin. Je sursaute en tentant de la dissimuler, mais il n'y a personne. Ma mère m'observe comme elle le ferait avec un inconnu qui s'exhibe nu devant elle, quand je réalise que je suis au garde-à-vous et que le drap fin ne camoufle rien. Elle quitte la pièce en ignorant mon air paniqué et ajoute en tirant la porte :

– Tu as une heure pour être impeccable et frais comme le fils parfait que tu es.

Parfait, bien sûr ! Le pense-t-elle vraiment ? Bon sang, je vais devoir me payer le sermon du pasteur ! Grâce à mon père, elle tolère que j'en rate quelques-uns, mais après deux cuites d'affilée, je n'ai plus le privilège d'y échapper. Il ne me faut rien de plus pour calmer mes ardeurs illico.

J'ai sorti mon costume sombre et ma chemise bordeaux. Je sais que ma mère préférerait que je mette une cravate, mais porter un truc pareil, c'est pire que de finir coincé dans un ascenseur.

Devant l'église, tout le monde est sur son trente-et-un. Je repère Marcy dans une splendide robe à volants turquoise. Ça paraît stupide, mais dans ces moments-là, elle ne me fait aucun effet. C'est, sans aucun doute, la proximité du révérend Clark qui perturbe mes sens.

Je vais saluer ses parents et embrasser sagement Marcy, comme le garçon bien élevé que je suis censé être. J'ai l'impression d'être une énorme supercherie au milieu de cet univers guindé et puritain. J'ai beau tout faire pour être comme eux, c'est dans ces instants-là que je réalise que c'est impossible. Eux n'ont jamais blessé personne. S'ils savaient que j'ai poussé Rita au bord du gouffre, m'accueilleraient-ils les bras ouverts comme ils le font ? Et s'ils savaient tout ce que j'ai fait dans le dos de ma petite amie ces derniers jours !

J'ai honte, mais bon sang que c'était bon !

Pardonnez-moi, mon Dieu, de penser à un truc pareil dans cet endroit, mais sérieux, si vous n'y avez jamais goûté, essayez. Vraiment, vous ne regretterez pas. Je disjoncte, voilà que je veux corrompre le Tout-Puissant ! En même temps, je suis certain qu'il a déjà testé, l'hypocrite.

Je fais semblant d'écouter le père de Marcy, qui raconte comme toujours l'une de ses énièmes parties de pêche, quand je remarque le regard contrarié de madame Shepard. Elle a repéré ma mère en grande conversation avec celle de Steve. Dans la paroisse, rares sont ceux qui côtoient cette femme pourtant sympathique. Madame Marchal n'a rien fait de mal à part être magnifique et sans mari. Dans un coin aussi paumé que Winsted, c'est suffisant pour être accusée d'avoir pactisé avec le diable. Si ma mère lui adresse la parole, c'est uniquement par empathie ou peut-être parce qu'elle apprécie Steve. Si elle savait !

Une fois dans l'église, je commence à suffoquer. C'est fou, mais je suis persuadé que le pasteur sait tout et que le sermon sera pour moi. C'est horrible quand il fait ce genre de discours personnalisé et que tout le monde cherche où se dirige son regard pour connaître l'imbécile qui a fauté. Aujourd'hui, ça va être pour moi et ce sera l'enfer ! Quand il commence à parler des nouvelles technologies et des dangers de l'addiction, mon soulagement est tel que je crois m'évanouir. Après tout, lui non plus n'est plus puceau ! Je suis jeune et pas encore marié ! Si je ne fais pas de conneries maintenant, quand les ferai-je ?

Pour paraître un mec aussi convenable que possible, je lutte contre le sommeil le reste de la cérémonie. Quand je crois mon calvaire enfin terminé, ma mère me fait signe de me rasseoir en se tournant vers mon père.

– Je dois parler au révérend Clark, emmène Colin. On se retrouve chez les Donnell, Josh et moi ferons la route à pied.

Elle a l'air particulièrement contrariée. Je me demande ce qui la tourmente à ce point pour avoir besoin d'en discuter avec le pasteur, et pourquoi me punir au passage ?

J'ai l'impression que leur conversation dure une éternité. Je tente de déchiffrer quelques mots pour vaincre l'ennui, mais rien. Ma mère est une femme intelligente, réfléchie, quel genre de problème peut nécessiter l'opinion du révérend Clark ? Est-ce qu'il se passe quelque chose avec Colin que j'ignorerais ? Non, impossible, mon petit frère me dit tout.

Je pense être enfin sorti d'affaire quand nous quittons la vieille bicoque humide, mais je découvre que mon calvaire ne fait que commencer lorsqu'elle m'interroge en me dévisageant comme jamais :

– Comment as-tu pu faire ça à Marcy ?

– De quoi parles-tu ?

Je suis ahuri, je croyais que c'était réglé, je croyais être passé entre les mailles du filet. Raté !

– Je sais que tu n'étais pas chez Steve cette semaine, que tu n'es pas passé voir Marcy… que tu n'es plus puceau… Qui est la dévergondée qui accepte de coucher avec un garçon qu'elle sait déjà pris ?

Je m'imagine faire une attaque tant mon cœur fait des ratés en s'agitant dans ma cage thoracique. Ça serait peut-être mieux que ce qui m'attend. Comment a-t-elle su ? Comment peut-elle me demander un truc pareil ? Elle ne pourrait pas se mêler de ce qui la regarde, pour une fois ? Une conversation mère-fils de ce genre ne devrait jamais avoir lieu. Je déteste la décevoir, mais c'est trop tard, je suis déjà hors de moi.

– C'est de ça que tu discutais avec le révérend Clark ? j'articule enfin, en tentant de rester calme.

– Ça ne te concerne pas.

– Tu parles de ma vie privée au pasteur et je n'ai pas mon mot à dire ? Non, mais dans quel monde vit-on ?

Elle a tout raconté au père Clark. Je suis mort de honte ! Comment a-t-elle osé lui révéler mes écarts de conduite ? Le prochain sermon, j'y ai droit ! Je lui en veux terriblement. Comment un mec comme lui pourrait-il comprendre ? Je suis certain qu'elle n'en a même pas parlé à mon père, lui au moins l'aurait raisonnée.

– Joshua Riley Anderson, je veux une réponse !

Je grimace. Quand elle m'appelle par mon nom, c'est que je suis vraiment dans le pétrin.

– Hors de question ! Mon intimité ne te regarde pas et si j'ai envie de foutre ma vie en l'air, c'est mon problème.

J'aimerais ajouter une insanité à ma tirade, histoire qu'elle saisisse enfin que je ne suis pas le fils parfait qu'elle imagine, mais son regard glacial me fige, alors je me contente de les penser. Je suis dans la merde.

– Vraiment, tu le prends comme ça ? Le problème, Josh, c'est que tu n'es pas encore majeur. Tu vis sous mon toit avec mon argent… Tu es consigné jusqu'à nouvel ordre et je me moque que tu veuilles voir Marcy ou Steve. Pas de sorties, quelles qu'elles soient… Quant à la traînée qui a osé pervertir mon fils, je découvrirai qui elle est et je m'assurerai que ses parents l'envoient au couvent avant qu'elle ne s'approche à nouveau de toi. C'est clair ?

Ma mère a toujours été douée pour proférer les pires menaces. Au tribunal, l'opposition doit vraiment passer un sale quart d'heure avec elle. Et même si ce n'est pas le sort horrible qu'elle réserve à Sandre, je ne voudrais pas être à sa place quand elle découvrira qui elle est. Ses grands yeux bleus sont plongés dans les miens, elle attend que je me soumette, honteux, mais je refuse de lui accorder ce privilège. Je n'ai jamais juré fidélité ! Je me suis juste octroyé un peu de plaisir et je me suis protégé.

Elle finit par renoncer et s'éloigne d'un pas décidé. Je suis toujours figé sur place. Je lui en veux, je lui en veux tellement de me juger sans même savoir. Je voudrais lui montrer que je ne suis pas près de capituler si facilement et sans réfléchir, je crie alors qu'elle est déjà à plusieurs mètres :

– J'ai un exposé à rendre, je dois bosser à la bibliothèque.

En fait, je n'en ai rien à foutre de la bibliothèque, mais il est hors de question que je reste enfermé dans ma chambre. Je refuse d'être séquestré.

– Je te donne deux heures par semaine et je veux les bons résultats qui vont avec, s'écrie-t-elle sans se retourner.

C'est bête, mais j'ai presque l'impression d'avoir gagné. Deux heures par semaine pour voir Sandre. D'un côté, j'ai honte en y pensant. J'aurais dû accepter la punition et me soumettre sans broncher, je l'ai bien mérité. C'était l'occasion de mettre enfin un terme à cette folie, au lieu de jouer avec le feu. Mais la vérité, c'est que j'ai besoin d'elle,

elle est mon équilibre tout autant que Marcy. Si j'arrête, j'ai peur de devenir fou, de perdre la raison. Je suis comme un camé en manque qui se moque des problèmes qui lui pendent au nez.

Je marche lentement, jusqu'à perdre ma mère de vue. Et quand enfin, je suis certain qu'elle ne peut me surprendre, je me mets à courir comme un fou. La maison de Sandre n'est qu'à quelques rues de là et en moins de temps qu'il ne faut pour le dire, je suis devant chez elle. J'enjambe le portillon comme elle le fait toujours et me fige sur place en réalisant qu'elle n'est peut-être pas seule. Je fais un pas en arrière et sors mon portable de ma poche pour lui envoyer un texto.

Sandre apparaît sur le perron, quelques minutes plus tard. Elle ne porte qu'une immense chemise de costume beige, si fine qu'elle en est presque transparente.

– Tu me trouves drôle ? je lui demande, alors qu'elle s'approche avec un sourire incroyable.

Ma respiration stoppe sa course folle en apercevant ses seins parfaits à travers le tissu et sa petite culotte sombre.

– Tu te trimbales toujours dans cette tenue le dimanche ? j'ajoute, en engouffrant mes mains dans mes poches pour me retenir de la toucher.

– On dirait un gamin qui s'apprête à faire une bêtise, élude-t-elle en ignorant ma remarque.

– Ma mère sait pour nous et elle a bien l'intention d'en avertir tes parents.

Je prie pour qu'elle ne flippe pas. Ses magnifiques yeux sombres me dévisagent, ahuris, et mon cœur fait des ratés en réalisant que notre histoire s'arrête certainement là. Je suis en train de rassurer mon palpitant en me disant que c'est mieux ainsi, quand un rire cristallin me ramène au présent. Vraiment ? Elle trouve ça drôle ?

– Tu crois qu'elle me fait peur ? réplique-t-elle, amusée.

Vraiment, elle ne redoute pas la fureur de ma mère ? J'essaie d'imaginer ses parents. À quoi ressemblent-ils ? Comment réagiront-ils quand ils sauront que le voisin vient baiser leur fille en leur absence ? Et puis, je me souviens de ce qu'elle a dit l'autre soir, quand elle me croyait trop imbibé pour intégrer l'information.

– Donc, c'est plutôt cool une mère sexologue ?

Elle se fige un instant, comme si ce fait avait quelque chose de terrifiant, et de nouveau son sourire s'illumine.

– Putain, si tu savais ! J'en connais plus sur ce qui se trouve entre tes jambes que tu n'oserais l'imaginer.

Je déglutis bruyamment, quand des visions de toutes les choses qu'elle ne m'a pas encore faites s'imposent à moi. Je me demande si elle a autant d'expérience qu'elle le prétend. Un sentiment étrange m'envahit, la jalousie qu'elle ne m'ait pas attendu pour ces découvertes. Je suis vraiment un imbécile, mais je l'en désire davantage.

– Ce qui signifie que tu n'as pas peur de continuer ? je hasarde, espérant qu'elle accepte.

– J'ai l'air d'avoir peur de quelque chose ?

– Euh… Eh bien ! Ma mère est avocate, et si elle veut te voir finir ta scolarité en pension, elle arrivera à ses fins.

Je regrette instantanément ce qui a osé sortir de ma bouche, et mon entrejambe se recroqueville en imaginant la suite. Pourtant, je sais pourquoi j'ai dit ça. J'aimerais qu'elle arrête, qu'elle le fasse pour nous, car moi j'en suis incapable.

La panique me gagne en découvrant son air terrifié. J'attends qu'elle me jette, elle va le faire, j'en suis sûr. Et puis, un sourire malicieux apparaît à nouveau sur ses lèvres. Elle se rapproche avec une incroyable expression de défi et susurre à mon oreille :

– Et donc, tu es venu jusqu'ici pour me dire ça ?

Ma respiration s'affole. Je tremble presque, quand elle empoigne mes poignets pour retirer les mains de mes poches et les glisser sous sa chemise. Je ne peux me retenir de la presser contre moi en remontant mes doigts le long de son dos. Je savoure la douceur de sa peau et me penche sur son cou pour le lécher. Mais la vue de sa maison me nargue.

– Je me suis fait griller par ma mère, je ne suis pas certain de vouloir connaître en plus la réaction de tes parents.

Mes mains rejoignent mon pantalon. Je recule à contrecœur, Sandre reste silencieuse. Si elle savait à quel point je la désire ! En plein doute, j'enjambe le portillon en sens inverse et précise avant de disparaître :

– Je suis privé de sortie, mais j'ai deux heures par semaine pour bosser mon exposé à la bibliothèque.

– Et… la bibliothèque a déménagé récemment ? ironise-t-elle, en me regardant m'éloigner.

Quand j'arrive chez les Donnell, ils sont tous installés sur la terrasse devant la piscine qui scintille au soleil, me rappelant douloureusement mon manque de sommeil. J'ai couru comme un con, pour que ma mère n'ait aucun soupçon, et pourtant, elle me fusille du regard. Mon père, lui, ne remarque rien, il est trop occupé à plaisanter avec Philip. Je lui souris, alors qu'il me donne une tape amicale sur l'épaule.

Je fais fi des regards noirs de ma mère et détaille William, le fils de Philip et Élise, espérant qu'elle m'oublie. Je me concentre sur ses lunettes fines et trop rondes, ses cheveux impeccablement disciplinés et sa tête de premier de la classe – ce qu'il est vraiment –, quand un mot, un seul, me sort de mes pensées.

– Que… quoi ?

– Je me demandais si tu partageais quelques cours avec Sandre River ? répète Philip.

Pourquoi cette question ? Il nous a vus ? Il a des doutes ? Ma mère en a parlé ? Pitié, il faut que ça s'arrête !

– Je dois travailler sur un exposé avec elle, je précise, en tentant de refouler la panique qui m'envahit.

– Tu as une partenaire ? s'étonne ma mère.

Je crois que si nous étions seuls tous les deux, j'aurais déjà viré eunuque. J'ai du mal à la regarder dans les yeux tant ses yeux me fusillent. Elle a compris ! Il faut que je rattrape le coup. Dis quelque chose, Josh !

– J'aurais vraiment préféré que la prof choisisse quelqu'un d'autre, cette fille a un truc de vraiment trop… flippant, je hasarde, alors que le mot qui me brûle les lèvres c'est… bandant.

Dieu, faites que je sois suffisamment convaincant !

CHAPITRE 21

Sandre

Je n'en reviens toujours pas que Josh veuille continuer. Ça a quelque chose de surréaliste. Comment peut-il être accro à ce point ?

Au lycée, je suis une étrangère, mais lorsque ses beaux yeux bleus se posent sur moi, il se détourne, gêné que nos regards puissent se croiser. Je me demande s'il m'imagine nue lui faisant des choses. Je me moque que ce ne soit pas très catholique, du moment qu'il pense à moi. Je suis sûre qu'il passe même plus de temps à songer à moi qu'à Marcy.

Je suis tellement perturbée après sa visite que j'ai du mal à me concentrer sur les photos que je viens de développer. Je suis très fière du résultat, même si le rendu à quelque chose de douloureux. Le grain du papier est parfait, le contraste maîtrisé, il m'a fallu du temps pour arriver à de si bons résultats. Maintenant, je ne travaille plus qu'en noir et blanc, je trouve que le rendu est meilleur, plus harmonieux.

Et le visage délicat de Marcy me nargue fièrement, depuis les clichés du match. Elle est sublime, et Josh la dévore des yeux. Un gros plan d'elle semble me dire « il ne sera jamais à toi ».

– Mais ses couilles m'appartiennent ! je lui réponds à voix haute, alors que son sourire se paie ma tête.

J'éloigne de ma vue Marcy qui me défie toujours.

– Sale pimbêche psychorigide !

Josh apparaît sur les clichés suivants que je m'empresse de détailler. Toujours pas d'étincelle, mais ses yeux sombres et brillants semblent fous d'elle, comme si le reste du monde n'existait pas. J'ai un pincement au cœur en pensant qu'il ne me regardera jamais de cette façon. Comment les mecs font-ils pour dissocier leur queue et leur cœur aussi bien ?

Le mardi, comme promis, je rentre directement chez moi. Josh a dit à sa mère qu'il bossait ses cours à la bibliothèque. Il s'est engagé à faire des efforts pour améliorer sa moyenne. Si elle connaissait mes techniques de révision, je crois qu'elle en aurait une attaque.

Il est déjà là, devant chez moi, toujours irrésistible avec son blouson de l'équipe de rugby de Winsted et son jean qui lui tombe sur les hanches. Ça reste étrange de le retrouver dans mon univers. Je ne sais pas si je m'habituerai un jour.

Je ne dis pas un mot, lui non plus. On se scrute sans oser rompre le silence. C'est bizarre, mais je n'en suis pas gênée. Je profite de son regard qui me détaille comme si je pouvais lui plaire, comme si j'étais vraiment à son goût. Il est en manque, voilà tout !

Je fais un pas vers la cuisine pour nous sortir des verres quand il m'empoigne le bras et me plaque contre sa poitrine musclée. Je respire son odeur musquée qu'il me semble ne pas avoir sentie depuis une éternité. Ça fait seulement trois jours et j'ai déjà hâte qu'il la laisse de nouveau sur mon oreiller. Lentement, il relève mon visage pour m'observer, comme s'il désirait vraiment connaître mes sentiments.

– Tu m'as tellement manqué, souffle-t-il, sa bouche charnue à portée de la mienne.

Il se mord la lèvre inférieure comme s'il mourait d'envie de m'embrasser, mais reste immobile. C'est la seule règle qu'il nous ait imposée, et à cet instant, j'aimerais tellement qu'il la transgresse. Je ne peux m'empêcher de penser à son baiser avec Marcy après le match, alors qu'il venait de remporter la victoire et qu'elle jouait les groupies hystériques. C'est la seule partie de son corps que je ne peux toucher et c'est la seule partie qu'elle s'autorise à goûter assidûment. Pour une fois, je l'envie. Moi, il ne m'aime pas, il me désire. C'est son corps qui parle et pas son cœur. D'une certaine façon, il m'appartient. Je sais que je ne l'aurai jamais entièrement, mais Marcy non plus. Elle ne sera jamais capable de posséder son corps. Elle et lui n'auront jamais les mêmes désirs, et ça me rassure.

Je tente de stopper le flot de mes pensées. Je sais ce que mon esprit essaie de faire, il essaie de me convaincre que cette histoire insensée n'aura pas une fin douloureuse, mais la vérité c'est que je le veux, un point c'est tout.

Je réalise soudain que j'ai arrêté de respirer en attendant ce baiser qui ne viendra jamais. Apparemment lui aussi, car nous sommes tous les deux haletants, et pourtant immobiles. Ses yeux ont viré au bleu marine, la couleur de son désir. Il s'apprête à retirer ma chemise, mais je l'en empêche en le forçant à s'éloigner de moi d'un geste rapide et peut-être un peu trop brutal.

– Il me semble que tu devais réviser ?

– Tu ne vas pas me faire ça ? réplique-t-il, en me rendant mon sourire.

– Oh si !

Et je lui prends la main pour le conduire dans ma chambre. Je monte les escaliers quatre à quatre et il me suit sans discuter. Une fois la porte fermée, je le pousse sur le lit pour l'obliger à s'asseoir.

– Tu étais censé réviser quoi ?

Il hésite un instant avant de répondre, défaitiste :

– Histoire.

On n'a pas le même prof, mais notre programme est le même à quelques détails près. Je réfléchis et me décide sur le sujet de mon interrogation. Lui n'a pas bougé, il m'observe un rien amusé, un rien impatient. Il est si beau que c'en est douloureux. Je veux oublier qu'il n'est à moi que pour une heure.

– Combien d'années a duré la guerre du Viêt Nam ?

Je tente de rester la plus sérieuse possible. Une grimace malicieuse se dessine sur son visage harmonieux et je sais qu'il ne coopérera pas si facilement. Lentement, il se redresse. Il me domine d'une bonne tête et ses beaux yeux me défient amusés.

– Pourquoi tes parents t'ont appelée Sandre ?

– Mauvaise réponse. Vingt et un ans.

Je rajuste ma chemise et commence à la boutonner. Il semble soudain comprendre et se mord la lèvre comme s'il réfléchissait. Moi aussi, je voudrais la mordre, putain !

– Une question chacun son tour, ça me paraît plus équitable, précise-t-il en repositionnant son sweat comme s'il venait de l'enfiler.

Je me retiens de rire. Il pense vraiment que je vais lui laisser égaliser la partie si facilement. Hors de question, c'est moi qui détiens tous les pouvoirs ici.

– Je n'en vois pas l'intérêt, je lui réponds sèchement sans lâcher mon sourire provocateur.

– J'aimerais mieux te connaître, souffle-t-il, gêné, comme si ses mots avaient quelque chose de choquant.

Je n'en reviens pas. Il a le don de me surprendre.

– Tu souhaites savoir qui tu baises ?

Je l'ai dit ! Pourquoi a-t-il fallu que ça sorte ? Pourquoi ne pouvais-je pas me contenter de le penser ? Il veut des informations sur moi, il veut de quoi contre-attaquer si notre petit arrangement tournait au vinaigre ? Je redoute sa réponse.

Je préférerais qu'il se taise, mais il ajoute quand même.

– On peut dire ça !

Bien sûr que c'est pour ça, pourquoi d'autre sinon ? Je ne l'intéresse pas, je ne suis personne et il n'a jamais trompé Marcy. Je souffle un bon coup. Je refuse qu'il voie à quel point je suis déçue. Je dois rebondir. On s'amuse et c'est moi qui tiens les rênes.

– Alors, demande-moi ma couleur préférée, je poursuis en cherchant comment reprendre le contrôle.

– C'est beaucoup moins intéressant.

Pendant que nous parlions, il s'est rapproché. Il n'est plus qu'à quelques centimètres de moi et je sens son souffle chaud et rapide sur ma peau. Il pense avoir le dessus et j'ai envie de le laisser y croire encore un peu. Je lui ôte son sweat et attaque le bouton de son jean. Il empoigne ma chemise et arrache les boutons que je viens d'ajuster. Je l'arrête dans son élan, alors qu'il s'apprête à la faire glisser le long de mes bras.

– Non, toi d'abord.

Je sais qu'il doute, mais il acquiesce, hésitant.

– Allonge-toi, j'ordonne, en le poussant délicatement.

Il obéit, et je lui retire son jean et son boxer. Il est nu, le spectacle est délicieux.

– Ne bouge pas, je reviens.

Je me précipite dans la salle de bains, enlève le charbon de mes yeux et l'élastique de ma queue-de-cheval. Je fais une halte par le dressing pour récupérer trois foulards et quand je retourne dans la chambre, il n'a pas bronché, obéissant. Il semble heureux de me retrouver, sans mes artifices, et j'apprécie son corps entièrement nu, juste pour moi.

– Merde, ça vaut le coup d'œil ! je grogne en me précipitant sur lui.

Sans lui demander son avis, je soulève son bras et attache son poignet au montant du lit. Il me laisse faire, bien que l'appréhension déforme soudain son beau visage.

– Tu ne vas pas me faire un sale coup ? m'interroge-t-il en déglutissant bruyamment.

Je me fige, un peu perplexe. Je pensais qu'il me faisait confiance après tout ce que nous avons vécu. La douleur est si vive qu'un couteau dans le cœur n'aurait pas été pire. Voilà pourquoi il souhaite me connaître, il désire être certain que je ne le trahirai pas. Et au fond, je ne peux pas lui en vouloir, avec ma réputation. Je dissimule mes doutes derrière un sourire, impossible de me laisser attendrir.

– Si ça ne te plaît pas, la prochaine fois c'est toi qui feras de moi ce que tu veux.

À ces mots, une lueur salace éclaire son regard. Je lui attache l'autre main et lui bande les yeux avec le dernier foulard.

– Je préférerais t'observer, hasarde-t-il, déjà vaincu.

Je n'aime pas le voir ainsi, j'aime le bagarreur, le joueur, mais je ne peux plus faire marche arrière. Je détaille sa mâchoire carrée, ses lèvres pleines, je les effleure du bout des doigts, savourant son contact. Je veux qu'il ait confiance en moi, qu'il sache que je n'ai pas l'intention de le trahir. Je me penche sur lui, dépose un chaste baiser sur sa joue avant de lui chuchoter à l'oreille :

– Josh, tout ce que j'ai fait, je l'ai fait uniquement pour me défendre. Tu ne m'as jamais fait de mal et les choses sont très claires entre nous. Tu n'as pas à me craindre.

Il sourit, mais je ne saurais dire si c'est un sourire rassuré ou satisfait, ou peut-être inquiet.

Je me redresse et commence à me dévêtir.

– Je retire ma chemise, je précise pour éveiller sa curiosité.

Et je le vois qui se détend lentement, mais l'accalmie est de courte durée, de nouveau, il se crispe quand je demande :

– Quel est le régime au nord du Viêt Nam au début de la guerre ?

– Sandre !

Sa plainte m'arrache le cœur, mais je refuse de céder, il doit apprendre à me faire confiance s'il veut que l'on continue.

– Je suis presque nue.

J'espère le rassurer avec ces mots. Son souffle est saccadé, il ne bronche pas, mais je sais qu'il appréhende. Je retire mon shorty et m'immobilise un instant pour l'admirer. Ses épaules sont larges, ses abdos parfaitement dessinés, et le triangle qui mène à son entrejambe m'appelle incroyablement.

– Je vais poser ma main sur ton pied, je précise, en caressant doucement sa cheville et en remontant mes doigts le long de sa cuisse. Il frémit à mon contact, je sais qu'il aime ça.

Mon corps a suivi mon bras dans sa progression et je suis à califourchon sur lui. Sa poitrine se soulève dans un mouvement anarchique. Je me penche pour le frôler.

– Tu sens, je suis nue moi aussi.

– Je préférerais pouvoir te toucher, déclare-t-il en retrouvant un semblant d'assurance.

– Mais aujourd'hui, tu vas te contenter de profiter, je réplique en faisant glisser ma bouche sur le haut de son cou. Alors ? la réponse ? je continue, mes lèvres descendant lentement vers son ventre.

– Euh… euh… communiste, hasarde-t-il, totalement désorienté.

– Bien…

Poursuivant la lente découverte de sa peau si douce, mes doigts s'aventurent entre ses jambes. Il respire bruyamment, j'espère que ce n'est plus la peur qui lui provoque des palpitations.

– Et le nom de son fondateur ?

– C'est euh… Ngô Dinh machin truc, siffle-t-il entre deux halètements.

– Raté ! Ngô Dinh Diêm, c'est le nationaliste du Sud, le communiste, c'est Hô Chi Minh. Et comment a débuté la guerre ?

Il grogne, alors que son corps se tend de désir sous mes caresses. Mes mains glissent sur sa queue érigée pour moi, tandis que mes lèvres s'apprêtent à la rejoindre. Sa peau est si douce à cet endroit-là.

– Une… une guerre… civile… pour… pour réunifier… le pays, bafouille-t-il, complètement à ma merci.

– Que souhaitaient les États-Unis en s'impliquant dans cette guerre ? je lui demande à mi-voix, alors que ma langue amorce un lent va-et-vient qui le fait gémir de plaisir.

– Bon sang, grogne-t-il entre ses dents serrées.

J'amplifie mes caresses.

– J'essaie… de réfléchir, halète-t-il en se tortillant sous moi.

Une pensée me traverse et je stoppe net en réalisant ce qui m'attend.

– Bordel, si tu exploses dans ma bouche, je te le crache à la figure ! je le préviens, encore horrifiée de l'image qui s'est insinuée dans mon esprit.

– Alors, arrête, hurle-t-il, suffocant.

Son cri vient du plus profond de lui. Il semble douloureux comme si je lui infligeais les pires tortures. Je me fige avant de bafouiller hésitante :

– Tu… tu ne veux plus que… je te touche ?

Il inspire bruyamment comme pour reprendre ses esprits. J'observe ses lèvres qui tremblent légèrement. Je ne souhaite pas lui faire du mal. Je m'apprête à lui retirer ses liens, quand il répond enfin

– C'est juste déstabilisant, mais… ça me plaît.

Un sourire discret se dessine sur ses lèvres et je fonds. Mes mains retrouvent sa poitrine si bien dessinée et je me penche doucement sur lui et chuchote dans son cou :

– Alors, je continue.

Il hoche la tête et j'attrape un petit sachet coloré. J'observe un instant la chose, la dernière fois je ne m'en suis pas trop mal sortie, mais je débute. Je suis heureuse qu'il ne me voie pas faire ça. Je me sens ridicule, alors que mes doigts coulissent sur sa bite prête à l'action.

Mes mains remontent le long de ses fesses pendant que mes lèvres explorent ses pectoraux.

– J'attends toujours ma réponse, je souffle entre deux baisers.

– Euh… euh… C'est une histoire d'anticommunisme, articule-t-il entre deux respirations trop bruyantes.

– C'est à peu près ça, tu as bien mérité une petite récompense.

Et je l'introduis doucement en moi. Un râle s'échappe de sa gorge et son corps s'anime pour tenter de se libérer. Je bascule mon bassin lentement et délicatement sur lui, en poursuivant mon interrogatoire.

– Et l'origine du conflit ?

Mon pouls s'emballe. C'est tellement bon de mener la danse.

– Euh… euh… Je ne sais pas. Je m'en fous. Va plus vite, m'implore-t-il, son cœur palpitant violemment contre le mien.

– Tu dois répondre, sinon j'arrête.

– Nom de Dieu, Sandre, supplie-t-il en tirant brutalement sur ses liens.

J'accède à sa requête, en précisant pour lui.

– L'après-guerre… d'Indochine…

Le désir s'étend depuis mon ventre à tout mon corps. J'aimerais poursuivre l'interrogatoire, mais je suis incapable de penser, je ne désire qu'une chose, lui, encore et encore. Il donne un long coup de reins, et un plaisir intense m'envahit et m'emporte. Je m'écroule sur lui haletante et, d'une main, lui retire son bandeau et lui défait ses liens. J'ai envie qu'il me serre dans ses bras et, comme pour répondre à ma prière, il m'enlace et m'étreint si fort que mes poumons ont du mal à trouver de l'air.

– C'était intense, souffle-t-il contre mon oreille. Désolé, d'avoir douté de toi, ajoute-t-il plus bas encore.

Il veut me rassurer. Mon cœur tressaute à cette pensée. Puis je sens un sourire malicieux s'étirer contre ma joue et, d'un geste rapide et agile, il me retourne pour me chevaucher.

CHAPITRE 22

Josh

Waouh ! C'était… waouh ! Il n'y a pas de mots ! Comment ai-je pu douter d'elle ? Elle est tellement douée ! Avec elle, je pourrais passer des heures à réviser, je pourrais même devenir bon. Mais j'en veux encore. Je souhaite pouvoir faire pour elle ce qu'elle a fait pour moi et surtout mieux la connaître. Pourquoi fuit-elle le monde ? Pourquoi se cache-t-elle sous des vêtements trop grands ? Je la veux, elle, tout entière. Mais je sais qu'elle n'est pas prête à tout donner. Il faut que j'y aille doucement.

Je contemple ses courbes harmonieuses. Elle est magnifique, parfaite. Comment une fille aussi banale peut-elle devenir aussi belle une fois nue ? Je crois que je pourrais passer des heures à l'admirer. Je caresse ses seins et fais courir ma bouche dans son cou.

– À mon tour de jouer, je lui susurre, en nouant ses poignets au lit.

Elle m'observe, espiègle, sans broncher. Je sais qu'elle ne sera pas facile à amadouer, mais je vais tenter ma chance. Et comme un écho à mes pensées, elle ajoute :

– Tu peux me torturer tant que tu veux, tu n'obtiendras rien de moi.

– C'est ce qu'on verra, et je lui bande les yeux.

Je détaille ses lèvres sans oser les toucher, pourtant, j'en meurs d'envie. C'est la seule barrière qui existe encore entre nous et j'y tiens, même si ça me rend malade de mettre des limites à notre intimité. Mais je suis terrifié à l'idée de ce que je pourrais ressentir pour elle. Elle a réveillé en moi quelque chose dont j'ignorais l'existence. Un remue-ménage étrange qui s'agite dans mon ventre. Elle m'a changé. Je ne sais pas si je suis pire ou meilleur, je suis juste différent. Un nouveau Josh, plus vivant et complètement paumé. Pour l'instant, je préfère ne pas y penser, parce que je suis vraiment bien avec elle.

Je m'aventure entre ses seins, savourant son goût irrésistible. Je pourrais me perdre sur sa peau, mais je ne veux pas oublier mon interrogatoire et je reprends là où je m'étais arrêté.

– Que fait ton père dans la vie ?

– Je n'en sais rien, souffle-t-elle, alors qu'elle se cambre sous mes caresses.

– Ce n'est pourtant pas une question très compliquée…

Je descends lentement de son nombril jusqu'à son bas-ventre.

– Tu peux toujours courir, s'entête-t-elle, alors que je sens sa respiration s'accélérer sous le manège de ma bouche qui la dévore littéralement.

Je souhaiterais que ses sens lui fassent perdre tout contrôle, qu'elle se livre enfin. Je la veux. Bon sang que je la veux ! Je pourrais en oublier le jeu dont je tire les ficelles. J'essaie de réfléchir, alors que mes mains se faufilent entre ses jambes. Elle m'a parlé plusieurs fois de sa mère, mais de son père, jamais. Pourquoi ? Est-ce que ce sont ses chemises qu'elle porte ? Et puis, je comprends. Je stoppe un instant le doux supplice pour l'observer et hasarde, gêné :

– Il est mort ?

Elle sourit et je ne saurais dire à quel point je me sens soulagé quand elle réplique :

– T'es con !

– Il fait des trucs illégaux ? j'insiste, en effleurant l'entrée humide qui m'appelle.

– Raté, se moque-t-elle en se dandinant sous mes doigts.

– Tu refuses de parler de lui ?

J'écarte délicatement ses jambes pour découvrir sa chatte. C'est la première fois que je vois l'anatomie féminine d'aussi près et j'avoue que je trouve ça déroutant. Je ne m'attendais pas du tout à ça. En fait, j'ignore à quoi je m'attendais. Je n'y avais même pas pensé. J'observe ses lèvres qu'elle a soigneusement épilées et où se dissimulent deux protubérances. D'après les dires de Steve, c'est à la première qu'il faut s'intéresser, puisque la deuxième sert pour les envies pressantes. Steve est un abruti, mais quand il s'agit de sexe, on peut compter sur ses connaissances. Je suis tellement absorbé dans la contemplation de son anatomie que j'entends à peine sa réponse.

– Je refuse de parler tout court !

– Pourtant, tu m'as parlé de ta mère.

Je passe mon doigt sur la fameuse partie si sensible. Elle frémit à ce simple contact et je jubile en poursuivant :

– Et ta tenue de camouflage, c'est pour quoi ?

Je fais glisser ma langue sur ce drôle de petit bouton et je la vois se mordre le coin de la bouche pour retenir un petit gémissement. Après une hésitation, j'y dépose mes lèvres et fais jouer ma langue sur cette petite chose étrange.

– Toi… toi avec ta panoplie de rugbyman, tu montres… tu montres que tu es… un gars cool, mais moi je… je ne le suis pas et je le montre.

Elle bafouille et se tortille sous moi. Impressionnant, l'effet que ça lui fait ! Elle respire bruyamment en tentant de retenir les gémissements qui s'échappent de sa bouche rougie par l'excitation. La voir dans cet état, c'est pire que si c'était elle qui me suçait. Je bande comme un âne ! J'aimerais passer à la suite et me glisser en elle tout de suite, mais je veux poursuivre mon interrogatoire. Elle a l'air enfin prête à parler et je souhaiterais savoir ce qui la pousse à tenir les autres à distance. Mais je suis dans un tel état que j'ai du mal à formuler mes pensées correctement.

– Pourquoi ?

J'introduis un doigt en elle en amorçant un lent va-et-vient, alors que ma langue continue de jouer avec sa petite protubérance.

– Pourquoi quoi ? suffoque-t-elle comme si elle était au bord de la crise d'hystérie.

– Pourquoi… refuses-tu de faire partie du monde ?

Je stoppe ma torture pour mieux l'observer. Elle se redresse et même si je ne peux pas voir ses yeux, je sais qu'ils me lancent des éclairs. Elle semble frustrée comme si je venais d'arrêter au moment fatidique.

– Putain, c'est quoi ces questions ? s'emporte-t-elle en tirant sur les liens qui la maintiennent immobile.

Ses mots sont comme un cri plaintif qui s'échappe du plus profond de son corps. Mon cœur fait un raté douloureux. Je ne veux pas lui faire de mal. Je ne supporterais pas qu'elle souffre à cause de moi. Je remonte sur elle et l'embrasse tendrement sur le coin de la bouche pour la rassurer. J'ignore l'effet que lui procure ce baiser, mais moi, il m'apaise instantanément. Je peux éteindre les braises que j'ai moi-même attisées.

– Du calme, ma belle, je lui susurre, le visage enfoui dans ses cheveux d'une douceur incomparable. Je t'en prie, réponds-moi.

Les mots qui s'échappent de ma bouche ressemblent à la plainte d'un homme à l'agonie. J'ai besoin de savoir, comme s'il s'agissait soudain d'une question de vie ou de mort.

– Je ne veux plus souffrir, gémit-elle la voix tremblante, étouffée par l'émotion.

Le roc Sandre River vient de s'effriter sous moi. Je n'ai pas voulu ça. Je ne souhaite pas lui faire de mal. Je ne peux pas voir ses yeux, mais j'ai peur que des larmes s'y soient glissées. Ça me rend malade rien que d'y penser. Elle est… elle est importante pour moi. Je dépose une myriade de petits baisers sur son beau visage pour l'apaiser. Et comme pour me rassurer, elle se dandine sous moi, excitant mon entrejambe qui n'a pas eu sa dose.

Je récupère un préservatif toujours planqué sous son lit et, sans interrompre mes baisers, le place sur ma queue qui ne demande que ça. Maintenant que j'ai parcouru son corps, je sais exactement où trouver l'endroit, si étroit, si chaud, que mes parties réclament. Je sens un sourire se dessiner sur ma joue, alors que je m'enfonce en elle. Elle aussi en avait besoin. Et alors que j'accélère la cadence et que nos cœurs tambourinent l'un contre l'autre, j'insiste comme si rien ne pouvait plus nous atteindre :

– Que signifie Sandre ?

Mon corps la réclame encore et encore. Un plaisir intense s'empare de moi. Je sens ses membres trembler sous moi et comme une délivrance, elle souffle dans mon cou :

– C'est tout ce qui reste quand la passion se consume.

J'ai déjà entendu cette phrase énigmatique, c'est celle qu'elle sort toujours avec un sourire malicieux, comme si ses mots avaient quelque chose d'horrible. Ça marche avec tout le monde sauf avec moi, parce que maintenant, je la connais. Je stoppe subitement en la privant du bouquet final. Elle grogne dans mon cou et je soulève son bandeau pour retrouver son regard qui m'observe mi-surpris mi-frustré. Je veux y lire sa réaction. Lentement, je me retire et entre à nouveau aussi doucement, aussi tendrement que possible, avant de murmurer sans la quitter des yeux :

– Colin et moi avons été adoptés… J'avais dix ans et mon frère seulement quelques mois. Je considère vraiment les Anderson comme mes parents, parce que ma génitrice n'a jamais été capable d'assumer ce rôle. Ils nous ont sauvés de tellement de façons…

Mon souffle est plus bruyant que mes mots. J'ai tellement envie d'elle, mais j'ai aussi tellement de choses à lui dire. Sans le sexe, je crains qu'elle ne m'écoute plus, c'est notre mode de fonctionnement, alors je me retiens de m'enfoncer en elle plus profondément, plus fort.

– Pourquoi me dis-tu ça ?

Elle semble visiblement troublée par mon aveu, à moins que ce ne soit le supplice que je lui inflige qui fasse trembler ses lèvres.

– Parce que tu peux me mentir tant que tu veux, Sandre, je sais reconnaître la peur de l'abandon qui anime tes yeux.

Je continue d'aller et venir lentement en elle alors que je souhaiterais me déchaîner. Elle me fait un tel effet !

– N'importe quoi, réplique-t-elle en me défiant du regard et en basculant ses hanches d'avant en arrière pour m'inciter à prendre de la vitesse.

Je grogne, submergé par le plaisir qui monte le long de ma colonne vertébrale, et donne de profonds coups de reins pour assouvir ma queue insatiable. Je bafouille, entre deux halètements :

– Je n'en avais jamais parlé à personne.

Et son regard me crie qu'elle comprend, qu'on est pareils et qu'on a besoin l'un de l'autre. Un mur érigé depuis une éternité dans mon cœur se brise et c'est douloureux. Si douloureux que je voudrais le reconstruire, mais je ne peux pas, je ne peux plus, alors je cherche du réconfort sur ses lèvres.

Elle frémit brièvement à mon contact avant de répondre à ma bouche avec avidité. Elle aussi a besoin de ce lien si intime. Sa langue vient caresser la mienne et un râle de bonheur s'échappe du plus profond de ma gorge. Je n'ai jamais ressenti ça, j'ignorais qu'un baiser puisse renfermer autant d'émotions, de non-dits. C'est bon, putain, c'est bon !

Je dénoue les foulards de ses poignets, car j'ai besoin qu'elle me touche elle aussi, et nos bras s'enlacent, nos corps se pressent l'un contre l'autre. Nous n'avons jamais été aussi proches. Je n'aurais jamais imaginé qu'une telle osmose soit possible. Sa bouche est d'une douceur improbable, sa langue d'une tendresse incroyable et son sexe, mon Dieu, son sexe me rend fou. Sandre est addictive, puissamment addictive, et je ne suis plus certain d'être capable de m'en séparer.

Qu'est-ce que je vais faire maintenant ? Je me suis perdu, je me suis perdu en elle et je ne désire qu'une chose, ne plus jamais me retrouver. Je veux céder à la folie, à la trahison… J'accepterais tous les vices pour rester avec elle. Ma respiration s'affole, mais je refuse de quitter ses lèvres, je gémis dans sa bouche en accélérant encore le rythme déjà effréné de mes reins. Elle grogne des mots salaces dans ma bouche, et je sais que sa jouissance approche. La mienne aussi, mes lèvres esquissent un sourire. Elle me mord en souriant à son tour, s'agrippe à mes fesses en se crispant sous moi et en criant si fort que j'en sursaute. Je me cambre tandis que son sexe palpite autour de moi. Comme j'aime ça !

Nous restons un instant immobiles, puis je roule sur le côté en l'entraînant avec moi. Je refuse de la lâcher, redoutant qu'elle me fuie après ce que nous venons de vivre. Ce lien qui s'est brutalement tissé entre nous est terrifiant. Elle relève la tête pour m'observer et je scrute son beau visage, à la recherche d'un quelconque malaise. J'ai peur d'avoir été trop loin, mais elle ne semble pas perturbée le moins du monde, elle semble même heureuse. Comment est-ce possible ? Je pense qu'elle va enfin parler, mais elle reste silencieuse, son regard rivé au mien, comme pour me convaincre que je me trompe, que ce n'est pas sérieux, toujours pas.

Elle ne dira rien.

J'ignore encore tout de son passé, de sa vie, de son père. Est-ce à cause de lui qu'elle est comme ça aujourd'hui ? Je suppose qu'elle tient de lui ce regard noir qui impose le respect. J'imagine des bras robustes couverts de tatouages, une allure de biker vieillissant, un bourreau qui lui a infligé les pires tortures. Je détaille son corps nu à la recherche de cicatrices révélant les horreurs de son passé, mais il n'y a rien. Peut-être ne s'agit-il pas du calvaire que je m'imagine. J'observe à nouveau son visage qui ne trahit rien. Que lui est-il arrivé ? Qui lui a fait du mal ? J'ai beau chercher, seul son père me vient à l'esprit. J'ignore qui est cet homme, mais je le déteste. Comment peut-on blesser la chair de sa chair, de quelque manière que ce soit ? Bien sûr, je connais aussi cette question, mais quand ça arrive aux autres, c'est tellement différent.

Je contemple le plafond blanc en tentant de rassembler mes idées. Qu'allons-nous faire maintenant ?

Mais les chiffres rouges de son radioréveil me ramènent à la réalité.

– Bon Dieu, je suis à la bourre !

Je saute sur mes pieds et me rhabille à toute vitesse. Je déteste partir comme ça, alors que j'aurais voulu m'éterniser. Je l'embrasse furtivement en remettant mon portable dans ma poche. Comme j'aimerais la goûter encore une fois.

– Je suis désolé de m'enfuir comme un voleur, je souffle contre sa bouche encore gonflée de nos ébats.

Comme je souhaiterais rester !

– Vas-y avant de te faire coincer, me rassure-t-elle en me poussant délicatement.

Je me précipite dans les escaliers en hurlant pour être sûr qu'elle m'entende :

– À vendredi !

Et je déteste aussitôt ces deux mots qui ont osé quitter ma bouche. Comme si nous ne nous croisions pas tous les jours au lycée. Mais là-bas, c'est différent, elle n'est plus irrésistiblement attirante, elle n'est plus à moi. C'est une étrangère, une asociale que personne ne désire fréquenter et moi pas plus qu'un autre. J'en ai honte, mais je préfère l'éviter, ne pas côtoyer cette rebelle qui ne me fait aucun effet. Celle que je veux, c'est la Sandre hyper-bandante qui répond à mes fantasmes les plus fous.

Mais, ce soir, tout a changé, elle n'est plus cette inconnue insensible, elle me ressemble, elle est à moi et j'ignore ce que je peux faire de nous sans tout gâcher.

Même si je suis déjà à bout de souffle quand je passe la porte de chez elle, je n'ai pas l'intention de ralentir. J'enjambe la barrière et coupe par le jardin des voisins, en un rien de temps je serai chez moi.

Quand je pénètre dans l'entrée, j'ai comme l'horrible impression que ma mère m'attend. C'est bon d'avoir couru… Je suis débraillé, j'ai les cheveux en bataille, les joues rouges, et je halète, mais ma course folle a le mérite de camoufler l'évidence de mes actes. Elle ne pipe pas un mot lorsque je l'embrasse, elle n'a même pas l'air contrariée, elle ne sait pas !

Avant qu'un sourire ridicule ne me trahisse, je m'éclipse dans ma chambre. Je m'affale sur mon lit pour profiter de mes derniers instants d'ivresse.

Tout à l'heure, la culpabilité et les sermons de Marcy viendront me tourmenter. C'est fou, comme je peux l'occulter complètement quand je suis avec Sandre, alors que la rebelle, elle, ne me quitte jamais. Je l'ai dans la peau comme un mal étrange qui me ronge. Être avec elle, c'est plus une torture qu'un plaisir, mais je ne peux pas arrêter. Elle est la pire des drogues et encore plus maintenant que mes lèvres ont osé toucher les siennes. Comme c'était bon, comme c'était intense, surréaliste aussi ! J'ai du mal à imaginer qu'il y a quelques minutes encore, j'aurais été prêt à tout pour être avec Sandre. Est-ce que j'ai vraiment envisagé de quitter Marcy ? Non, jamais ! Je l'aime, elle est la femme de ma vie et rien ne pourra changer ça. Pourtant… pourtant je ne souffre plus de son absence, je ne deviens plus un chien fou quand elle se frotte à moi, et pire encore, je ne suis même plus jaloux lorsqu'un imbécile la dévore des yeux. C'est surprenant d'avoir mon cœur qui s'emballe pour elle, tandis que mon entrejambe ne réagit plus.

Bon sang, je suis paumé !

Et pour couronner le tout, Marcy apprécie ce nouveau moi.

Ce matin, j'ai eu droit à un interminable laïus soporifique sur l'incroyable manière dont j'avais évolué dernièrement. Elle me trouve attentionné, tendre, compréhensif et respectueux. Si elle savait que c'est la culpabilité qui me ronge.

Je sais que je devrais tout arrêter, que je suis fou, que je prends des risques insensés, mais je suis complètement accro. Pas au sexe, pas à Sandre, à une chose étrange située entre les deux. Une chose qui n'a pas de nom, une chose qui me bouleverse et me déstabilise, une chose qui me rend dingue. Oui, complètement dingue !

CHAPITRE 23

Sandre

Le regard de Josh rivé au mien, alors qu'il allait et venait lentement en moi, me hante comme un mal étrange. Il m'a percée à jour et s'est ouvert à moi. Il s'est glissé sournoisement sous ma peau, dans ma tête et dans mon âme. J'ai passé une nuit affreuse, incapable de trouver le sommeil, incapable même de manger ce matin. J'ai fini par rejoindre mon perchoir à peine l'aube levée. Je nc suis pas là pour flasher, je suis là pour comprendre ce qui s'est passé la veille, et si j'ai rêvé. Il a osé insuffler de l'espoir en moi et je l'en déteste davantage parce que je suis certaine qu'il va me décevoir. Les gens finissent toujours par être décevants.

Je n'ai pas quitté du regard le coin ombragé réservé à sa bande, je n'ose même pas cligner des yeux de peur de rater un détail, un indice. Marcy et Lucy sont arrivées depuis un bon moment, mais Josh n'est pas là. Quand il s'approche, accompagné de Boby, comme toujours magnifique dans un jean large et un sweat trop moulant, je retiens mon souffle. Marcy lui saute au cou et mon cœur proteste violemment. Josh fait un pas de côté, surpris, rit en la prenant dans ses bras, se contente d'un léger baiser sur le front et mon cœur espère à nouveau. Mais il ne l'entraîne pas à l'écart pour lui dire que peut-être il devrait envisager une pause ou je ne sais quoi, il reste là, à côté d'elle, avec elle. Il ne la quittera jamais, j'ai été ridicule, je suis ridicule. Lui et moi, ce n'est que du sexe. Non, ce n'est pas que ça, mais c'est quoi ?

Alors que j'abandonne mon perchoir, Prude me tire de mes pensées. Depuis quelques jours, je la soupçonne d'avoir déniché ma cachette, mais elle n'en parle pas et je n'ai pas l'intention de le faire.

– Tu fais une drôle de tête ce matin, commente-t-elle en me saluant. Ça va ?

Je me contente de grogner et elle n'insiste pas, mais elle ne peut pas s'empêcher de m'accompagner jusqu'à mon casier. J'ai toujours eu du mal avec les animaux de compagnie et voilà que je viens d'apprivoiser une étrange créature sans vraiment le vouloir. Prude n'est décidément pas comme les autres.

Josh passe à côté de nous alors que je le croyais déjà loin devant. Nos regards se croisent et j'y lis de la peur, de la confusion. Pourtant, c'est bien lui qui a fait ce pas en avant monumental la veille. « Tu as perdu », j'articule silencieusement pour le faire réagir. Mais il se contente d'un sourire énigmatique, avant de détourner les yeux dans lesquels je n'ai trouvé aucune réponse. Et comme si ce n'était pas suffisamment douloureux, la coincée me demande :

– Qu'est-ce qui se passe avec Josh Anderson ?

Je la fusille du regard, désirant ardemment qu'elle se décide enfin à me craindre.

– Notre travail sur l'exposé est un vrai calvaire.

Mais impossible de me le sortir de la tête. Je redoute qu'il revienne foutre le bordel dans ma vie ou, pire, qu'il ne mette plus jamais les pieds chez moi. Notre relation a pris une tournure des plus surprenantes. Je suis sa sexfriend, mais pas que. Il y a un truc entre nous. Quelque chose auquel il tient et qu'il alimente pour être certain de ne pas nous perdre, au risque de se perdre lui-même. Je voudrais mettre le doigt dessus, mais je n'y parviens pas.

Parfois, il a cette façon de me regarder qui me vrille le cœur, comme si je pouvais compter pour lui, comme si je pouvais être la seule. Ça a l'air tellement sincère, même si je sais que ce n'est rien. Je ne suis qu'un petit rien quand nous sommes au lycée. L'étincelle dans ses yeux disparaît, les émotions ne sont plus qu'à sens unique et je panique chaque fois qu'il se trouve trop près de moi. Je crois que je disjoncterais s'il n'y avait pas la coincée pour me distraire. Elle a cette manie de parler tout le temps qui anesthésie mes pensées, comme si elle pouvait comprendre que j'en ai besoin. Et parfois, j'ai le sentiment qu'elle en sait plus qu'elle n'en dit. Toujours, elle sait où me trouver et parle autant de ce qu'il faut que de ce qu'elle devrait éviter. C'est con, mais je crois que je commence à l'apprécier.

Cette situation me rend dingue, mais je suis incapable d'y mettre fin. Lui finira par le faire et ça sera l'enfer pour moi. Alors, je perdrai pied, comme une camée en manque. Il a un effet sur moi complètement déstabilisant. Il a brisé ma carapace en moins de temps qu'il ne faut pour le dire. Moi qui me croyais blindée, moi qui m'imaginais intouchable. J'ai voulu jouer avec lui et au final c'est lui qui joue avec moi. Je me déteste de m'être fait prendre à mon propre piège.

Comment ai-je pu le laisser entrer dans ma vie ? Et comment puis-je désirer qu'il y reste, redouter qu'il en parte ? C'est impossible Sandre, réveille-toi !

Je n'ai jamais autant cogné sur le sac du garage, pour me sortir toutes ces idées à la con de la tête. Et pourtant, chaque nuit je me réveille, en manque. Il n'est plus question de cauchemar, il n'est question que de lui. Je suffoque, trempée de la tête aux pieds, sans même parler de mon shorty. Deux fois par semaine, ce n'est pas suffisant, je le veux plus. Je suis tellement accro que je pourrais l'entraîner dans un des nombreux placards du lycée. À peine deux soirs sans lui, et je suis déjà tremblante comme une droguée qui n'a pas eu sa dose.

Une envie folle de me glisser dans sa chambre et sous ses draps me vrille le bas du ventre. Putain, je veux retrouver la chaleur de son corps, son parfum doux et boisé et ses bras puissants qui savent si bien effacer mes doutes. Je me redresse en espérant que cette idée ridicule me passe une fois mieux éveillée. J'ouvre la baie vitrée et respire l'air frais qui s'engouffre. Il fait si doux ! Et mon délire recommence : il n'a peut-être pas fermé sa fenêtre, je pourrais trouver quelque chose pour y accéder. Je me déteste, mais il faut que je vérifie !

J'enfile un sweat de mon père et de vieilles baskets et me faufile dans la nuit silencieuse, l'air sur mes jambes nues est plus vif que je ne l'imaginais. Je frissonne et tire sur mon sweat en arrivant à l'angle de la rue. Que c'est calme, j'en ai la chair de poule ! Quand un chat se glisse entre les buissons, je sursaute.

Je vérifie les alentours avant de traverser la rue déserte. Aucune maison n'est éclairée, mais j'en tremblerais presque. Si je me fais choper, on va me prendre pour une braqueuse et je serai vraiment dans la merde. Je devrais rentrer chez moi, mais mes désirs me crient le contraire.

La maison des Anderson est incroyablement paisible. Je découvre avec stupéfaction le jardin magnifié par la lune presque pleine. C'est d'une beauté renversante, partout des fleurs et des plantes inconnues de moi camouflent des recoins propices à la détente. Je me demande lequel de ses vieux à la main verte ? Je parierais plutôt sur son père. J'ai du mal à imaginer l'avocate psychorigide en botaniste du dimanche. Quand je pense qu'ils n'ont pas le même sang et que les premières années de sa vie n'ont sans doute pas été simples, je trouve incroyable qu'il n'en laisse rien paraître. Pourtant, en dix ans, il a eu le temps d'accumuler des souvenirs douloureux. C'est ridicule, mais je déteste l'idée qu'il puisse être plus fort que moi. Est-ce que ma différence fait de moi quelqu'un de faible ?

Arrête de penser !

Pour chasser mes idées noires, je tente d'identifier les différents arbustes, mais je n'y connais pas grand-chose. Ce splendide massif a presque englouti la maison, je crois que je pourrais m'y perdre. Si je ne savais pas qu'il y avait une bâtisse derrière tout ça, je ne l'aurais même pas devinée.

Je m'approche doucement en vérifiant où je pose chacun de mes pieds. Il ne faut pas que je fasse de bruit. Mon cœur s'arrête quand je vois la fenêtre de la chambre de Josh entrouverte. Il faut que je fasse demi-tour !

Et pourtant, je m'avance près d'une espèce de lierre qui grimpe sur les murs jusqu'au toit. Je teste quelques branches avant d'oser y mettre un pied. Après une brève hésitation, je laisse mes baskets sur le sol et commence mon ascension. Je progresse lentement en contrôlant chacune de mes prises. Je me surprends moi-même en arrivant à portée de la fenêtre. C'était presque trop facile. J'enjambe le rebord et me fige sur place.

Il est là !

Je le distingue à peine dans la pénombre, mais il est là. Son souffle profond et régulier emplit la pièce. Je m'approche doucement et aperçois ses épaules nues qui se soulèvent au rythme de sa respiration. Un délicieux frisson me parcourt. J'ai vraiment bien fait de venir ! Le spectacle est à tomber.

Je devrais être raisonnable et me contenter de l'admirer, mais je ne suis pas raisonnable. Je veux le toucher, le caresser, sentir sa peau nue sur la mienne. Un grognement s'échappe de sa bouche et sa main s'engouffre sous les draps. Je fais un bond en arrière en pensant l'avoir réveillé, mais son souffle est toujours aussi profond et régulier. Et s'il se met à hurler en m'apercevant ? Je n'ose même pas imaginer la tronche de sa mère. Elle serait mûre pour le psy.

Je prends le risque ? Ou pas ?

Raisonnablement, je devrais partir, mais j'en suis incapable. Il m'attire comme un aimant. Je retire mes vêtements et doucement, en priant pour qu'aucun son ne s'échappe de sa bouche, je me faufile sous le drap. Il n'a toujours pas bougé, son souffle reste incroyablement lent. Nos corps se frôlent délicieusement et il ne semble pas en avoir conscience. Je glisse une main, j'effleure sa jambe avant d'oser le toucher. Il ne bronche pas. Lentement, je remonte mes doigts jusqu'à sa queue. Nom de Dieu, elle est déjà au garde-à-vous !

– Hum, Sandre ! grogne-t-il, alors que je caresse son entrejambe.

Il vient de prononcer mon prénom !

Ses yeux sont fermés et son visage ne trahit aucune émotion. Il rêve de moi, pas de Marcy ! J'en ai des palpitations ! Je me colle à lui sans cesser mes caresses sur sa queue qui se dresse davantage. Il gémit en se trémoussant, mais ses yeux sont toujours clos. Je contemple un instant sa mâchoire carrée, ses lèvres pleines qui se dessinent dans la pénombre. Je frôle sa bouche et il me surprend en glissant sa main le long de mon cou pour plaquer ses lèvres entrouvertes sur les miennes. Je sens son autre main sur mes fesses et il me retourne en m'embrassant fougueusement. Bordel, c'est moi qui suis sur le cul ! Il m'a vue venir ? Il faisait semblant ? C'est la deuxième fois qu'il m'embrasse et j'adore ça. Sa bouche est incroyablement douce et chaude. Il y met tant de passion que même mon cœur en est tout retourné. Et puis soudain, il se fige.

Il est toujours sur moi, mais il ne bouge plus, comme s'il réfléchissait. J'attends sa réaction, terrifiée. Et s'il me chassait, s'il pensait que je suis allée trop loin. Son visage s'écarte du mien et j'aperçois ses iris sombres qui me scrutent avec une expression indéchiffrable. Si je pouvais mieux le voir, je saurais à quoi m'en tenir, mais dans l'obscurité impossible de deviner.

– Bordel, Sandre ! Qu'est-ce que tu fous là ?

Il a parlé tellement bas que j'ignore toujours s'il est contrarié.

– J'ai fait un cauchemar, je miaule comme une petite fille suppliant ses parents de la garder auprès d'eux.

Un sourire se dessine sur son beau visage, je suis rassurée.

– Hum, je devrais pouvoir arranger ça, souffle-t-il en se trémoussant sur moi.

Putain, oui ! Je veux à nouveau faire des cauchemars toutes les nuits. Je sens sa queue qui se dresse entre mes jambes, alors que ses mains descendent sur mes seins. J'empoigne son joli petit cul pour le presser plus fort contre moi. Je réprime un gémissement et il plaque ses lèvres contre les miennes pour être certain qu'aucun son ne s'en échappe. J'adore sa nouvelle manie de ne plus quitter mes lèvres. Je sens ses grognements dans ma bouche, alors que mes doigts se glissent sous son caleçon.

– Putain, Sandre ! Je t'adore ! chuchote-t-il en le retirant pour me faciliter l'accès.

Mon cœur bondit à ces mots qui font écho à mes pensées. Je sais que ça ne signifie rien. Il est juste content parce que je suis là au moment exact où ses fantasmes me réclamaient.

Et il suffoque, alors que ma main le caresse entre les jambes. Je retiens les cris qui menacent quand ses doigts se glissent en moi. C'est encore meilleur de jouer avec le feu. Nos lèvres ne se lâchent pas pour s'assurer qu'aucun de nous ne nous trahira et peut-être aussi parce que nous sommes accros aux baisers. J'accélère et il en fait autant, nos bras se collent pour s'accorder, tandis que nos langues se cherchent et s'emmêlent. C'est trop bon !

– Dis-moi que tu as ce qu'il faut, susurre-t-il contre ma bouche.

Son corps qui se presse contre le mien et nos membres enchevêtrés m'empêchent tout mouvement. Il est immobile sur moi. Je sens son souffle chaud qui s'échappe bruyamment. Il n'en peut plus et moi non plus. Je lui indique le petit sachet brillant que je viens de poser sur sa table de nuit et il sourit en empoignant la capote phosphorescente.

– Tu avais peur de me perdre ?

Je retiens un tremblement pour ne pas trahir l'effet que le double sens de sa phrase a sur moi. Je ne veux pas qu'il sache et je ne veux pas penser que ça puisse avoir de l'importance. Nos corps jouent avec le feu, mais nos cœurs ne craignent rien. Il ne s'agit pas d'eux. Les règles sont claires : pas de sentiments, pas d'attache, juste du sexe. Et il précise tout bas, comme si c'était absolument nécessaire :

– Moi, j'ai peur de te perdre.

Pourquoi a-t-il fallu qu'il dise ça ? Je n'ai pas besoin qu'il me rassure. Je me raidis, mais il ignore mon désarroi. Il écarte mes doigts qui se sont crispés sur sa queue, pour enfiler prestement le préservatif en me souriant d'un air malicieux et j'oublie le malaise qui s'est insinué entre nous. Un râle bruyant m'échappe quand il s'introduit en moi et il plaque sa main sur ma bouche pour étouffer le bruit. Il amorce un va-et-vient d'une lenteur exquise. Je suffoque sous ses doigts en sentant mon cœur tambouriner dans mes oreilles. Il stoppe à nouveau, m'imposant le plus doux des supplices. J'enfonce mes ongles dans son joli petit cul et enroule mes jambes autour de lui. Il est si profondément en moi que je ne veux plus qu'il bouge. Une sensation pareille c'est… le paradis, putain !

– Sandre, bon sang, qu'est-ce que tu fous ? grogne-t-il, alors que son corps se cambre sous mon orgasme qui se déploie. Je voulais faire durer le plaisir. On va être obligés de recommencer, souffle-t-il avec un grand sourire en s'écroulant sur moi.

Je savoure les ondes de jouissance qui fourmillent dans tout mon être. J'ai trop chaud, mais je ne désire pas qu'il bouge et il n'en fait rien.

– Je ne peux plus me passer de toi, finit-il par susurrer en se tournant sur le côté.

En attendant qu'il en redemande, je profite de ses bras qui m'enlacent. Je ne me suis jamais sentie aussi bien. J'aimerais que ses mots soient vrais et que jamais ça ne s'arrête. Je voudrais qu'il ait toujours besoin de moi, même si, finalement, il épouse Marcy. Je serais la maîtresse qu'il verrait en cachette. Je crois que j'adorerais le moment où Marcy découvrirait que j'ai toujours été dans son ombre et que son mariage ne signifie rien sans moi. Non, je délire, ça serait certainement horrible et ça n'arrivera jamais.

Je me tourne vers mon bel amant, effleurant ses lèvres qui n'ont jamais été aussi splendides depuis que je les ai goûtées et caresse sa queue totalement au repos. Il n'a aucune réaction, il dort ! La fête est finie !

Je remballe le préservatif phosphorescent qu'il a posé sur la table de chevet à côté du sachet transparent, renfile mes vêtements et m'éclipse par là où je suis venue, rassurée qu'il ne m'ait pas repoussée.

CHAPITRE 24

Josh

Il n'y a pas de mots pour dire à quel point j'aime quand Sandre se glisse sous mes draps en pleine nuit. Elle a un don pour connaître la moindre de mes envies. Nous n'avons pas besoin de parler pour savoir ce que désire l'autre et, dans le silence de ma chambre, les sensations sont décuplées. La première fois qu'elle est venue, j'ai cru avoir rêvé, pourtant quelque chose dans la pièce avait changé. Et le matin, je me suis réveillé plus confus que jamais.

J'en viens à attendre le moment de me coucher avec impatience, à épier chaque bruit en priant pour que ce soit elle. Je suis comme un enfant qui guette le monstre du placard. La nuit, tout est plus simple, comme si ce n'était pas réel et que je ne faisais rien de mal, mais le retour à la réalité est pire encore.

Mardi matin. Je n'ai toujours pas recouvré mes esprits quand Marcy se jette sur moi à l'entrée du lycée. C'est dingue à quel point Sandre accapare mes pensées ! Chaque fois, je la désire plus que la précédente, et la beauté de Marcy devient cruellement insignifiante à côté des sensations intenses que me procure la peau nue de Sandre. Comment peut-on être accro à ce point ? Il faudrait que je décroche, mais je suis incapable de dire à Sandre de ne plus se glisser en douce dans ma chambre. Je la veux, oui, je la veux ! Je pourrais même laisser ma fenêtre ouverte par moins quinze degrés !

Aujourd'hui, c'est l'exposé, et après je n'aurais plus d'excuses pour continuer. Je sais que je devrais arrêter, mais il m'est impossible de résister. Et je refuse de perdre Marcy. Dès le premier jour, le premier regard, j'ai su que c'était elle, comment pourrais-je envisager de la quitter ? Je finirai bien par me lasser de la rebelle, peut-être même qu'elle a déjà prévu de me planter ? À cette idée, mon corps est parcouru d'un frisson désagréable.

La mère Salomon nous observe avec un étrange sourire ravi. Je trouve Sandre incroyable, merveilleuse, elle assure. Et je me moque que la prof n'apprécie pas.

– C'est un travail intéressant, tout a été très bien analysé, développé, je suis impressionnée. Je ne pensais pas que votre binôme fonctionnerait aussi bien.

Si elle savait !

– Je vous mets un A +, ajoute-t-elle.

Je suis à deux doigts de sauter au cou de Sandre pour l'embrasser sauvagement devant l'assemblée des élèves qui nous observe un peu trop attentivement. Depuis que j'ai osé toucher sa bouche, je suis affamé de ses baisers. J'en veux encore et encore.

Je crois même que je pourrais l'entraîner dans les toilettes pour lui faire des choses insensées. Mais je me contente de me coller à elle pour attraper discrètement sa main dans son dos et la serrer entre mes doigts. Si je ne me retenais pas, je la porterais même à mes lèvres. J'accentue mon étreinte pour qu'elle me regarde, mais elle m'ignore et retire sa main pour retourner à sa place. Est-ce que j'ai fait quelque chose qu'il ne fallait pas ? Je voudrais la suivre, mais je suis installé à l'autre bout de la pièce.

Et Steve à côté de moi ricane en déclarant un peu trop fort :

– Finalement, on dirait que tu l'as domptée !

Je me tourne vers Sandre toujours au fond de la salle qui ne me quitte pas des yeux quand elle articule silencieusement : « Même pas cap. » J'ignore ce que ça signifie vraiment, mais je réplique : « Tu veux vérifier ? » Et mon cœur s'affole à l'idée qu'elle me propose de continuer.

Je suis le pire des imbéciles. Je sais que je suis dans le pétrin et, pourtant, je suis incapable d'en sortir. C'est stupide, mais j'entrevois un brin d'espoir quand un message de Sandre, quelques heures plus tard, m'annonce qu'elle a ses règles. Je veux me désintoxiquer. Une cure à sec ! Je veux me shooter à Marcy.

– On fait quelque chose ensemble après les cours ? je lui demande, en piquant le reste de ses frites.

Sandre est à seulement quelques tables de nous, mais j'ai pris l'habitude de l'ignorer et je crois qu'elle préfère que ce soit ainsi.

– Oh, dommage, je pensais que tu révisais et Nataly a vraiment besoin de parler. Je lui ai promis. Tu comprends chéri ?

Après ma nuit avec Sandre et notre exposé je suis tellement à l'ouest que je ne parviens pas à saisir les raisons qui la poussent à me laisser agoniser seul. Si elle savait dans quel état je suis ! Je crois que je pourrais sauter tout ce qui bouge pour me convaincre que je suis accro au sexe et pas à Sandre, mais même les pom-pom girls ne me font plus autant d'effet qu'avant. Qu'est-ce qui m'arrive ? Si elle me laisse planté là, je vais tourner en rond comme un chien fou. Soudain, Boby me sort de mes pensées :

– Alors, cet exposé avec la rebelle, ce n'était pas si terrible ? Tu vas pouvoir recommencer à glander avec tes potes.

Je frémis en l'entendant parler d'elle, de MA rebelle.

– J'ai promis à ma mère d'améliorer mes notes et elle a un peu disjoncté à cause de mes écarts de conduite des week-ends précédents.

Je ne sais même pas pourquoi je balance cette excuse à la noix, je n'ai plus besoin de justifier mes absences puisque je suis en cure.

– On s'en fout de ta mère, proteste Steve. Nous, ce qu'on veut savoir, c'est si son père t'a fait flipper à mort, si elle t'a converti aux drogues dures, aux armes à feu et si t'as enfin trempé ton biscuit.

Ce mec est un chieur de première qui ne pense qu'au sexe, et ses conversations me dérangent encore plus depuis que je connais le sujet. Je m'apprête à riposter quand Marcy se penche vers mon oreille, visiblement gênée par la tournure que prend la discussion :

– Viens, on va faire un tour. On a une demi-heure avant mon prochain cours.

J'ignore pourquoi, mais Marcy déteste quand les gars se mettent à parler de Sandre et, chaque fois, je stresse en me disant qu'elle a tout pigé. Il faut que j'arrête de culpabiliser, je veux que Marcy comprenne enfin, qu'elle me fasse oublier mes erreurs. Mais une fois dehors, elle me parle de son groupe de soutien dont je me moque complètement, de ses leçons de piano et c'est encore pire. C'est de tendresse dont j'ai besoin, mais ça fait tellement longtemps que je n'ai rien tenté avec elle que j'ai peur de sa réaction. Je me tourne et caresse son beau visage du bout des doigts en demandant d'une voix mal assurée :

– Marcy… tu m'aimes ?

– Bien sûr, quelle question ! s'étonne-t-elle, en me détaillant de haut en bas, comme si elle craignait que je couve quelque chose.

– Tu ne me le montres jamais ?

– Mais si… enfin, tu le sais… on n'a pas…

Elle ne finit pas ses phrases comme si elle réalisait soudain ce que je veux lui faire comprendre. Elle a tellement peur de passer à l'acte qu'elle rejette toute forme de démonstration affective. Quand je crois qu'enfin elle va me donner la preuve que notre amour est toujours aussi fort, aussi important, elle se contente d'un chaste baiser qui ne réveille rien en moi.

– Encore.

Je l'enlace délicatement et pose prudemment mes lèvres sur sa bouche. Ses bras se glissent autour de ma taille et elle répond à mon baiser… le plus sagement possible. Je devrais être satisfait, elle progresse, mais ce n'est pas suffisant. Où sont les étincelles, le courant électrique qui parcourt mon corps quand je suis avec Sandre. J'en veux plus. J'en veux plus, et elle refuse de comprendre. J'attends toujours que mon cœur s'emballe, que mes membres me lâchent, mais rien. Et mon sexe est un sale traître !

Une fois les cours finis, je n'ai qu'une envie, retrouver Sandre, même si je sais que nous ne ferons rien. Et comme un demeuré insatiable, je me retrouve devant chez elle, comme d'habitude. J'hésite, je n'ai rien à faire ici. Je devrais partir, fuir et vite. Je devrais me désintoxiquer ! Bon sang, où sont mes résolutions ?

Mais je reste planté là, à fixer sa porte en me demandant si elle est rentrée. Qu'est-ce qu'elle va faire ce soir ? À quoi s'occupe une fille comme elle ? Sans réfléchir, je pose une main sur la poignée. Elle n'émet aucune résistance, c'est ouvert ! Mon Dieu, c'est ouvert ! Tous ses secrets sont derrière cette porte et rien ne me retient. Je vais faire une connerie !

La maison est silencieuse, comme toujours. Je n'ai jamais vraiment pris la peine d'observer les murs, les recoins, mais je sais qu'il n'y a rien. Aucune photo, pas de vêtements ou de chaussures qui traînent. Rien qui trahirait la présence d'habitants. Sa baraque est froide et distante, comme j'imagine ses parents, sa vie ne doit pas être drôle tous les jours. Je hasarde un pas dans le salon, les affaires de Sandre détonnent sur le canapé en cuir blanc. Elle est rentrée ! Mon cœur s'affole en réalisant qu'elle pourrait ne pas apprécier mon intrusion, sans parler de ma queue qui s'agite pour son plan cul. Rien à faire, je veux savoir. Et puis, si elle me vire, je serai bien obligé de subir la désintox.

Mon entrejambe proteste, quand je découvre que la porte dans l'angle de la cuisine, habituellement verrouillée, est ouverte. Je m'avance lentement, presque tremblant. Nom d'une pipe, elle est là ! Elle ne porte qu'un débardeur et un legging noir qui sculpte son corps de rêve. Qu'elle est sexy comme ça, penchée au-dessus d'une grande table métallique qui trône au centre de la pièce.

Qu'est-ce qu'elle fait ? Elle est tellement concentrée qu'elle ne s'est même pas aperçue de ma présence. Je m'avance encore pour mieux voir. La table est recouverte de centaines de dessins en noir et blanc. Non, ce ne sont pas des dessins, mais des photos.

Et là, je réalise.

Les murs sont remplis de clichés. Des gros plans de sportifs pris en pleine action avec les pom-pom girls qui s'agitent, les camés qui révèlent toutes leurs fragilités, Steve et ses pouffes et des jeunes que je n'ai jamais vus. Des scènes qu'on croise tous les jours sans être capable de mesurer l'émotion qui s'en dégage.

Et puis, il y a ces clichés de Marcy et moi, où je ne regarde qu'elle, comme si nous étions seuls au monde. Je n'avais pas conscience à quel point c'était flagrant ! C'est ridicule, mais je panique en réalisant que Sandre sait. Elle n'est qu'une distraction, je me moque d'elle. Mon entrejambe n'aime pas ça, parce que c'est elle qu'il veut, parce qu'il ne désire qu'elle.

Je suis à deux doigts de fuir quand je comprends que Sandre m'a repéré. Elle a retiré le charbon autour de ses yeux et je frémis lorsque nos regards se croisent. Comment un peu de noir peut-il tout changer ? Elle m'observe avec une expression indéchiffrable. Je vais me faire virer comme un malpropre. J'attends sa fureur, mes parties se sont recroquevillées, paniquées. Lâcheuses !

– Particulièrement choqué ? lâche-t-elle finalement avec un calme impressionnant.

C'est stupide, mais je suis rassuré et ma queue retrouve ses aises ! Sandre n'a pas l'air de m'en vouloir. Elle semble même indifférente, comme si notre relation n'avait aucune importance, et mon cœur se comprime d'une manière incompréhensible. La pièce a rétréci, il n'y a plus assez d'air pour nous deux.

– Je n'ai pas encore décidé, je réplique, en tentant de dissimuler les émotions contradictoires qui m'assaillent.

Un large sourire se dessine sur son visage harmonieux, comme chaque fois qu'elle a une idée derrière la tête.

– Une raison d'être ici ? insiste-t-elle, soudain curieuse.

– Une habitude plutôt.

– Besoin d'un câlin.

– C'est possible.

Je ne sais plus vraiment quoi penser. Comme toujours, je suis complètement paumé quand elle est près de moi. Mes sens ne répondent plus, seules mes parties réagissent et elles la veulent. Pourtant, une gêne s'est installée entre nous, comme chaque fois que nos corps ne se touchent pas. Elle doit le sentir aussi, car, comme pour combler le manque, elle s'approche et me prend la main.

– Viens, je vais arranger ça, souffle-t-elle en me poussant hors de la pièce.

Elle referme la porte derrière elle et me plaque contre le meuble d'angle de la cuisine.

– Alors, comme ça, on a du mal à rester sobre ? se moque-t-elle en me caressant à travers le jean bien trop épais.

J'étouffe un gémissement, mais ma queue m'a déjà trahi en venant se lover au creux de sa main. À peine douze heures et je suis totalement en manque. Je me retiens de ne pas la soulever pour la prendre sur le plan de travail. Je la désire tellement, même si je sais que ce n'est pas possible.

Soudain, mes hormones n'en peuvent plus. Je resserre mon étreinte et attrape ses hanches pour qu'elle enroule ses jambes autour de moi. Je veux que chaque parcelle de sa peau soit en contact avec la mienne, alors je l'embrasse sauvagement. Comme j'aime sa bouche ! Sa langue a un goût de sel et d'épices, elle est l'excitation à l'état pur et j'en redemande. Quand je m'écarte pour reprendre ma respiration, nous sommes tous les deux à bout de souffle.

– Eh ! Doucement, on se calme, bel étalon, chuchote-t-elle en m'entraînant vers le canapé.

C'est la première fois qu'elle me donne un petit nom, et mon instrument adore ça. Elle fait voler ses affaires sans se préoccuper du vacarme que produit son sac en tombant et, avec une délicatesse impressionnante, m'aide à m'allonger. Elle me traite comme un blessé qui aurait besoin de soins urgents. Ce soir, on va jouer au docteur ? Mon entrejambe en est tout retourné.

Avec une précaution infinie, elle me retire mes chaussures, puis elle se redresse en semblant m'examiner. De nouveau, elle se penche sur moi et mon tee-shirt s'envole dans un geste rapide et précis. Ses mains s'attardent sur ma poitrine avant de défaire le bouton de mon jean.

– Alors, qu'est-il arrivé à cette pauvre petite chose ? demande-t-elle en faufilant ses doigts sous mon boxer.

– Tu ne peux pas l'appeler « petite chose », tu vas la blesser !

– Putain, tu ne peux pas te vexer avec le monstre que tu as dans le pantalon, râle-t-elle, en l'empoignant fermement.

Oh ! Mon entrejambe se dresse et je me cambre au contact de ses mains si habiles. Comment fait-elle pour savoir aussi bien l'amadouer ? Mes hormones viennent de prendre le contrôle, je ne suis plus maître de rien, et ma queue frémit sous ses caresses.

– Elle a cruellement manqué d'attention ces dernières heures, je bredouille, alors qu'elle fait glisser mon pantalon le long de mes jambes.

En un rien de temps, je suis complètement à poil et elle me chevauche en me détaillant, malicieuse :

– Vraiment, il me semblait pourtant avoir fait ce qu'il faut…

Son sourire salace me fait un effet dingue !

Elle retire son débardeur, son soutif m'offre le plus beau des spectacles et elle se penche sur moi pour goûter ma peau qui ne demande que son contact. Ses seins frôlent mon ventre et je presse mes mains dans le creux de ses reins pour mieux la sentir sur moi. Je profite de la douceur de son dos, alors qu'elle descend lentement sur mon ventre en faisant courir sa langue sur ma peau. Je suis à sa merci.

Il m'est impossible de lui résister. Je crois que même en me convainquant de partir immédiatement, j'en serais incapable. J'ai besoin d'elle, de son corps, plus que tout.

– Je n'en ai jamais assez, je suffoque, alors que sa bouche torture mes parties.

Le contact de sa langue qui coulisse sur ma bite c'est… bon sang ! Il n'y a pas de mots. Je me cramponne au coussin du canapé, alors qu'elle s'acharne sur ma queue qui ne demande que ça.

– Je vais… je vais…

– Là, du calme, chuchote-t-elle en caressant doucement mon sexe.

Et lentement en se frottant à moi, elle remonte sur mes lèvres. J'empoigne ses seins, tandis que sa langue vient à la rencontre de la mienne. Son entrejambe frôle le mien qui n'en peut plus et je râle dans sa bouche pour qu'elle cesse cette douce torture. Elle répond à ma protestation en se plaquant sur moi dans un jeu de va-et-vient qui me donne des palpitations. Je voudrais sentir son désir étreindre ma queue plus fort, je voudrais profiter de son orgasme qui me presse plus étroitement. Mais comme ça, c'est déjà tellement… Bientôt, tout le voisinage saura l'incroyable effet qu'elle me fait.

– Putain, Sandre !

CHAPITRE 25

Sandre

J'ai renfilé mon soutif et mon débardeur, et je l'observe se rhabiller. Je n'en reviens pas qu'il soit venu, qu'il n'ait pas fui en découvrant toutes les photos de lui. Mon cœur tambourine à mes oreilles dans une prière silencieuse pour qu'il reste encore, même si nous ne finirons pas sous la douche ou dans mon lit. Et en plus, il me sourit, comme si je pouvais avoir quelque chose d'exceptionnel à ses yeux. Arrête ça !

– Une balade, ça te dit ? m'interroge-t-il en boutonnant son jean.

Il veut m'achever ! Il souhaite que nous fassions ensemble autre chose que baiser ? C'est surréaliste, incompréhensible, inespéré. Est-ce qu'il désire vraiment voir notre relation évoluer ? Non, c'est impossible ! N'espère rien Sandre, tu vas souffrir.

Je me contente de hocher la tête, parce que je suis incapable de lui résister. Son sourire s'illumine et mon cœur s'affole. Quel imbécile, celui-là ! Un vrai cœur de midinette !

– Je récupère ma bagnole et je passe te prendre, déclare-t-il en m'embrassant rapidement et en se précipitant dans l'entrée, comme s'il redoutait que je change d'avis.

Il conduit vers la sortie de la ville et je me demande où nous allons. Est-ce qu'il roule au hasard ou vers un endroit précis ? Nous sommes silencieux, mais il m'observe en coin comme s'il attendait que je parle. J'aime voir ses yeux clairs revenir sans cesse vers moi, j'aime le sourire qui se dessine sur ses lèvres comme un écho au mien.

– Quoi ? grogne-t-il, visiblement amusé par la situation.

– Rien.

Je ne prononce pas un mot de plus, mais le silence est confortable. L'espace réduit est chargé d'électricité et ça me plaît. J'observe ses doigts s'agripper à mon siège. Il voudrait me toucher, mais il n'ose pas.

Il traverse Hartford et je souhaiterais lui dire que j'étais au lycée ici avant, que j'ai passé toute ma scolarité dans cette ville parce que mes parents avaient honte de moi, de me traîner dans Winsted. Je voudrais, mais je me tais.

Il s'arrête devant un immeuble délabré et j'attends qu'il m'explique ce que nous faisons là, mais il se contente d'esquisser un clin d'œil en quittant l'habitacle. Il contourne la voiture, récupère un sac dans le coffre et je m'avance vers lui, sans trop comprendre ce que je suis censée faire. Est-ce qu'il attend quelque chose de moi ?

Une fois dans la rue, il me prend la main comme si ce geste était des plus naturels et m'entraîne à l'intérieur. Un frisson me parcourt au contact de ses doigts, mais je tente de ne rien laisser paraître.

– Où sommes-nous ?

– Chez une amie… ma mère biologique, précise-t-il, d'une voix hésitante.

Est-ce que je suis la première qu'il emmène ici ? Un sentiment terrifiant m'envahit et je paniquerais presque. L'espoir, quel traître celui-là ! Mais je suis incapable de le contrôler. J'espère être la première, oui, et j'espère plus. Il va me présenter sa vraie mère. Marcy ignore-t-elle son existence ?

Nous montons au deuxième étage et il entre sans frapper, comme s'il était chez lui. Et s'il avait vécu là ? J'aimerais l'interroger, mais les mots refusent de quitter ma bouche, cette situation me perturbe. À peine la porte passée, il raille comme pour s'annoncer :

– Pour une fois que tu es chez toi.

La pièce est très lumineuse et spacieuse, mais la profusion de vieux meubles en formica lui donne quelque chose d'oppressant. Une femme d'une trentaine d'années, un peu trop court vêtue et bien trop maquillée, apparaît d'une porte dans le fond.

– Je me suis fait jeter, commente-t-elle en ajustant le chignon négligé qu'elle vient à l'évidence de réaliser.

Elle s'apprête à sortir, belle, jeune, parfaitement pomponnée et je ne peux m'empêcher de me demander quel genre de mère elle a été : violente, absente, négligente… Ses grands yeux bleus semblables à ceux de son fils me détaillent, intrigués, et une lueur amusée les traverse quand elle déclare :

– Je ne savais pas que tu voyais encore la petite River ?

Quoi ?

Je connais cette femme ? Elle me connaît ? J'ai côtoyé Josh à l'époque où il vivait avec sa véritable mère ? Elle délire, c'est impossible ! Il avait dix ans quand il a débarqué à Winsted, si nous avions été à l'école ensemble, je m'en souviendrais. Je me tourne vers Josh pour vérifier sa réaction, lui aussi est complètement perdu. C'est sûr, elle se trompe !

– Ah les gosses, aucune mémoire. Pourtant vous étiez inséparables. Vous jouiez au papa et la maman ensemble. Vous avez fait les quatre cents coups tous les deux. Votre maîtresse s'arrachait les cheveux.

Mon regard ne cesse d'aller et venir entre Josh et cette folle. Lui aussi est estomaqué, incapable de réagir. Ce qu'elle raconte n'a aucun sens, mais elle continue en se tournant vers moi :

– Un jour, tu es rentrée de l'école tout excitée en disant que vous aviez fait l'amour, qu'il souhaitait t'épouser. C'était trop mignon, se souvient-elle, les yeux dans le vague. Bien sûr, ce n'était pas vrai, vous ne saviez même pas ce que ça signifiait. Josh avait dû voir ça à la télé, mais ton père l'a très mal pris… Ah, Ryan River ! Il était beau gosse quand même, j'espère qu'il l'est toujours. Certains vieillissent mal.

Elle ne parle plus. Elle me regarde. Et je me rends compte qu'elle attend une réponse. Franchement, qu'est-ce que j'en ai à foutre qu'elle trouve mon père charmant !

– Il entretient sa forme…

Ouais, c'est ça ! Je n'en reviens pas d'avoir réussi à lui répondre. Et Josh qui me fixe comme si j'étais capable de l'éclairer sur les débilités que raconte sa… mère biologique.

– Le savon qu'il m'a passé, poursuit-elle. Mais je veux bien me faire gronder tous les jours par un mec comme ça. Ah ! Ce gars transpire le sexe par…

– Rita ! l'interrompt Josh, semblant enfin sortir de sa transe.

Maintenant, je me souviens. La colère de mon père ce jour-là. Il n'a plus jamais été le même après ça. J'avais fait quelque chose de mal, mais j'ignorais quoi, j'étais sans doute trop jeune pour saisir. Ça doit dater, les images sont floues, mais Josh, lui, je ne m'en souviens pas.

– Quoi, c'est vrai ! proteste-t-elle, comme si elle ne comprenait pas qu'une génération nous sépare et qu'elle est censée éviter certains sujets en notre présence.

Je me demande ce qu'elle a fait pour perdre ses fils. Est-ce que c'est juste son évidente irresponsabilité qui les a entraînés dans une autre famille ? Est-ce qu'elle ne voulait plus d'eux ?

Et elle insiste, se délectant de cette vieille histoire qui nous fait perdre pied tous les deux :

– Enfin, la semaine suivante, tu avais changé d'école et mon Joshy a mis des jours à s'en remettre.

J'ai beau avoir écouté, entendu, mon cerveau refuse d'assimiler. Nous avons été proches, inséparables, au point que nos rêves d'enfants puissent inclure l'autre dans son avenir. C'est surréaliste !

– Nous… on avait quel âge ? bafouille-t-il, faisant écho à mes pensées.

– Tu crois que je me souviens de ce genre de détail, râle-t-elle, en ignorant son air affolé. Je n'en sais rien, dans les quatre ou cinq ans.

Tu m'étonnes qu'on ne s'en souvienne plus ! Mon enfance, mes parents n'en parlent jamais, comme si c'était tabou.

Soudain, Josh s'agite. Il se dirige vers la cuisine et attaque le rangement de ce qu'il a apporté, comme si de rien n'était. Je me demande à quoi il songe, si ça l'a perturbé autant que moi. Il ne laisse rien paraître.

Elle le suit sans me quitter des yeux et je me sens de trop. Ils ne semblent pas très proches, mais ils tiennent l'un à l'autre, c'est évident. A-t-il manqué de son amour comme j'ai manqué de celui de mes parents ? Parfois, la présence ne suffit pas. Ma famille a toujours eu l'air unie en apparence, si les gens savaient qu'un mal étrange nous ronge de l'intérieur et que ce mal, c'est moi.

– C'est la maîtresse ? raille Rita, me tirant du brouillard de mon passé.

– Quoi ? hurle Josh en laissant s'échapper une boîte de céréales.

Mais elle continue de sourire, se délectant de la situation. Il ne va pas tarder à regretter de m'avoir conduite ici.

– C'est quand même dingue, s'amuse Rita. Tu trompes ta copine avec la petite amoureuse de ton enfance. Parfois, des personnes sont nées pour être ensemble.

Ça y est, mon cœur a déclenché le plan de sauvetage d'urgence avant l'arrêt cardiaque. Tous mes sens ont cessé de fonctionner, seuls mes pieds s'affolent, m'entraînant loin de cet espoir grotesque. Je n'ai pas besoin de Josh dans ma vie. Il n'y a pas sa place et je n'ai pas la mienne dans la sienne. Je suis tellement à l'ouest que je n'ai même pas réalisé ce que ça signifie : Il lui a parlé de moi, de nous. J'ai quitté l'immeuble sans m'en rendre compte. L'air frais de la fin de journée m'aide à retrouver mes esprits. Je suis ridicule, ce ne sont que les mots d'une excentrique incapable de gérer sa propre vie.

Josh apparaît quelques instants plus tard. Il s'arrête à quelques pas de moi, tellement gêné que je préfère examiner le béton plutôt que son magnifique visage perturbé. Ses longs doigts glissent dans ses cheveux, il cherche mon regard et je fuis le sien. Je ne veux pas savoir que ce sont des balivernes, qu'il aime Marcy et que je ne suis qu'une parenthèse. Je le sais, je n'ai pas besoin de l'entendre. Ce n'est pas parce qu'on a fait des conneries ensemble étant gosses que ça signifie quelque chose.

Finalement, il s'approche et prend mon visage entre ses mains pour m'obliger à lui faire face. Une peur étrange a envahi ses beaux yeux bleus. J'y lis de la détermination aussi.

– Tu ne vas pas me poser de questions ? m'interroge-t-il d'une voix rauque qui marque une certaine déception.

Je ne m'attendais pas à ça. Et mon cœur qui espère je-ne-sais-trop-quoi s'emballe à nouveau, alors que je lui avais clairement fait comprendre de la fermer.

– Pourquoi m'as-tu amenée ici ? finis-je par articuler.

Il inspire bruyamment en levant les yeux au ciel, et un sourire se dessine sur ses lèvres. Je suis paumée. Il ne veut pas de moi, il ne veut pas de nous, alors pourquoi me faire visiter son passé trouble, me confier ses secrets ?

– Je te dévoile mon univers, tu m'ouvres le tien.

Sa voix est pleine de défi et ça me rassure. Ce petit jeu qui existe entre nous, c'est un territoire connu.

– Je t'ai invité chez moi, dans ma cuisine, ma salle de bains, mon lit, mon canapé… que veux-tu de plus ? je le provoque en glissant mes doigts sous son tee-shirt pour retrouver la sensation grisante de sa peau frémissante.

– Un accès à tes pensées, murmure-t-il en plaquant son front contre le mien, comme si ce contact pouvait lui permettre de lire en moi.

– Il n'y a rien d'intéressant.

– Je ne sais rien de toi.

– Il n'y a rien à dire.

Il souffle, déçu que je refuse de me livrer, et j'ajoute en espérant clore la discussion :

– Mes parents travaillent énormément, ça n'a rien d'exceptionnel.

À la grimace qu'il fait, je sais que je n'ai pas été très convaincante, mais il ne répond rien de plus et se contente de caresser ma joue avec la pulpe de son pouce. J'aime la tendresse de ce geste, le regard qu'il pose sur moi et sa bouche qui s'avance, hésitante. Ses lèvres chaudes, humides, trouvent les miennes, sa langue les frôle doucement comme pour me demander l'autorisation d'accéder à ma bouche. Je retiens un gémissement lorsqu'elle se glisse entre mes dents. S'il savait l'effet qu'il me fait ! Quand il se presse contre mon corps, quand je sens son désir gonfler contre mon ventre, je suis incapable de retenir le son qui s'échappe du plus profond de moi. Il sourit, victorieux, contre mes lèvres, et sa langue continue de danser avec la mienne. Je n'ai jamais été embrassée aussi passionnément, et j'adore ça.

– On va peut-être rentrer, finit-il par murmurer, haletant.

Le silence est loin d'être aussi confortable qu'à l'aller. Il m'observe régulièrement comme si quelque chose pouvait l'inquiéter et, de nouveau, je redoute qu'il dise ces mots si douloureux, inévitables. On ne peut pas continuer comme ça. C'est sûr, il va le faire !

Son regard est concentré sur la route et ses doigts crispés sur le volant. Quand il se gare devant chez moi, il n'a toujours pas prononcé un mot. Je quitte sa voiture, le cœur à l'envers. Sa mère biologique vient de détruire en quelques railleries le peu qui existait entre nous. Pourtant, il m'a déjà rejointe avant que je n'atteigne le portillon et sa main sur mon bras m'oblige à lui faire face. On dirait qu'il attend que je parle, mais j'ignore ce qu'il veut de moi. Hors de question que je sois celle qui mette un terme à cette folie, qu'il le fasse, lui !

De nouveau, sa bouche est sur la mienne et je ne sais plus quoi penser. Pourquoi ça semble si difficile pour lui de se débarrasser de moi ? Il inspire bruyamment et je retiens mon souffle, prête à entendre le pire.

– Tu vas passer cette nuit ?

Une invitation à poursuivre, c'est aussi ridicule qu'inespéré.

– Je suis toujours dans la zone rouge !

– Mais les cauchemars n'ont pas besoin de sexe pour se dissiper.

– Insinuerais-tu que tu serais l'élément indispensable pour chasser mes démons ? je minaude, l'imaginant déjà se contenter de me serrer dans ses bras musclés pour me rassurer.

– J'en suis convaincu, susurre-t-il, en effleurant mes lèvres.

Nous sommes vraiment aussi stupides l'un que l'autre. Appuyer sur l'accélérateur quand on voit clairement le mur en face, c'est insensé. Et pourtant, nous sommes déterminés à ne pas lâcher la pédale, à profiter du maximum d'adrénaline avant le crash inévitable.

CHAPITRE 26

Sandre

Ça paraît dingue, mais j'ai du mal à me souvenir d'avant. Pourtant, ça ne date que de quelques semaines. Il s'est immiscé dans ma vie à un point tel que tout me fait penser à lui. Le canapé où je l'ai sucé l'autre jour, le plan de travail où il m'a prise plusieurs fois, le carrelage de l'entrée, la fois où il n'en pouvait vraiment plus, la douche où nous finissons souvent… Et son odeur qui traîne partout.

Le plaisir entre nous s'est décuplé depuis qu'il a osé goûter ma bouche. Comme si ce qui aurait dû nous séparer nous avait finalement rapprochés. Mais je refuse d'y songer, car chaque infime changement entre nous m'effraie davantage.

Quand je suis avec Josh, je ne suis plus vraiment moi, ou peut-être est-ce le contraire. Je n'en sais rien. Je suis devenue une inconnue qui me terrifie, mais je ne veux pas la perdre, car c'est elle qu'il désire. Avec lui, je suis celle que j'aurais dû être si ma vie n'était pas partie en vrille. Cette fille insouciante qui ignore que l'existence peut être cruelle.

Que j'étais godiche à l'époque ! Je n'arrive pas à croire que cette gonzesse soit encore en moi. L'autre jour, j'ai ressorti mes photos d'avant, je les ai détestées, mais je suis sûre que Josh les adorerait. Parfois, je souhaiterais redevenir cette fille pour pouvoir lui plaire, mais c'est ridicule, je ne veux plus jamais être elle. Elle se fait avoir à tous les coups. Moi, je sais à quel point la vie peut être dure et les gens égoïstes. Je n'ai pas besoin de me faire de film, je sais que Josh finira par se lasser. J'aimerais me convaincre qu'à ce moment-là je serai prête, que ça ne me touchera pas, mais la vérité, c'est que je suis terrorisée.

On est vendredi, et il va bientôt arriver. Le vendredi, il peut rester plus tard. Sa mère est moins stricte depuis son dernier bulletin de notes. Mes leçons coquines ont quelques avantages.

Je nous prépare des lasagnes en l'attendant. Je ne suis pas bonne cuisinière, enfin c'est surtout que je n'aime pas ça, mais les trucs bien gras, c'est ce que je réussis le mieux.

Je commence à stresser, parce que nous ne nous sommes pas revus depuis cette soirée à Hartford. Enfin si au lycée, mais au lycée c'est différent. Nous sommes deux inconnus et je préfère l'éviter. Je ne veux pas savoir s'il s'éclate avec Marcy et ses potes ni s'il parle de moi. Je ne veux pas lui donner de raisons d'arrêter. Pourtant, je continue à l'espionner de mon perchoir tous les matins. C'est plus fort que moi. Je scrute chaque changement, même insignifiant, que notre relation aurait pu déclencher. La façon dont il pose son avant-bras sur la taille de Marcy, le sourire qu'il lui lance, la main qu'il lui tend… Mais une fois les clichés développés, chaque regard, chaque geste qui lui est destiné est plus douloureux que le précédent et toutes mes photos terminent à la poubelle. Je voudrais pouvoir le photographier quand il est avec moi, je voudrais pouvoir comparer les regards pour elle et ceux qui n'appartiennent qu'à moi. Je voudrais, mais je n'ose pas. La réalité me terrifie.

Je ne supporte plus de les voir ensemble, même s'il n'est plus vraiment le même avec elle. C'est peut-être stupide, mais j'ai le sentiment que plus nous baisons comme des fous, plus il devient le mec respectueux et attentionné que Marcy rêve d'avoir. Je suis le défouloir qui lui permet d'atteindre la perfection et je déteste avoir fait de lui ce gars-là. Si Marcy savait ! Plus il s'immisce dans ma vie et plus c'est dur de le voir avec elle. J'ai du mal à comprendre comment il fait pour lui mentir tous les jours. Et je ne parle même pas d'elle. Il faut vraiment être cruche pour penser qu'un mec comme Josh passe des heures entières à la bibliothèque. Et quand il déboule avec la tête dans le cul et l'air débile d'après baise, c'est clair qu'il n'a pas révisé toute la nuit. Moi, je l'aurais flairé immédiatement.

Il frappe et je lui hurle d'entrer en enfournant mon plat. Il a l'air ravi quand il jette son sac sur le canapé et m'enlace par-derrière pour me peloter les seins. C'est étrange, cette sensation d'être ensemble, alors que nous ne le sommes pas vraiment. Parfois, j'oublie qu'il ne m'appartient pas et que je ne fais pas partie de sa vie.

– Dis-moi que c'est fini, me demande-t-il en m'embrassant dans le cou.

Mon cœur s'emballe, paniqué. De quoi parle-t-il ? De nous deux ? De mes clichés ? De mon obstination à garder mes secrets alors qu'il m'offre chacun des siens, les uns après les autres ? Je me retourne pour tenter de déchiffrer le message dans le fond de ses yeux, mais rien ne trahit l'horreur des mots qui viennent de sortir de sa bouche. Il veut arrêter ? Maintenant ? Je flippe ! Je savais que ça arriverait, mais là, maintenant, déjà ? Je ne m'y suis pas préparée. Et en plus, il a cet air de « je me fous de ta gueule ».

– Tes règles ! ajoute-t-il, comme s'il s'agissait d'une évidence.

– Ah, euh… oui, je bafouille, gênée d'avoir paniqué comme une godiche.

Il m'embrasse sauvagement et je sais que je n'aurai bientôt plus grand-chose sur le dos. Ses mains s'engouffrent sous mon tee-shirt et me pressent contre son corps musclé. Il est impatient, et ça se sent. Il s'écarte pour nous laisser respirer, une lueur salace illumine ses beaux yeux bleus. Il se mord la lèvre inférieure avant de déclarer :

– Et si on le faisait dans le lit de tes vieux ?

– Quoi ? NON !

Mais c'est déjà trop tard. Il m'empoigne sous les fesses et m'installe sur son épaule sans aucun effort.

– Tu rigoles ! On a testé la moitié du mobilier et tu rechignes alors que je te propose un endroit confortable, se moque-t-il en escaladant les escaliers quatre à quatre.

– Putain, Josh, non ! Je t'en prie, repose-moi. Josh, arrête !

Je hurle, je me débats, mais rien n'y fait. Il est trop fort pour moi. Je suis foutue. Pour nous, pour moi, pour tout, c'est fini. Et quand il se fige, je sais que nous sommes arrivés à destination. Il me fait glisser lentement le long de son corps sans lâcher la pièce des yeux. Ça fait un an que je n'ai pas contemplé le carnage et, aujourd'hui, je le trouve plus choquant qu'à l'époque.

Les vêtements déchirés de mes parents jonchent le sol. Les oreillers, la couette, tout a été éventré et les bourres se joignent au capharnaüm ambiant. Au milieu du lit, des cadres avec des clichés de moi, d'eux, de nous, ont été brisés. Les tables de chevet, le tabouret de la coiffeuse paraissent avoir volé à travers la pièce et des trous révèlent leurs points d'impact. De la peinture rouge recouvre le tout et donne un air glauque à la scène. Les murs, à l'origine d'un gris pâle, n'ont pas été épargnés. Des inscriptions tremblantes et sanguinolentes ajoutent un point final au spectacle. Mes yeux se perdent sur les mots que ma main a écrits frénétiquement à l'époque : pute, salope, connard, enfoiré… j'en passe et des meilleurs.

J'observe Josh. Sa bouche est entrouverte comme s'il peinait à reprendre son souffle, ses iris ont pris une étrange teinte glaciale, il n'a pas bougé, son visage semble inanimé, inexpressif, dissimulant ses pensées. Je finis par reculer et me laisse glisser lentement contre le mur du couloir. J'attends qu'il réagisse, qu'il pose la question, mais il ne bronche toujours pas, alors je le dis :

– Ils sont partis.

Il se retourne enfin. Sa mâchoire est crispée, son regard est effrayé.

– Ils… ils sont morts ? bafouille-t-il, affolé.

Je ne peux m'empêcher de sourire en imaginant les horreurs qui lui passent par la tête. Meurtre, vengeance, corruption, maladie, excès… et moi, pauvre spectatrice impuissante.

– Ils sont juste allés vivre ailleurs, je précise en fixant le plafond. Peut-être qu'ils reviendront. Parfois, j'ai l'impression qu'ils sont encore là, mais le temps passe et ils ne rentrent pas. Je me déteste d'espérer.

Il respire bruyamment comme s'il venait de courir un marathon. Je sens le poids de son regard sombre sur moi, mais je refuse de le regarder. Il n'aurait jamais dû voir ça. Il est entré dans ma maison, dans mon lit, mais je ne veux pas qu'il s'immisce aussi dans ma vie.

Je ne vois que le plafond blanc que mon père a repeint quelque temps avant de partir, et j'entends Josh qui s'approche. Je sens son corps tout contre le mien. Il dépose son bras raidi par la peur sur mon épaule et m'attire lentement contre sa poitrine. Il croit vraiment que j'ai besoin de lui.

– Et… où sont-ils ? finit-il par me demander, son visage tout proche du mien.

– Je n'en sais rien.

– Pourquoi… pourquoi sont-ils partis ? insiste-t-il.

– Parce que je les empêchais de vivre pleinement leur passion l'un pour l'autre, je m'entends préciser.

Qu'est-ce qui me prend ? Sandre, ferme ta gueule ! Tu ne vas pas tout lui dire. Tu ne veux pas qu'il sache. Il ne tient pas à toi, il ne peut pas t'aider. Il est là juste pour baiser, juste pour ton cul.

Je ne l'avais jamais dit à personne, et entendre pour la première fois ces mots sortir de ma bouche rend la situation plus réelle, plus insupportable encore. Tant de couples seraient prêts à tout pour avoir un enfant et mes parents, eux, n'ont pas voulu de moi. Il me serre plus fort, comme s'il pouvait sentir la douleur s'insinuer dans mon cœur, mais je ne veux pas…

– Merde, je ne veux pas de ta pitié, je hurle en le poussant violemment de mes mains tremblantes, sors de chez moi ! Tire-toi !

– Tu crois vraiment que j'ai pitié ? s'emporte-t-il à son tour. Celle qui m'a donné la vie n'a jamais été capable de s'occuper de moi ni de mon frère. À chaque récréation, je courais chez nous pour nourrir Colin, pour l'endormir, le rassurer. Les parents qui n'assurent pas, je connais !

Sa lèvre inférieure tremble légèrement. Il me dévisage, semblant me supplier de ne pas le repousser, mais je ne peux pas le chasser de ma vie alors qu'il n'en fait même pas partie… Je sens des larmes m'échapper et je baisse les yeux, je ne souhaite pas qu'il me voie faible et sans défense. Lui a connu tellement pire, il n'était qu'un enfant et il a tout géré, tout surmonté. Et moi, j'ai du mal à émerger ? Je me déteste, je me déteste d'être en train de me décomposer devant lui, d'être faible, alors qu'il est si fort. Il ne semble éprouver aucune honte à évoquer son passé, il ne redoute pas ma réaction, mais moi, je suis terrifiée à l'idée de mettre des mots sur mon histoire. Je refuse de lui en parler, il ne peut pas comprendre, je ne veux pas qu'il comprenne, qu'il me cherche des excuses. Mes parents avaient raison, je suis nocive, je détruis tout autour de moi, Josh mérite mieux.

Mais putain, dégage. Tu ne veux pas de mes galères, tu en as déjà assez des tiennes. Tu veux juste profiter de moi, et ça me va très bien comme ça. Pourtant il insiste, comme si je pouvais être importante pour lui :

– Je t'en prie, ne me rejette pas, m'implore-t-il en tendant prudemment ses mains dans ma direction. Je peux te comprendre, on est pareils tous les deux… N'exclus pas tout le monde de ta vie parce qu'ils l'ont fait avec toi. Ne leur donne pas raison.

– Non, on n'est pas pareils. Bordel, regarde-moi, j'essaie de faire croire que je m'en sors, mais c'est faux, je ne gère rien du tout, je suis terrifiée. J'ai peur qu'ils reviennent et je veux qu'ils reviennent.

Incapable de les retenir plus longtemps, des larmes ruissellent sur mes joues. J'aimerais lui dire de partir, j'aimerais lui dire de revenir quand il aura envie de baiser, mais la vérité, c'est que je suis faible. Je suis faible et je déteste ça !

Mais je me blottis de nouveau dans ses bras et il me serre si fort que j'ai du mal à respirer. Tout mon corps tremble de la douleur que j'ai trop longtemps retenue. Ses doigts parcourent ma peau, rassurent mes doutes, ses lèvres envahissent mon visage, pansent mes plaies et, petit à petit, mes larmes se tarissent. Je n'ai jamais ressenti auparavant cette chaleur qui m'enveloppe comme une couverture les jours de grand froid, cette tendresse réconfortante qui promet tant de bonheur et d'amour.

J'observe le carnage qui s'étale, provocateur, sous mes yeux. Soudain, je revois le jour de leur départ et leur énième dispute à mon propos. Et les derniers mots de ma mère :

– Je suis désolée, ma chérie, j'ai fait tout ce que j'ai pu pour t'intégrer dans notre vie… Je ne peux pas perdre ton père, je l'aime trop, mais tu es grande maintenant, tu devrais t'en tirer comme une championne.

Tu parles, quelle connerie elle n'aurait pas dite pour se déculpabiliser. J'en ai la nausée rien que d'y repenser. Et moi qui ai cru qu'ils allaient revenir, qu'ils avaient juste besoin de temps tous les deux. J'ignore si c'est ma faute ou celle de mon père. Il m'a toujours vue comme un obstacle entre sa femme et lui, comme si je lui prenais l'amour qu'elle lui destinait, comme si ma mère n'était pas capable de nous aimer tous les deux. Je me souviens de son regard, si froid, si indifférent à mon égard, alors qu'il contemplait ma mère comme la huitième merveille du monde. Elle parlait souvent du bon vieux temps où rien n'entravait leur passion l'un pour l'autre. Elle ne l'a jamais vraiment dit, mais je sais qu'il s'agissait d'avant ma naissance. Pourtant, ils m'ont désirée, ma mère a même suivi un traitement pour m'avoir.

Je sens les bras protecteurs de Josh et, de nouveau, des images reviennent.

Je revois Oliver me consoler et me rassurer comme le fait maintenant Josh. Comme toutes les godiches trop naïves, je croyais que je comptais pour lui, qu'il m'aiderait à traverser cette épreuve. Dire que je me suis offerte à lui à peine la maison vide, en pensant que c'était du sérieux, qu'il serait toujours là pour moi. Et les mots qu'il m'a dits quelques jours plus tard me giflent encore une fois.

– Sandre, je suis encore jeune, je veux en profiter, et tes problèmes… enfin, tu vois… C'est fini.

– Et le bal ? j'avais bafouillé comme une cruche trop débile pour comprendre sans qu'on lui fasse un dessin. Que j'étais stupide à l'époque !

– J'ai déjà invité Becca Harper.

Ma meilleure amie. J'étais restée plantée devant lui comme une bécasse, incapable de réaliser ce qui me tombait dessus. Abandonnée par ses vieux, trahie par sa meilleure amie, plaquée par son petit copain, à peine dépucelée, et tout ça en une seule semaine. C'est ce jour-là que j'ai défoncé la chambre de mes parents. Je leur en ai voulu, mais la vérité, c'est qu'ils m'ont rendu service. Sans eux et leur passion débile, je serais encore une Marcy Shepard qui pense naïvement que son mec se réserve pour elle, alors qu'il se tape la harpie du lycée. Je n'ai jamais revu Oliver après ce jour-là et je n'ai jamais remis les pieds dans mon ancien lycée. J'ai changé de style, de vie, de tout.

CHAPITRE 27

Josh

En observant le massacre, j'imagine la fureur qui l'a submergée quand ils l'ont abandonnée. Je la vois se débattre entre peur et colère au milieu de ce bazar impressionnant. Je me demande quel genre de fille elle était à l'époque. Était-elle plus fragile, moins sur la défensive ? Elle était populaire, elle me l'a dit, mais j'ai du mal à la voir ainsi. Pour moi, elle n'est que cette sublime créature entièrement nue qui joue avec mes hormones, l'autre n'est qu'une étrangère qui se camoufle derrière des yeux cernés de noir et des vêtements informes. J'ai tenté de la trouver, mais jusqu'à aujourd'hui, elle s'était bien dissimulée sous sa carapace. Je détaille sa longue chevelure sombre qui s'étale anarchiquement sur ma poitrine, et j'entends son cœur qui tambourine violemment. À quoi pense-t-elle ?

Toute cette rage est encore palpable dans la pièce et je sens qu'elle ne l'a pas quittée. C'est ce qui la fait tenir, lui permet d'avancer. C'est sa force et sa faiblesse à la fois, et à cause de moi, elle est en train de s'effriter entre mes doigts. Je ne veux pas qu'elle souffre, je ne veux pas qu'elle souffre à cause de moi. Je suffoque en imaginant toutes les épreuves qu'elle a dû traverser. Elle respire bruyamment contre moi et sa souffrance m'envahit comme si elle était mienne. Je ressens la solitude qu'elle a érigée comme un rempart contre le monde qui l'entoure. Elle nous éloigne, alors que j'aimerais que plus rien ne nous sépare. Ça peut paraître stupide, nous ne sommes rien l'un pour l'autre et pourtant je veux être là pour elle. J'ai besoin d'elle, autant qu'elle a besoin de moi. J'ignore ce qu'il y a entre nous, mais ce n'est pas que sexuel.

Je la serre plus fort comme si ce geste pouvait effacer l'imbécile que j'ai été avec elle. J'aimerais qu'elle me raconte, qu'elle se libère de toutes les horreurs qu'elle a gardées bien trop longtemps, mais je sais qu'elle n'en fera rien. Elle n'est pas encore prête à m'inclure dans sa vie. Et puis, pourquoi voudrait-elle d'un abruti dans mon genre, qui l'a utilisée sans vergogne ? C'est bête, mais je regrette déjà d'avoir tout gâché, alors que rien n'a débuté entre nous.

Ses yeux sombres sont perdus dans le carnage qu'elle a elle-même provoqué. J'attends qu'elle me parle, qu'elle s'ouvre enfin, mais elle reste silencieuse.

Alors je commence :

– C'est moi qui ai dénoncé Rita. Colin pleurait beaucoup et elle ne le supportait pas. Quand elle n'en pouvait vraiment plus, elle partait et lorsqu'elle revenait, elle ne tenait plus debout tellement elle avait bu. Parfois, je devais la coucher ou nettoyer son vomi. J'avais peur pour mon frère, il était si petit, si fragile, alors j'ai dit qu'elle était alcoolique. Ce n'était pas vrai, elle avait juste besoin d'aide, mais je voulais être sûr que quelqu'un s'occupe de Colin mieux qu'elle s'était occupée de moi.

Je marque une pause avant de préciser :

– Elle a été obligée d'aller en cure de désintoxication et elle m'en a beaucoup voulu.

Ce détail me rend dingue, je me déteste de lui avoir infligé ça, mais je ne veux rien cacher à Sandre. Son visage n'est plus niché contre moi, elle me regarde, les yeux rougis d'avoir trop pleuré. Elle semble tellement surprise de m'entendre en parler si facilement, elle ignore que les mots me font encore mal, mais elle se tait parce qu'elle seule peut comprendre que rien n'effacera le passé.

J'effleure sa joue humide et reprends :

– C'est ma mère qui était chargée de notre dossier. J'ignore comment elles se sont arrangées, je sais juste que nous sommes des Anderson et que Rita ne fait plus partie de l'équation. Ça ne fait qu'un an qu'on se revoit. Ça peut paraître étrange, mais j'ai besoin de savoir qu'elle va bien.

Je respire bruyamment, parce que mon cœur s'est emballé. Même si aujourd'hui, la culpabilité, la solitude, la peur de l'abandon sont des émotions lointaines, elles restent tapies dans l'ombre et je sais que je ne m'en débarrasserai jamais.

Je sursaute lorsque Sandre rompt le silence :

– Mes parents se sont séparés quelques semaines avant ma naissance. Ma mère était dévastée et quand je suis née, je ne représentais plus à ses yeux que les cendres d'une passion envolée.

Elle sourit tristement avant de préciser :

– Mon prénom signifie « cendre » en français. Elle adore Paris et sa culture.

Le sourire disparaît de ses lèvres, puis elle reprend sur un ton moins assuré.

– Mon père est revenu finalement, mais il n'a jamais supporté ma présence, j'étais comme un obstacle entre eux. Tout en moi le mettait hors de lui, au point que je redoutais de me retrouver seul avec lui. Il n'a levé la main sur moi que deux fois, mais je n'oublierais jamais la peur, l'incompréhension et la douleur que j'ai ressentie.

Ses yeux sont troubles et me regardent sans me voir. Chaque mot qu'elle prononce l'éloigne un peu plus de moi, comme si elle craignait que je m'immisce un peu plus dans sa vie. Je ne veux plus qu'elle parle, je ne veux plus qu'elle dresse un mur entre nous, je ne veux pas la perdre. Je la presse contre moi pour m'assurer qu'elle ne m'échappe pas. Des larmes ont de nouveau envahi ses joues et je la serre plus fort jusqu'à ce qu'elle se calme. J'ai peur qu'elle me repousse encore et je l'oblige à me faire face en emprisonnant son visage entre mes mains. Mon cœur se pétrifie sur place quand je découvre la panique dans ses yeux sombres. La douleur qui me laboure l'estomac à cet instant précis est incompréhensible. Comment peut-elle me bouleverser à ce point ?

Du bout des lèvres, j'essuie les gouttes qui ruissellent le long de son cou. Je veux effacer sa souffrance, la lui prendre. Mes baisers sont de plus en plus intenses, plus intenses que je ne l'aurais imaginé. Je plaque ma bouche contre la sienne, comme si ce contact devenait vital pour notre survie à tous les deux. Nous n'avons pas besoin de mots entre nous, nous savons l'un comme l'autre que la compassion et les regrets ne servent à rien. Ses lèvres sont brûlantes et salées. Ma langue s'aventure dans sa bouche et je presse mon corps contre le sien. Je n'ai jamais ressenti de façon aussi urgente le besoin de la sentir contre moi, et mon cœur s'emballe quand elle répond à mon étreinte.

Elle glisse ses mains sous mon tee-shirt et la sensation de brûlure me déstabilise. Je vacille et m'écroule sur elle. Je la serre si fort que je peux percevoir chaque réaction de son corps à mon contact. Ses caresses me retournent les sens et mon entrejambe s'érige alors qu'elle se frotte contre moi. Je me redresse pour reprendre ma respiration, mais son visage dévasté me fait l'effet d'une gifle.

– Je suis là, Sandre, je ne vais nulle part. J'écarterai tous les obstacles qui se dressent entre nous, je ferai tout pour que ta vie soit plus simple, plus belle, je souffle, en détaillant son regard noir, encore ravagé par les tourments du passé.

Elle se crispe au son de ma voix et je la serre plus fort pour qu'elle ne puisse pas me repousser. Elle n'a pas dit un seul mot, mais je sais qu'une partie d'elle veut m'exclure de sa vie avant de souffrir à nouveau. Je sens tout son corps qui lutte pour me rejeter. J'attends l'inévitable, mais elle n'en fait rien.

Je me réveille en sursaut comme retourné par une sensation troublante. La chaleur de Sandre me rassure instantanément. Elle a cet effet, surprenant sur moi, d'apaiser mes craintes et mes tensions. J'enfouis mes doigts dans ses cheveux incroyablement doux, la serre plus fort contre moi puis je me penche, à la recherche des chiffres rougeoyants de mon réveil, mais l'obscurité nous enveloppe entièrement. On est où ?

Et soudain, je comprends, je ne suis pas rentré chez moi.

– Merde, je râle, alors qu'elle dort toujours profondément, nos membres enchevêtrés.

Je sors mon portable de ma poche pour vérifier l'heure. Merde, il est presque minuit. Délicatement, je démêle mes jambes des siennes et glisse un bras sous ses genoux. Je la porte jusqu'à son lit et quand je crois la recoucher, je réalise que ses grands yeux surpris me détaillent.

– Je ne voulais pas te réveiller, je murmure, en la déposant sur le matelas. Il est tard, dors. Ne t'inquiète pas, je ne te quitte pas, je suis tout à toi maintenant, je vais tout arranger. J'essaierai de passer demain, si ma mère ne m'enferme pas dans ma chambre.

Je l'embrasse tendrement et me précipite dans les escaliers. Je déteste partir comme ça, alors que nous n'avons même pas parlé et qu'elle pense, peut-être encore, que je ne suis qu'un connard qui l'utilise. Et dire qu'elle a raison ! J'enjambe la haie du voisin en culpabilisant de la laisser seule chez elle. Je ne connais que trop bien ce sentiment de solitude pour ne pas me détester de l'abandonner avec ses démons dans cette maison où elle a dû vivre tant d'horreurs.

En moins de temps qu'il ne faut pour le dire, je suis devant chez moi. J'inspire un bon coup, tente de me calmer avant de m'introduire à l'intérieur à pas de loup. Je suis rassuré de constater que toutes les lumières sont éteintes. Tout le monde dort. Avec un peu de chance, je pourrai esquiver la tempête. Je retire mes chaussures et me dirige vers les escaliers de l'étage quand une ombre me fait sursauter. Ma mère est là, assise sur la première marche, elle vient de se redresser.

– Comment as-tu pu poursuivre cette folie malgré mes avertissements ? Je croyais que tu aimais Marcy.

Elle parle tout bas pour ne pas réveiller mon père et Colin, mais je perçois la colère dans sa voix aussi distinctement que si elle avait déjà déversé sa rage. Je ne peux pas voir ses yeux, mais je suis sûr qu'ils me lancent des éclairs. Elle n'imagine pas à quel point, moi aussi, je suis contrarié. J'en veux terriblement aux parents de Sandre d'avoir fait d'elle le témoin d'une relation dévastatrice et j'en veux à tous ces enfoirés d'adultes qui se croient à même de juger la propre vie de leurs enfants.

J'aime ma mère, j'ai tout fait pour qu'elle soit fière de moi, parce que sans elle, je ne sais que trop bien l'enfer que Colin et moi aurions dû traverser, mais je ne supporte plus qu'elle veuille diriger mon existence.

– Et si j'avais changé d'avis, si je venais de comprendre que nous n'avons rien en commun, je déclare, tout en sachant très bien que je n'aurai jamais le dernier mot avec elle.

– Ne gâche pas tout uniquement pour me défier.

– Ne te prends pas pour le centre de mon univers, je ne suis pas en train de me rebeller. J'évolue simplement, peut-être pas de la façon que tu souhaiterais, mais je n'ai pas l'intention de choisir ma vie en fonction de toi. Il va falloir t'y faire.

Je déteste lui dire ça, alors que j'ai tout fait pour être le bon fils qu'elle n'a pu avoir, mais il est temps qu'elle sache que je ne suis pas ce garçon-là, que je n'y arrive pas. Je n'ai peut-être juste pas les bons gènes.

J'aimerais voir sa réaction, mais il fait trop sombre pour que je distingue quoi que ce soit. Nous restons un long moment silencieux et immobiles. Et puis, elle finit par libérer le passage.

– Demain soir, j'ai invité les Donnell et j'ai proposé à Marcy de se joindre à nous. Je compte sur toi pour m'aider à tout préparer, ça te remettra peut-être les idées en place, conclut-elle en m'embrassant sur la joue pour me souhaiter bonne nuit et en regagnant l'étage.

Elle ne l'a pas dit ouvertement, mais je sais qu'elle vient de me consigner à la maison jusqu'à nouvel ordre. Je lui ai désobéi, lui ai menti, je l'ai déçue et je déteste ça. Mais j'ai déjà réfléchi et j'ai besoin de Sandre dans ma vie, plus que de n'importe qui.

CHAPITRE 28

Sandre

Après son départ, je suis restée longtemps à la fenêtre à observer la rue sombre. Il a filé comme une ombre dans la nuit. C'est bête, mais je panique à l'idée de ce qu'il fera de mon secret. Tous ceux qui l'ont su m'ont abandonnée lâchement. Et puis, pourquoi souhaiterait-il continuer ? Nous ne sommes même pas amis. À moins qu'il soit capable de passer au-dessus pour poursuivre notre petit jeu pervers. Je suis vraiment folle d'espérer un truc pareil. De toute façon, quel avenir avons-nous ? Il a déjà Marcy et elle, il l'aime.

Alors que j'aurais dû dormir, je me suis éternisée sous la douche, comme si l'eau chaude pouvait effacer cette godiche trop fragile que je lui ai servie. Comme je me déteste ! Et s'il utilisait cette faiblesse contre moi ? Je voudrais lui dire que c'est fini, que je ne peux plus continuer, mais s'il insiste, je ne pourrai pas lutter. Il a réveillé en moi la cruche que je croyais avoir enterrée pour toujours. C'est pathétique ! Pourtant savoir qu'il a traversé les mêmes tourments, les mêmes épreuves, a fait chavirer mon cœur trop longtemps endormi.

Il faisait presque jour quand j'ai sombré dans le sommeil et, à mon réveil, il est déjà tard. Vers onze heures, je me lève enfin, avec la ferme intention de mettre de l'ordre dans la chambre de mes parents. J'aurais dû le faire depuis longtemps. Quelle idée j'ai eue de laisser une trace aussi flagrante de mon passé. C'est bien la preuve que je suis toujours stupide.

Alors qu'un nœud me vrille l'estomac, je me force à déjeuner. Je suis en train d'avaler un bol de café au lait quand on frappe à ma porte. Je songe à Josh qui m'a promis de passer et je frissonne à la simple pensée de le revoir. Impossible, il ne remettra jamais les pieds ici après ce qu'il a découvert. Je suis sûre que maintenant qu'il a recouvré ses esprits, il désire plus que tout m'oublier. Puis je pense au facteur, à un recommandé que mes vieux devraient signer. J'essaie de faire mentalement la liste de ce qu'il pourrait m'apporter en ouvrant la porte en grand et… je me fige sur place.

Ce n'est pas le facteur, c'est la coincée.

Instinctivement, je la repousse en arrière et referme la porte derrière moi. Juste une mauvaise habitude ! Et je continue à m'enfoncer en parcourant des yeux la rue à la recherche de la vieille jeep de mon père, comme s'il pouvait me surprendre avec elle.

– Tu attends quelqu'un ? me demande Prude en inspectant les alentours.

– Qu'est-ce que tu fais là, bordel ?

Je me déteste d'être aussi froide, mais elle ne peut pas, elle aussi, s'immiscer dans ma vie. Et en plus, elle insiste :

– Tu ne te souviens pas ? Je voulais aller faire les boutiques, mais toute seule ce n'est pas très marrant.

– Et tu débarques chez moi sans prévenir en pensant que je serai ravie de te voir ? je raille, en l'éloignant de cet endroit maudit.

– Je ne suis pas naïve à ce point, glousse-t-elle en me suivant sans résistance.

– Où est ta voiture ?

– Juste là, annonce-t-elle en pointant du doigt une Mini Cooper flambant neuve. Un cadeau de ma grand-mère pour mon anniversaire.

Là, je suis scotchée ! Pas si désespérée que ça, la coincée, finalement. J'esquisse un sourire et elle profite de cette faiblesse pour m'amadouer.

– Ça veut dire que tu viens ? Ça serait trop génial ! On va s'amuser, tu verras !

– Non, je m'écrie horrifiée.

Comme si je n'avais que ça à faire ! En même temps, entre les gloussements de Prude dans des magasins remplis de pouffes hystériques et tourner en rond en attendant que Josh ne vienne pas, je me demande ce qui est le pire. Alors je grogne, défaitiste :

– Je vais chercher mon sac.

Elle roule à une lenteur impressionnante. Je n'y connais rien, mais je suis sûre que même le moteur n'apprécie pas la balade. Et je ne parle même pas des six tentatives infructueuses avant de réussir un créneau à deux pâtés de maisons du centre commercial.

– Avec un tank, tu n'aurais pas fait mieux.

Médusée, je l'observe faire deux fois le tour de sa voiture pour être certaine de n'avoir rien oublié.

– Quoi ? couine-t-elle, n'ayant visiblement rien compris à la plaisanterie.

Mais il en faut plus pour contrarier Prude et elle continue à m'abreuver des petites histoires du lycée. Comment peut-elle savoir que Sarah Miller a des vues sur Josh et qu'elle a failli conclure lors d'une soirée trop arrosée ? Je me surprends à être jalouse alors que c'est bien moi qui ai gagné le gros lot. Enfin, après réflexion, je n'en suis plus aussi sûre. Qu'est-ce que j'y ai gagné en fin de compte ? Un imbécile qui menace de chambouler ma petite vie bien tranquille et une douleur lancinante dans la poitrine. Comme je suis mal à l'aise avec les sentiments qui me retournent les tripes depuis hier soir.

Je l'observe déambuler dans les allées des boutiques. Elle me montre des fringues totalement improbables, ridiculement affreuses et tellement traumatisantes que je finis par choisir pour elle. Elle essaie tout sans discuter et je me surprends à apprécier ces moments d'insouciance. La coincée serait presque capable d'alléger mes tourments. Incroyable !

Je l'attends sur un banc, tandis qu'elle piétine dans la longue file d'attente devant les caisses. Je me demande si Josh est passé en mon absence ou s'il m'ignorera lundi matin. À nouveau, j'ai l'estomac à l'envers et je réalise que je n'ai pas mangé. Un snack me fait de l'œil un peu plus loin. Je vérifie où en est Prude. Elle n'avance pas, j'ai largement le temps. Mais quand je me penche pour récupérer mon sac à mes pieds, une voix de crécelle me fait sursauter :

– Je sais ce que tu fais, mais tu te trompes si tu crois pouvoir me le prendre.

Elle est d'un calme surréaliste, comme si elle donnait juste un conseil à une vieille amie. Cette gonzesse est complètement folle !

– Aurais-je osé convoiter la robe de pimbêche qui t'a tapé dans l'œil ? je me moque, en découvrant Marcy les bras chargés d'un trop-plein d'achats.

J'ai l'air détendue mais, en réalité je panique. Est-ce qu'elle va tout gâcher ? Est-ce qu'elle a compris toute seule ? Est-ce que Josh lui a tout raconté ? Mon cœur s'emballe et je le gronde silencieusement. Il ne peut pas l'avoir plantée pour moi, mais je souris quand même comme une godiche amoureuse. Satané espoir !

– Tu sais très bien de quoi je parle, s'énerve-t-elle. Tu n'es rien de plus qu'un défouloir pour lui. Il suffit que je dise stop pour qu'il arrête tout.

Alors elle sait, elle sait depuis le début. Elle tolère les écarts de son mec pour sa connerie de pureté, cette fille est vraiment dingue. Et de nouveau, mon cœur s'affole, parce que si tout ça n'est qu'un jeu entre eux, c'est vraiment moi qui me suis fait baiser dans l'histoire. Mais, comme il est hors de question qu'elle voie ma déception, je me force à sourire et je demande provocatrice :

– Tu veux vérifier ?

Elle grimace, mais ne répond pas et en profite pour disparaître, alors que la coincée débarque, comme toujours pleine d'entrain.

– Qu'est-ce qu'elle te voulait ?

– Elle a ses règles et épuisé son stock de tampons.

Lorsque Prude me dépose devant chez moi plusieurs heures plus tard, je suis soulagée et paniquée à l'idée d'avoir raté Josh. Imaginer qu'il s'est immiscé dans ma vie, m'a manipulée et que mon futur est maintenant entre ses mains est au-dessus de mes forces. Non, hors de question que je laisse qui que ce soit me contrôler ou décider pour moi. J'enjambe le portillon et manque me rétamer en découvrant que quelqu'un m'attend.

Une espèce de petite bonne femme avec un tailleur mal coupé et des cheveux grisonnants me détaille comme un mannequin dans une boutique de mauvais goût.

– Mademoiselle River ? Je suis Rachel Hutman des services sociaux, je désirerais m'entretenir avec vos parents.

Il a été rapide, l'enfoiré ! Je suffoque en réalisant la trahison. Comment a-t-il pu me faire ça ? C'est de cette façon qu'il veut me sortir de sa vie ? Comment vais-je me débarrasser de cette vieille avec un balai dans le cul maintenant ? J'inspire un bon coup avant de déclarer avec un sourire niais qu'adore ce genre de bureaucrate de merde :

– Ils se sont absentés pour le week-end.

– Ça leur arrive souvent ? demande-t-elle en détaillant le jardin que j'entretiens pour détromper ce genre de sangsue.

– C'est leur anniversaire de mariage, Madame, mais ils seront de retour lundi, je précise, sans lâcher mon sourire de première de la classe.

– Bon, eh bien vous leur direz que je repasserai lundi après dix-sept heures.

– Bien sûr, Madame, je réponds sur un ton mielleux qui me donnerait presque la nausée.

Elle tourne les talons sans avoir esquissé le moindre sourire. Merde, cette bonne femme me fout la chair de poule ! Je la regarde s'éloigner, incapable de réfléchir, avant de rentrer précipitamment, de fermer à clé derrière moi et de m'élancer dans les escaliers pour rejoindre ma chambre. J'ai envie de tout détruire, de m'écrouler dans un coin et de pleurer pendant des heures ou de descendre au garage me défouler un bon coup.

Tout est perdu ! Je suis foutue et c'est de sa faute ! Je retiens les émotions qui risquent de me clouer sur place. Je dois tenir le coup.

J'attrape mon sac de voyage, y engouffre tous les vêtements de rechange qui peuvent y rentrer, file dans la salle de bains, récupère shampoing, gel douche, brosse à dents et maquillage. Je sors mes économies de la planque que j'ai créée dans un recoin du placard et rejoins la cuisine. J'ignore mon petit déjeuner, encore étalé sur le plan de travail depuis ce matin, rajoute quelques gâteaux à mon barda et abandonne la maison par la porte de derrière.

Je coupe par la propriété des Springer qui ne sont jamais là le week-end et me retrouve face à l'imposante maison des Anderson. Je sais que je devrais partir sans me retourner, il est trop tard pour changer quoi que ce soit, mais je veux qu'il sache. Je veux qu'il sache le mal qu'il m'a fait. Je me sens au bord du gouffre.

Sandre, retiens ta rage encore un peu, évite de penser.

Il a gâché ma vie. Les jours tranquilles, l'avenir paisible qui se profilait, c'est fini. Il a tout foutu en l'air comme l'abruti de connard qu'il est. Comment ai-je pu me faire avoir à ce point ? Comment ai-je pu lui faire confiance ? Le laisser entrer dans ma vie ? Je me suis fait avoir comme une débutante.

Je frappe à la porte, priant pour que ce soit lui. Je ne veux pas voir son père ou, pire, sa coincée de mère, mais un gamin de sept ans à peine apparaît dans l'embrasure. Son frère. Son visage est rond, ses joues roses et rebondies, ses cheveux châtains sont archi-raides et en bataille, mais il lui ressemble beaucoup, il a les mêmes yeux bleu clair.

– Josh est là ? je lui demande sur le ton le plus tranquille possible.

Je me contrains à respirer lentement. Du calme, si tu exploses trop tôt, les larmes vont monter et tu es foutue.

– Il est dans le salon, précise-t-il avec un large sourire qui m'est destiné.

Il me sourit ! Il me trouve sympathique ? Il ne me connaît pas et il me laisse entrer sans me demander qui je suis. Je le vois se précipiter dans les escaliers qui conduisent à l'étage, tout guilleret. Il ne m'annonce même pas.

Je m'avance, hésitante, jusqu'à l'entrée du living d'où résonnent de joyeux bavardages. Ils sont tous attablés autour d'un festin. Josh est là, le bras sur les épaules de Marcy. Elle fait déjà partie de la famille. Tu parles, sa mère doit être ravie d'avoir une future belle-fille aussi sainte-nitouche qu'elle. À côté de Josh, il y a Will Donnell, l'intello, et ses parents. J'ignorais qu'ils se fréquentaient. Au lycée, ils ne s'adressent jamais la parole. Le père de Josh est en grande conversation avec Donnell père, et sa mère doit certainement se trouver dans la cuisine.

CHAPITRE 29

Sandre

C'est Marcy qui m'aperçoit la première. La surprise se lit sur son visage, et autre chose aussi, quelque chose que je n'arrive pas à déchiffrer.

– Qu'est-ce qu'elle fout là, celle-là ? s'exclame-t-elle sur un ton qui ne reflète en rien la jeune fille bien élevée qu'elle est censée être.

En une fraction de seconde, tous les regards sont braqués sur moi et un silence terrifiant s'installe. Je dois avoir une tête épouvantable, vu la tronche qu'ils tirent tous. J'éprouve une irrésistible envie de fuir, pourtant je me contente de hurler en le dévisageant, la voix tremblante :

– Pourquoi tu m'as fait ça ?

Le visage de Josh s'est décomposé et il bondit sur moi en m'empoignant par le bras avant que j'aie le temps de réagir. Sa main referme son emprise, et il m'éloigne des regards trop curieux.

– Putain, ne me touche pas ! je m'écrie, en me dégageant d'un geste brusque. Tu penses vraiment que j'ai besoin d'être placée en foyer ou tu veux juste te débarrasser de moi ?

Il a suffi d'un contact et d'un regard plein de honte pour que la rage remonte dans ma gorge. Je désire plus que tout sortir. Je suis comme ivre et prête à vomir le trop-plein.

– Mais de quoi parles-tu ?

Ses yeux bleus ont viré au cobalt et cherchent à accrocher les miens comme si toutes les réponses à ses questions s'y trouvaient. Il a réellement l'air de ne pas comprendre et, l'espace d'un instant, j'hésite. Mais qui d'autre aurait pu faire ça ? Mes voisins m'auraient dénoncée depuis longtemps s'ils s'intéressaient à moi. Je scrute Marcy. Et si elle savait ? S'il lui avait tout dit, comme elle l'a insinué tout à l'heure ? Mais vu la tronche qu'elle tire, j'en doute. C'est lui, ça ne peut être que lui.

– De l'assistante sociale qui a débarqué chez moi cet après-midi, comme par hasard, alors que je viens juste de t'en parler.

Ça y est, je bous et j'ai soudain très envie de le frapper, mais Marcy s'immisce entre nous. Elle me dévisage comme si je sortais tout droit des enfers et sa lèvre inférieure tremble légèrement. Je la terrifie à ce point ?

– C'est quoi cette histoire, Josh ? Depuis quand vous vous fréquentez ?

Et voilà Marcy Shepard qui joue l'innocente sainte-nitouche, elle serait presque crédible, la salope. Elle a le visage rouge et décomposé de celle qui vient de se prendre une bonne gifle bien placée. Josh hésite, figé comme si son cœur s'apprêtait à lâcher. C'est sûr que la suite ne va pas être belle à entendre. Son regard passe d'elle à moi comme s'il avait du mal à choisir. Mais pourquoi doute-t-il ? C'est elle qu'il aime, alors, qu'il le dise et qu'on en finisse !

Alors ? Il va enfin parler ?

Marcy se détourne de lui pour me détailler genre « dégage de là tout de suite » et j'ai presque envie de lui prouver qu'elle n'a aucune chance contre moi.

– Tu sais quoi, je ne suis pas une balance comme toi. Débrouille-toi pour lui expliquer ce que tu fichais avec moi, puisqu'elle n'est pas censée le savoir, je balance à Josh d'un ton sarcastique, en tournant les talons pour prendre le large.

– Attends ! hurle-t-il en me rejoignant.

Il m'attrape par le bras et m'oblige à sortir de chez lui sans pour autant me lâcher. Ses doigts se crispent si fort sur moi que je sens ma peau rougir sous la pression qu'il exerce. Il referme la porte derrière nous et me plaque contre le mur extérieur comme s'il avait peur que je m'enfuie.

– Sandre, regarde-moi, je sais ce que tu vis, tu te rappelles, nous sommes pareils. Je n'aurais jamais pu te faire ça.

Ses yeux se sont assombris, ses traits sont tendus et il me dévisage comme si sa vie allait être aussi bouleversée que la mienne. Je sais qu'il a vécu la même chose, mais pour lui c'est réglé depuis longtemps. Il ne comprend pas ? Bon sang, qu'est-ce qui lui prend ? Je ne veux pas de sa compassion, de sa pitié, je croyais qu'il avait saisi. Il ne peut pas penser ce qu'il dit, ce n'est pas possible. Je suis juste son plan cul, ce n'est pas la fin du monde pour lui. Les mecs et leur queue, je vous jure !

Ses mains retiennent les miennes au-dessus de ma tête. Il est si proche de moi que je peux sentir son souffle chaud qui s'échappe par saccades, comme après un sprint. Je le déteste plus que tout et, pourtant, il me fait encore un effet de dingue. Je sens le courant qui vibre entre nous, l'attraction sensuelle qu'il exerce sur moi. Sa présence suffit à éclipser la terre entière et il m'embrasse sauvagement, comme si ce geste pouvait effacer toutes ses erreurs.

Il pense toujours pouvoir me manipuler avec sa belle gueule d'enfoiré ? Je rassemble tout le courage dont je suis capable, alors que sa langue goûte la mienne comme s'il était affamé, et le repousse violemment. J'ai besoin de distance entre nous, je ne veux plus sentir le pouvoir physique qu'il exerce sur moi.

– Personne d'autre n'est au courant. Alors, vas-y, dis-moi, qui m'a fait ça ? je hurle à bout de souffle, soudain folle de rage.

Il me dévisage, aussi affligé que si je venais de le gifler sans raison. Il ne répond rien, il se contente de me supplier du regard. Il pense vraiment que son air de chien battu suffira à obtenir mon pardon ?

– Je sais que tu ne me croiras pas, mais ce n'est pas moi, bafouille-t-il, aussi désespéré que s'il s'apprêtait à dire adieu à son animal de compagnie préféré. J'allais parler à Marcy après le repas, j'allais venir te voir. Je ne veux pas te perdre.

Il me tend une main tremblante et implorante et je recule d'un pas. J'ignore ce qui lui prend, mais son attitude me terrifie. À quoi joue-t-il ? Qu'imagine-t-il obtenir en faisant ça ? Je suis condamnée à fuir ou à me laisser enfermer, et il pense encore qu'on pourrait baiser tranquille tous les deux ?

– Calme-toi… viens… On va en parler, on va trouver une solution, insiste-t-il en s'approchant lentement.

La porte s'ouvre brusquement et nous sursautons tous les deux. Marcy déboule, et l'expression de Josh se modifie instantanément, comme s'il venait de se plaquer un masque sur le visage.

– Qu'est-ce tu fabriques encore avec elle ? Tu ne l'as pas virée ? le gronde-t-elle avec un air sévère, qui n'a rien de terrifiant.

La main de Josh est toujours tendue vers moi, mais il ne me regarde plus. Marcy observe ses doigts qui m'appellent et il les retire aussitôt. Elle a l'air stupéfaite et je ne peux retenir un éclat de rire sachant à quel point elle n'a rien compris. Si elle ignore ce que ça signifie, moi je le sais. Quand mon père lançait ce genre de regard suppliant à ma sexologue de mère, elle répliquait en riant : « Dieu a donné un cerveau et un sexe à l'homme, mais pas assez de sang pour irriguer les deux à la fois et, malheureusement pour lui, les lois de la gravité privilégient sa queue. » C'est dingue, mais je n'aurais jamais imaginé que ça puisse être vrai à ce point.

– J'aurais vraiment aimé comprendre, mais tu sais quoi, je m'en passerai, je lui balance en m'éloignant.

Ma mère m'aurait conseillé de rester, parce qu'un mec finit toujours par choisir ses couilles, selon elle, mais je ne veux pas que ses couilles me choisissent. Je n'ai pas besoin d'elles pour m'en sortir. Ça ne sera peut-être pas facile au début, mais loin de lui, je l'oublierai, j'en suis certaine. Enfin, je veux m'en convaincre !

J'ignore où je vais aller, je n'ai rien décidé. Je sais juste qu'il faut que je mette de la distance entre nous, et au plus vite. Quand je rejoins la rue, je risque un dernier coup d'œil dans sa direction. Il n'a pas bougé, il est figé sur place comme si l'univers s'écroulait autour de lui. Marcy attend qu'il réagisse avec une expression indéchiffrable.

– Où fuis-tu ? je l'entends me hurler, comme un ultime défi lancé.

– Le plus loin possible.

Moi qui croyais avoir compris les mecs, je me suis lamentablement plantée. Il faut que je l'oublie, maintenant ma vie ce n'est plus lui, ce n'est plus le lycée, ce n'est plus Winsted. Je vais descendre vers le sud, j'ai envie de soleil, de chaleur et de sable fin. Je me ferai faire une fausse carte d'identité et me trouverai un petit job tranquille. Je vais m'en sortir. Il faut que je m'en sorte.

– Sandre !

Je me fige sur place. Je n'ai pas dépassé le bout de la rue. J'entends des pas courir vers moi, mais je n'ose pas regarder. C'est Josh ? Pourquoi insiste-t-il ? Il n'a pas pu choisir sa queue, cet imbécile ? Quand je me retourne pour vérifier, je suis consternée : le père de Will l'intello s'approche, haletant. Qu'est-ce qu'il me veut, ce con ?

– Sandre, attends, hurle-t-il à bout de souffle.

Je le détaille, stupéfaite. Il est grand et mince, mais à part ça, il ne ressemble en rien à son intello de fils. C'est le genre d'homme qui doit plaire aux femmes avec ses cheveux poivre et sel un peu trop longs et ses grands yeux sombres incroyablement expressifs. Et le regard de cette andouille semble ému aux larmes comme s'il venait de croiser son idole.

– Si tu as des ennuis, je peux t'aider, précise-t-il, comme si sa proposition avait quelque chose de honteux.

C'est bien ma veine, je suis tombée sur un de ces abrutis d'altruistes. Pour qui se prend-il ? L'Armée du salut ? J'ai l'air désespérée à ce point ?

– Qu'est-ce que ça peut vous foutre ? je réplique froidement, bien décidée à me débarrasser de lui sans plus attendre.

– J'ai bien connu tes parents. Si tu as des problèmes avec eux, je peux leur parler.

Ce mec a côtoyé mes vieux ? Mais d'où sort-il ? Pourquoi moi, je ne le connais pas ? Et il croit quoi ? Qu'il va leur dire : « c'est pas bien d'avoir abandonné votre fille de cette façon » et pouf, ils reviendront. Comment peut-on être encore aussi naïf à son âge ?

– Où sont-ils ? insiste le père Donnell, alors que j'ai bloqué sur son regard impressionnant qui me couve comme l'oiseau tombé du nid.

– Je n'en sais rien, je m'entends répondre, hypnotisée soudain par le charisme surprenant de ce mec.

Ce gars a quelque chose d'intrigant. Un truc étrange qui me retient, alors que je devrais détaler à toutes jambes avant qu'il me fasse placer ou pire encore. Tire-toi, Sandre, avant d'être vraiment dans la merde !

– Ça fait combien de temps que tu ne les as pas vus ?

– Un an.

Je suis stupide ou quoi ? Je ne peux pas lui dire. Mais qui est ce demeuré ? Un détecteur de mensonges humains. Merde, il est flic ! Ces abrutis m'ont toujours fait cet effet-là.

Il inspire profondément et passe sa main dans ses magnifiques cheveux en observant le ciel sombre de la fin de journée. Ses yeux et sa bouche semblent exprimer une succession d'émotions plus terrifiantes les unes que les autres. On dirait qu'il se reproche la situation dans laquelle je me trouve. Comme s'il était capable d'y changer quelque chose, ce con. Ce mec a vraiment un grain !

– Je me doutais que quelque chose n'allait pas. Tu es si différente depuis que tu as changé d'école.

Je le dévisage, ahurie. Comment sait-il que je ne suis plus dans le même lycée ? Ce mec est encore plus taré que je ne le pensais. Il m'a espionnée ? Certes, je l'ai souvent croisé, mais je n'ai jamais imaginé qu'il puisse me suivre, même si Winsted est une petite ville. Je suis mal barrée ! Et en plus, il continue sans me regarder :

– J'avais promis de ne rien dire, mais je suppose que vu les circonstances… Euh… Ta mère et moi, nous nous sommes fréquentés quelque temps…

Il divague ! Mais de quoi parle-t-il ?

– Sandre, je ne sais pas vraiment comment te dire ça… c'est assez inhabituel comme révélation… Euh… voilà… Je suis… ton père biologique.

Ce n'est pas possible, il délire. Il a vraiment un problème, il faut qu'il se fasse soigner, j'ai déjà un père. Un gros enfoiré, mais un père quand même. Ma mère n'aurait jamais fait ça, elle l'aime, lui. Les questions se bousculent dans ma tête, sans que je sois capable d'en formuler une seule. Et puis, je finis par articuler la plus débile qui soit.

– Will l'intello, c'est mon frère ?

Son visage s'illumine comme s'il s'apprêtait à éclater de rire, mais il se retient. Je ne vois vraiment pas ce que ma demande a de drôle. C'est l'horreur de se dire qu'on peut avoir les mêmes gènes qu'un abruti.

– Techniquement, non, précise-t-il. J'ai adopté William il y a trois ans, quand sa mère et moi nous nous sommes mariés.

Je le fixe, toujours incapable de réfléchir correctement. Ce mec serait mon père. Je l'observe pour tenter de déceler des ressemblances. Ses yeux et ses cheveux sont sombres comme les miens, mais ceux de mon père, enfin le mari de ma mère si j'ai bien compris, le sont aussi.

– Tu n'as rien d'autre à me demander ? s'étonne-t-il, avec un sourire crispé, plus terrifiant que rassurant.

– Racontez, je souffle, alors que les pensées qui s'accumulent dans ma tête refusent de former des phrases cohérentes.

Il me prend par les épaules et me pousse délicatement pour m'inciter à m'asseoir sur un muret situé derrière nous, que je n'avais même pas remarqué.

– J'ai rencontré ta mère dans un bar. Elle était un peu éméchée… enfin pour être honnête, je dirais plutôt… complètement bourrée.

Il sourit, gêné, comme si ce détail avait quelque chose de honteux, mais il poursuit sans oser me regarder.

– Je n'ai jamais vu personne d'autre sur qui l'alcool avait cet effet-là. Elle riait en évoquant son mari qui refusait de se soumettre aux tests de fertilité et à tous les traitements qu'elle avait dû supporter pour rien… J'étais complètement sous son charme. Elle n'avait nulle part où aller et je l'ai accueillie chez moi. Elle était drôle et insouciante, j'ai passé des semaines merveilleuses avec elle. Et puis, ton père l'a suppliée de revenir, il lui a promis de tout faire pour lui donner un enfant, et elle m'a quitté…

Il glisse la main dans ses cheveux et inspire bruyamment, comme si ce souvenir avait encore quelque chose de douloureux, puis il continue :

– Quelques mois plus tard, ton père a débarqué chez moi, soûl et fou de rage. On ne peut pas dire que l'alcool avait sur lui le même effet que sur ta mère. Il m'a envoyé son poing dans la figure avant de m'expliquer ses raisons.

Je souris, en pensant à quel point ça lui ressemble.

– Il m'a traité de tous les noms, m'a reproché d'avoir gâché sa vie, d'avoir sali son mariage en engrossant sa femme. J'étais sous le choc, j'ignorais que Melinda était enceinte… J'ai essayé de la joindre, mais elle a refusé de me parler. Elle était anéantie que son mari l'ait abandonnée à cause de notre enfant… Je crois qu'il est revenu quelques jours après ta naissance, et il t'a reconnue.

De nouveau, il semble bouleversé par ce passé qui refait surface. Je voudrais réagir, mais j'en suis incapable. Tout ça, c'est trop pour moi. Pourquoi personne ne m'en a jamais parlé ?

– Melinda est venue me voir avec toi quelques semaines après ta naissance. C'est la seule fois que je t'ai tenue dans mes bras. Elle m'a précisé que jamais tu ne connaîtrais la vérité. Elle m'a fait promettre de ne rien dire à personne… J'étais dévasté. Je désirais vraiment faire partie de ta vie. Apprendre que je ne pourrais pas y participer, te serrer dans mes bras, te regarder grandir, ça m'a terrassé. J'ai cru ne jamais m'en remettre. Il m'a fallu des années pour reprendre ma vie en main, pour accepter que tu n'en ferais jamais partie, que je devais envisager mon avenir sans toi.

Sa voix est tremblante et il a les larmes aux yeux. Ce con serait capable de me faire chialer. Pourquoi ma mère n'est pas restée avec lui plutôt qu'avec l'autre abruti ?

– J'avoue, j'ai triché. Je suis souvent venu t'observer à la sortie de l'école. Tu étais tellement belle. Je te croyais heureuse. Tu avais ce petit ami charmant et vous formiez un très beau couple…

– C'est du passé, je le coupe sèchement, surprise qu'il ose évoquer ma relation avec Oliver et qu'il puisse savoir à quel point j'étais cruche à l'époque.

Il pose une main sur ma joue et je frémis à son contact. Je ne veux pas qu'il me touche, mais je ne fais rien, je suis incapable de le repousser.

– Non ! Tu n'as pas mérité qu'on te malmène ainsi… Je me suis posé des tonnes de questions quand je t'ai découverte devant le lycée de William. Tu étais si différente. Je ne t'avais même pas reconnue au début… J'ai essayé de contacter Melinda, sans succès, et je n'ai pas insisté. J'avais promis. J'aurais dû…

– Vous n'auriez rien dû, je m'emporte. Ce n'est pas votre problème. Je suis très bien toute seule et je n'ai pas besoin de vous.

Il resserre son étreinte autour de mes épaules, comme s'il craignait que je parte. Je peux lire dans ses yeux le mal que mes mots lui ont fait. Cet imbécile va me faire culpabiliser. Je regretterais presque d'avoir ouvert ma grande gueule.

– Sandre, je sais que tu es forte. Tu as réussi à gérer toute seule les problèmes qu'a pu entraîner le départ de tes parents. Je n'ai pas pitié de toi, je veux t'aider parce que je suis ton père et que j'ai besoin, moi aussi, de faire partie de ta vie.

Il est doué, l'enfoiré ! Comment vais-je faire pour me débarrasser de lui maintenant ?

CHAPITRE 30

Josh

Marcy m'a entraîné dans le jardin derrière la maison. Elle adore cet endroit. L'impressionnante variété de fleurs que mon père accumule comme un collectionneur, les petits recoins cachés et propices à la détente… Elle aime envisager ce lieu comme une extension du paradis. Comme si, ici, elle pouvait être plus proche de Dieu. Je lui ai déjà proposé d'y installer une couverture pour profiter de la nature et de nous, mais c'est la pire des idées qui m'ait traversé l'esprit. Je crois ne l'avoir jamais choquée autant que cette fois-là. Les anges ne baisent pas. Et nous non plus d'ailleurs !

Je vois ses lèvres crispées et ses magnifiques yeux bleus horrifiés. J'essaie d'imaginer la tête qu'elle ferait si je lui avouais ce que j'ai fait à notre histoire, comment j'ai tout gâché. Si elle savait qu'à cet instant je tremble… mais pas pour elle. Je suis terrifié, mais pas de la perdre, elle. Si je pouvais, j'enverrais tout promener pour rejoindre Sandre avant qu'elle ne soit trop loin de moi. Je l'ai perdue, j'en suis sûr, mais Marcy compte aussi, elle mérite la vérité. Enfin, en partie ! Je ne veux pas non plus qu'elle souffre.

Je détaille son magnifique visage déformé par la colère. Ça va être l'enfer ! Elle est l'ange et je suis le démon. Elle est parfaite et je fais n'importe quoi. J'appréhende tellement sa réaction que je n'ai toujours pas ouvert la bouche. Et dire que Sandre est partie !

Marcy attend, immobile, les bras croisés. Elle s'est assise sur un banc en pierre recouvert partiellement par une plante dont je ne connais pas le nom. Pour dîner chez mes parents, elle a choisi une robe ample et fleurie qui ne la met pas du tout en valeur. C'est bête, mais j'étais soulagé quand je l'ai vue débarquer comme ça. Je n'ai pas envie que ma queue me murmure des sottises aujourd'hui, surtout maintenant que j'ai pris ma décision.

– Alors, je t'écoute, répète-t-elle.

Le ton de sa voix indique son impatience et son irritation. J'essaie de me remémorer les mots que Marcy a entendus de la bouche de Sandre : « Pourquoi m'as-tu fait ça ? », « Tu penses vraiment que j'ai besoin d'être placée en foyer ou tu veux juste te débarrasser de moi ? », « Tu sais quoi, moi je ne suis pas une balance comme toi. Débrouille-toi pour lui expliquer ce que tu foutais avec moi ». Je me souviens de la douleur dans les grands yeux sombres de Sandre et j'en suis malade rien que d'y songer. Je devrais être avec elle pour traverser cette épreuve, elle a besoin de moi.

Mais Marcy n'a pas non plus à subir mes erreurs, elle a déjà vécu suffisamment de tourments dans sa vie. Je voudrais l'épargner, elle aussi. Je réfléchis à la meilleure option. Sandre n'a rien dit de si terrible. Et que sait Marcy ? Que la rebelle s'est confiée à moi, et alors ? On a bossé ensemble, on est devenu amis, rien de bien méchant. Elle n'a pas besoin de tous les détails.

– On a parlé. C'est une chouette fille en fin de compte, je bafouille, sans doute plus embarrassé que je ne le devrais. Elle m'a aidé à faire la lumière sur beaucoup de choses.

– Vraiment ? Sur quoi par exemple ?

Elle semble si sûre d'elle, si confiante, que c'est mon assurance qui en prend un coup. Elle n'a jamais douté de notre couple, alors que je n'ai cessé de le remettre en question jusqu'à l'inévitable.

– Je… J'ai pris conscience… que je ne suis pas pour toi.

– Et comment une fille qui fuit toute relation pourrait comprendre ça ? m'interroge-t-elle, en se redressant pour mieux plonger ses yeux clairs dans les miens.

– Elle ne le sait pas, je souffle, défaitiste.

Et cette idée me révulse. Elle est partie en pensant que je l'avais trahie. Elle est partie en ignorant à quel point elle compte pour moi.

– Bien sûr, siffle-t-elle entre ses dents serrées. Je vais te dire moi la seule chose que tu as réalisée avec elle, c'est que tu as des hormones et tu t'es perdu à trop les écouter.

Je suis scotché. Est-ce que Marcy a déjà tout saisi ? Est-ce qu'elle me juge parce qu'elle imagine tous les hommes comme son père : obsédé, menteur, manipulateur ? Je déteste ça, je déteste qu'elle ait raison, moi qui tenais tant à lui donner tort. Je devrais sans doute en profiter pour lui révéler que j'ai besoin de tout arrêter, que je ne la mérite pas. Le mal est fait de toute façon et, pourtant, j'en suis incapable. Et elle insiste alors que je suis toujours figé sur place :

– Je veux la vérité maintenant, Joshua.

Je frémis en entendant mon prénom et je cherche les mots qui feront le moins de dégâts possible.

– La vérité, c'est que je t'aime, je t'aime vraiment… mais peut-être… pas assez pour t'attendre…

– Donc, tu l'as fait avec elle ? me coupe-t-elle, sur un ton incroyablement calme vu la situation.

Et ces mots sont pires qu'une gifle. Parce que si c'est une question, ses yeux, eux, semblent déjà tout savoir, alors que je refuse de lui dire. Je me suis promis de ne jamais lui faire de mal, mais si elle a deviné, ça signifie que la douleur a déjà envahi son cœur depuis longtemps et que je n'étais pas là pour l'apaiser.

Comme j'ai honte, comme je voudrais atténuer sa souffrance, mais aucun mot ne me vient. Rien ne pourra effacer ce que j'ai fait, alors je me tais, et elle continue, la voix pleine de larmes :

– Je suis au courant… Je savais que tu finirais par le faire. Tu en avais besoin et ça ne pouvait pas être avec moi… Finalement, j'aime autant que ce soit elle. C'est juste plus douloureux que je ne le pensais.

Son ton est dur et tremblotant. Son maquillage dégouline sur ses joues, elle semble lutter contre les sentiments qui l'assaillent. Mais moi, je suis estomaqué. Je titube légèrement et, avant de m'écrouler, je m'appuie contre un arbre. Je n'arrive pas à croire qu'elle m'ait laissé m'éloigner, expérimenter ces choses avec une autre. Je suis perdu, je ne comprends pas. Est-ce qu'elle souhaite se prouver qu'elle a raison, qu'aucun garçon ne vaut le coup ? Est-ce qu'elle espérait autre chose de ma part ? Notre relation s'était améliorée récemment, mais à quel prix ! Voulait-elle que j'aille voir ailleurs pour que notre couple se retrouve ? Cherche-t-elle à jouer de ma culpabilité ? Je ne suis pas sûr de saisir.

– Que… qu'est-ce que tu attends de moi ? je bredouille, désorienté.

La conversation est loin d'avoir pris la tournure que j'envisageais. Je savais que ça ne serait pas facile, mais je n'imaginais pas à ce point. Je ne supporte pas de la voir se débattre ainsi et, pire encore, d'en être responsable. Ma volonté s'effrite, je ne peux pas lui faire ça, pas comme ça, Marcy mérite mieux. Mon cœur se brise en deux morceaux incroyablement douloureux. L'un est pour Sandre qui peut-être est déjà loin, que je ne reverrai peut-être jamais, et l'autre pour Marcy que je croyais être toute ma vie, que je m'étais promis de protéger et qui souffre à cause de moi.

– Juste du temps pour me faire à l'idée, gémit-elle, en proie à un violent sanglot.

Et je la serre dans mes bras, incapable de l'abandonner, de lui confier que je prévoyais la fin de notre histoire, alors qu'elle ne désire qu'un peu de temps. Je l'ai tellement aimée, je refuse de la blesser.

J'écarte ses cheveux de son beau visage et embrasse son front en la pressant contre moi. Je sens mon cœur qui s'emballe encore pour elle et je me demande si je ne me suis pas trompé. Il y a peu, elle était toute ma vie, pourquoi ne l'est-elle plus aujourd'hui ?

Nos années ensemble défilent devant mes yeux, alors qu'elle sanglote contre moi. Et soudain, je comprends, Marcy a toujours été la petite créature fragile échouée sur mon perron qu'il fallait que je protège à tout prix, sans vraiment savoir pourquoi. Sandre est l'autre partie de moi, j'ai besoin d'elle pour exister, pour me sentir vivant.

Mais c'est Marcy que je serre plus fort, parce qu'elle est là, qu'elle a besoin de moi et que mon cœur refuse de l'abandonner. Elle finit par relever la tête pour m'observer de ses magnifiques yeux bleu tendre.

– Je ne veux plus jamais en reparler, les détails ne m'intéressent pas, déclare-t-elle d'une petite voix tendue en frôlant mes lèvres du bout des siennes.

Elle se détache de moi et je frémis en pensant au mal que je lui ai fait, que je n'ai peut-être pas fini de lui faire.

– Je vais rentrer chez moi. Tu m'excuseras auprès de tes parents, mais je n'ai pas la force de leur dire au revoir.

Je me contente de hocher la tête, incapable de répondre, de formuler l'horrible aveu que j'avais préparé la veille. Hier au soir, c'était Sandre qui était dans mes bras et j'avais bien plus de courage. Mais aujourd'hui, je suis faible parce que j'ai tout perdu, mon premier amour et le dernier.

Je la regarde s'éloigner en me demandant si elle sait où elle va, parce que moi, je l'ignore.

Je me laisse tomber sur le banc et, le visage entre les mains, tente de retrouver mes esprits. Sandre est partie, et, contre toute attente, Marcy souhaite toujours une place dans ma vie. Je devrais me sentir soulagé, Marcy compte, elle compte vraiment, mais je ne parviens qu'à penser à Sandre. Mon estomac se vrille, menaçant d'expulser le bon repas de ma mère, et mon entrejambe me supplie de faire quelque chose. Tu as épargné Marcy, c'est ce que tu voulais, alors maintenant, cours, vas-y, rattrape-la, ne la laisse pas fuir, fais-le pour moi. Bon Dieu, c'est Sandre ! Tu la désires tellement !

D'un mouvement de tête, je chasse ces idées ridicules. Elle est déjà loin. Marcy a peut-être raison, mes hormones me feraient vraiment faire n'importe quoi.

Après un long moment immobile, à observer mes pieds en tentant de me convaincre que c'est mieux ainsi, que ça ne pouvait pas marcher avec Sandre, je retourne à l'intérieur. Je pensais les trouver en train de déguster le rôti de ma mère tout en commentant l'horreur qui vient de se produire sous leurs yeux, le fils prodige qui finit par déraper comme l'avait prédit Rita, mais la maison est incroyablement silencieuse. Et si c'était moi, Sandre, et notre histoire, qui les avaient fait fuir ?

Mon père regarde un match avec le casque pour ne pas déranger ma mère qui débarrasse la table et Colin doit déjà dormir.

– Où sont-ils ? je demande, en commençant à rassembler les assiettes.

Et j'avais oublié ma mère ! J'avais oublié qu'elle m'en veut encore de l'avoir fait, d'avoir trompé Marcy et d'avoir poursuivi cette relation malgré ses avertissements. Je suis mal barré ! Elle doit être furax que la rebelle ait débarqué sans prévenir. Je l'observe, tentant de déceler la contrariété sur son visage, mais ses traits ne semblent pas marqués par la fureur qui devrait l'habiter. J'ai dû rater quelque chose.

– Philip pense pouvoir aider cette pauvre Sandre, déclare-t-elle comme si cette situation n'avait rien de choquant.

Je n'en reviens pas. La famille Donnell veut l'aider. Cette journée est vraiment complètement dingue, rien ne s'y passe comme prévu. Ce n'est pas possible, je dois rêver. Qu'est-ce qui leur prend, aux Donnell ? Ils ne savent pas à qui ils ont affaire. Elle va les bouffer tout crus ! Mais j'ignore pourquoi, cette idée me plaît. Je vais la revoir ! La prochaine fois que je verrai Philip, je l'embrasserai pour l'avoir retenue encore un peu à Winsted. Et puis, je réalise ce que ma mère vient de dire.

– Pauvre Sandre ? je m'étonne, alors qu'après sa conversation avec le pasteur, elle n'était qu'une traînée.

– Oui, je l'admets, je me suis peut-être trompée sur son compte. Elle n'est rien d'autre qu'une enfant perdue qui a besoin d'affection, mais ça n'excuse en rien ce que tu as fait avec elle.

Et voilà, maintenant ça me retombe dessus. Si ma mère savait, elle ne penserait pas ça. Sandre en a bavé, c'est vrai, mais c'est également la personne la plus forte que j'ai jamais rencontrée. J'ignore pourquoi elle a voulu coucher avec moi, mais ce n'est certainement pas pour attirer l'attention, et je déteste que ma mère pense ça.

– Je suppose que tu as tout gâché avec Marcy, ajoute-t-elle comme si sa tirade n'était déjà pas suffisante.

– En fait, elle comprend.

Je lui en veux encore pour hier soir. Je devrais être fier de le lui dire, tiens, prends ça dans les dents ! Mais en réalité, j'en ai presque honte. Je ne souhaite pas que Marcy souffre, mais ça ne me dérangerait pas qu'elle me haïsse un peu.

– Vraiment ? Tu as de la chance ! C'est une fille exceptionnelle, j'espère que tu sauras te tenir correctement à l'avenir.

Et vas-y, refais-moi un sermon pendant que tu y es ! J'ai envie de hurler, mais je me tais. J'ai mal, mais ce n'est pas à cause d'elle. Ma mère n'est pas responsable de ma colère. Alors, je me contente d'ignorer sa remarque et d'embarquer les assiettes pour les ranger dans le lave-vaisselle.

Elle me rejoint avec un plateau plein à ras bord.

Nous ne parlons ni l'un ni l'autre, et je préfère ça. J'en ai assez entendu pour aujourd'hui et mon esprit continue à divaguer. Je ne peux m'empêcher de me demander où est Sandre et ce qu'elle fait. Si elle est vraiment partie avec les Donnell et si ça chauffe pour eux.

Je voudrais savoir si elle va bien. Tout ce qui lui arrive est peut-être de ma faute, même si je ne l'ai pas dénoncée.

Et puis soudain, je comprends. Ma mère est avocate, elle savait pour nous, c'était sa manière à elle de la sauver, et moi avec.

Je lui demande, horrifié :

– C'est toi qui as parlé aux services sociaux ? .

– Il fallait faire quelque chose.

Je n'en reviens pas !

Si Sandre est dans cette galère aujourd'hui, c'est bien à cause de moi.

CHAPITRE 31

Sandre

Je l'attends devant chez les Anderson. Une partie de moi a envie de fuir, mais je suis figée sur place. C'est trop d'informations pour moi. Le père Donnell veut que j'emménage chez eux quelque temps. J'ai protesté, mais il a été catégorique : je ne peux pas rester chez moi avec les services sociaux sur le dos. Comme si je n'étais pas capable de me débrouiller seule ! Je ne veux pas d'un père, je ne veux pas d'une famille, je veux juste retrouver ma vie d'avant. Solitaire et tranquille. Mais je suis incapable de bouger. Je reste là comme une conne, à fixer la porte en attendant qu'il revienne.

Quand ils apparaissent enfin, j'entends la voix niaise de la mère Anderson, alors que Will s'avance vers moi.

– Je vous souhaite tout le courage dont vous aurez besoin dans une telle situation.

Quelle cruche, cette bonne femme ! Comment Josh peut-il la supporter ? À croire que je suis un cancer qu'ils doivent éradiquer.

Pourquoi je ne me suis pas tirée ? Et pourquoi j'ai accepté de les suivre déjà ?

Ce mec est mon père ! C'est quand même énorme !

Je repense à mes vieux qui ne m'ont rien dit. Ils auraient pu le faire avant de se faire la malle. Salauds ! Enfoirés ! Je me rappelle leurs nombreuses disputes. Tous leurs mots qui me semblaient incohérents prennent soudain un sens. Je songe aux explications du père Donnell. Je ne sais même pas son prénom, mais je ne veux pas le lui demander. Je préférerais ne pas en savoir trop sur lui. Je ne suis pas encore certaine de souhaiter un nouveau père, l'autre m'a suffisamment tourmentée.

J'ai du mal à imaginer cet homme en couple avec ma mère, même si ça n'a pas duré. Juste une passade entre deux engueulades. Je me demande ce qui aurait changé si mon père, enfin le mari de ma mère, n'avait pas découvert qu'il était stérile quelques jours avant ma naissance. J'aurais sans doute eu un prénom plus classique, il n'aurait pas été aussi dur avec moi. Nous aurions pu être heureux. Je serais peut-être encore avec eux. Ça y est, la godiche revient à grands pas. Je me sens ridicule d'avoir des idées pareilles. Sandre, ne pense plus à ça !

Mais c'est trop tard, le mal est fait.

Je me tourne vers Will l'intello pour distraire mon esprit qui s'emballe et vacille. Il est plaqué contre la portière de la Toyota Camry noire des Donnell, comme s'il craignait de me toucher. Ça me fait bizarre de me retrouver dans cet endroit confiné avec eux. Et puis, ça fait une éternité que je n'ai pas mis les pieds à l'arrière d'une bagnole. Ma mère avait une Nissan Almero rouge pouffiasse et mon père, enfin le mari de ma mère, une Ford F150 gris métallisé. Ils les ont vendues avant de partir. Quelle utilité aurais-je pu en avoir, je ne suis pas près d'avoir l'argent pour me payer mon permis.

Will est comme toujours impeccable, sa chemise boutonnée jusqu'en haut, ses cheveux parfaitement coiffés d'une raie bien droite. C'est bête, mais je suis soulagée de ne pas avoir de lien de parenté avec lui. Je n'ai pas de sang de coincé dans les veines, merci, mon Dieu ! Le vieux Donnell m'a expliqué que le père biologique de l'intello avait refusé de le reconnaître parce qu'il se trouvait bien trop jeune pour avoir un enfant. Ce qui est incroyable, c'est que Will et moi avons un point commun ! Un père qui ne veut pas de nous et le même en remplacement. Ouais, enfin moi, je ne sais pas encore si je désire un remplaçant. Je serais déjà loin si je n'avais pas peur de finir à la rue. Je ne suis vraiment qu'une trouillarde, même pas le courage de me tirer quand ça devient nécessaire.

Les Donnell habitent dans une résidence à l'extérieur de la ville. Le trajet ne dure pas plus de cinq minutes, mais le temps semble s'être arrêté. Personne ne parle dans l'espace réduit et l'air commence à manquer. Et pour ajouter au malaise, la mère Donnell m'observe du coin de l'œil avec une expression indéchiffrable. Cette femme simple et distinguée, dont le regard est d'une douceur écœurante, doit flipper à mort à l'idée de me voir débouler dans son petit univers parfait. Elle ne va pas tarder à me détester.

Ils me bouffent mon oxygène et je vais crever. Je n'ai jamais été aussi heureuse d'arriver à destination ! Je m'extirpe de la bagnole en respirant une grande bouffée d'air frais et printanier. Mais mon répit est de courte durée. Je panique en découvrant l'imposante bâtisse entourée d'arbres. Ce qui m'attend ici me donne la chair de poule. Moi, avec une vie normale et une famille ? J'aurais dû fuir quand j'en avais l'occasion. Pourquoi je les ai suivis déjà ?

Leur maison est bien plus grande que la mienne, moins moderne aussi. Elle s'apparente un peu à celle des Anderson. Le père Donnell me propose la chambre d'amis pour passer la nuit. Elle est vaste et spacieuse. Elle ressemble un peu à la mienne avec ses murs blancs, sans aucun tableau. Les draps et les rideaux sont bleus et il y a également un fauteuil marine dans un coin. J'ai aussi une petite salle de bains entièrement bleue. Je crois que cette couleur va me sortir par les yeux. Faites que je puisse rapidement rentrer chez moi et retrouver mon blanc bien plus reposant. J'aurai terminé mes études dans quoi ? Quatre ans. Putain, quatre ans, c'est long ! Je ne tiendrai jamais ! Comment vais-je me dépêtrer de cet enfer ?

Il m'a demandé de ranger mes affaires, mais je ne suis pas encore prête à m'installer. J'espère toujours regagner ma tranquillité, ma solitude, mon univers. Alors, je me contente d'attendre un miracle en fixant le plafond, étendue sur le lit trop moelleux. Je voudrais réfléchir, mais je n'y parviens pas. Qu'est-ce qui m'arrive ? Qu'est-ce que je fous là ?

Will l'intello vient me chercher pour le souper. Il a l'air terrifié à l'idée que je vive avec eux, mais il ne proteste pas comme l'aurait fait n'importe quel ado normal. Ce mec n'a jamais mené la vie dure à ses vieux ? Ils risquent d'être servis avec moi.

Ils sont en train de mettre la table sur la terrasse. L'été approche et ça se sent, la fraîcheur de la nuit ne s'est pas encore installée. Ils discutent de tout et de rien, de leur semaine, des choses qu'ils ont à faire, des vacances qui arrivent… je ne me sens pas à ma place.

La mère Donnell cuisine super-bien. Ça fait longtemps que je n'ai pas dégusté un vrai repas, mais je n'ai pas faim. J'ai l'impression de violer leur intimité en m'immisçant ainsi dans leur vie. Et je perçois le malaise que cause ma présence. Je n'ai jamais partagé ce genre de repas. Mes parents s'engueulaient toujours à table, alors on mangeait chacun à notre tour pour éviter la corvée.

Je sursaute en entendant mon prénom :

– Sandre, ça se passe bien au lycée ? m'interroge la mère Donnell.

Je la dévisage, outrée, comme si elle avait osé me questionner sur ma sexualité ou un truc bien plus intime encore. Je reste silencieuse, et Will annonce pour moi :

– Elle est super-douée en maths.

Je le fusille du regard. De quoi, il se mêle ? Il est tellement discret que j'avais presque oublié que nous partagions plusieurs cours.

– C'est bien, c'est important les mathématiques, commente le père Donnell. Et… tu as des amis ?

Je fixe Will, comme pour lui interdire de répondre à ma place, mais il précise :

– Beaucoup la trouvent intimidante.

Ouais, c'est exactement ça ! Et lui aussi, je l'intimide. Je n'ai pas ouvert la bouche, mais cette conversation me gonfle déjà. Je me lève pour rejoindre ma cage bleue et le père Donnell m'arrête alors que j'ai à peine fait un pas vers la baie vitrée.

– Quelque chose ne va pas ? s'étonne-t-il.

Maintenant, je vais devoir demander l'autorisation pour tout, même pour aller pisser ? Je revois le mari de ma mère, sa brutalité pour un geste de travers. Je ne supporterai jamais de revivre ça.

– Je suis fatiguée, j'ai besoin de me reposer, je réplique froidement.

– Bien sûr, répond-il visiblement déçu.

Sans les regarder, j'abandonne la terrasse et retourne à l'intérieur. Pourquoi est-ce que j'ai pitié de cet imbécile ? J'ai vraiment un grain. De la cuisine, je l'entends s'inquiéter :

– Tu crois que nous réussirons à l'aider ?

– Nous ferons de notre mieux, le rassure-t-elle.

Qu'ils sont naïfs, c'est écœurant ! Ils ne me connaissent même pas. Ils ignorent que je risque de leur gâcher l'existence, le peu de temps qu'ils auront à me supporter.

– Je suis un cas désespéré, vous feriez mieux de laisser tomber, je hurle du couloir.

Je vais leur fermer leur gueule, moi ! Dans quelques jours, peut-être moins, ce sont eux qui me supplieront de partir. Reste à savoir si je préfère attendre qu'ils le fassent ou si j'ai le cran de déguerpir tout de suite.

J'hésite à rentrer discrètement chez moi, même s'ils risquent de se pointer à la première heure pour m'emmerder. Je ne crois pas que le père Donnell me foutra la paix si facilement. Maintenant qu'il me tient, aucune chance qu'il me lâche. C'est stupide, mais ça ne me déplaît pas ! Et puis je trouve ça rassurant de ne pas me coucher seule dans une maison vide. Je n'ai jamais aussi bien dormi que les quelques fois où je me suis glissée en douce dans le lit de Josh. Quand j'y pense, il s'est bien foutu de ma gueule ! Je voudrais l'oublier, ne plus jamais songer à lui et à l'espoir ridicule qu'il a fait naître en moi, mais il me hante, jusque dans mes rêves.

Je vois Josh me draguer effrontément, m'embrasser passionnément, se déshabiller pour moi, avant de m'humilier devant tout le lycée et de m'abandonner tremblante de désir. Et mon père (enfin, le mari de ma mère) qui me gifle pour m'aider à reprendre pied, me traîne par les cheveux pour me ramener chez nous. Quand je songe aux bras de Josh, à sa compassion lorsqu'il a découvert la chambre de mes parents, je le hais plus que tout. En fait, il m'a manipulée pour mieux me baiser. Quel salaud !

En me réveillant, j'espère encore que rien de ce qui s'est passé la veille ne soit réel. Que l'assistante sociale n'ait jamais débarqué chez moi, que je n'aie jamais déboulé chez les Anderson et que je n'aie surtout pas un nouveau père prêt à me dicter ma conduite. Je hasarde un œil pour vérifier, mais je ne suis pas dans ma chambre et tout ce bleu me donne envie de vomir. Je vais devoir dire adieu à ma vie d'avant et, rien que d'y penser, j'ai sacrément les nerfs.

Je prends mon temps pour me préparer. J'ai peur de rejoindre la famille parfaite. J'ai à peine quitté la chambre d'amis que je les entends déjà s'inquiéter à mon sujet, comme si j'avais encore cinq ans. Je n'arriverai jamais à les supporter !

– J'ai peur qu'elle ne se fasse pas au changement, chuchote le père Donnell.

– Ça ne sera pas aussi facile qu'avec William, réplique sa femme.

– Je suis désolé de vous imposer cette situation à Will et à toi.

– Philip, mon chéri, j'ai souhaité si souvent que vous vous retrouviez enfin. Tu en avais tellement besoin. Ça ne sera pas simple, il va falloir nous organiser, mais je te soutiendrai quoi qu'il arrive.

Putain, c'est à gerber !

Au moins, maintenant, je sais comment il s'appelle. J'hésite à m'approcher davantage. Que font les gens normaux le matin ? Ne me dites pas qu'ils s'embrassent. Les effusions au quotidien, ça va me rendre malade, surtout à jeun !

– Tu crois que je devrais la réveiller ? s'interroge-t-il.

– Elle a eu une dure journée, laisse-la dormir, le gronde gentiment la mère Donnell.

– Je n'ai pas besoin qu'on me dise à quelle heure je dois me lever, je grogne en apparaissant dans l'embrasure de la porte.

– Tu as bien dormi ? demande Phil en ignorant ma remarque cinglante.

– Qu'est-ce que tu prends pour le petit déjeuner ? finit par me demander sa femme.

Je hausse les épaules et me sers un verre de jus d'orange et un pancake.

Les Donnell me laissent me préparer et, une heure plus tard, nous sommes devant chez moi. L'assistante sociale va débarquer demain et ils veulent que tout soit en place pour l'accueillir. J'ouvre la maison et les laisse entrer. Leurs visages se décrispent instantanément. Ils s'attendaient à quoi ? Un champ de bataille, un bordel indéchiffrable, un squat crasseux ?

– Comment t'en es-tu sortie ? hasarde la mère Donnell, visiblement impressionnée.

– Mes parents payent les factures et ils me versent un peu d'argent sur un compte tous les mois.

Je l'ai dit, alors que j'aurais préféré me taire. Pourquoi je leur parle ? Avouer qu'ils ne m'ont pas complètement abandonnée, c'est comme d'admettre que je les aime encore. Ça m'est insupportable.

– On peut faire le tour ? demande, hésitant, le père Donnell, comme si ça lui était douloureux de découvrir là où j'ai passé ma vie.

Je hoche la tête et ils me plantent dans l'entrée.

Je suis seule et la porte me fait de l'œil. J'ai retrouvé mes esprits depuis la veille et j'ai terriblement envie de fuir, mais mes épaules pèsent une tonne. Paralysée. Pourquoi je ne pars pas ? Je ne veux pas d'eux dans ma vie. J'essaie d'imaginer mon avenir si je pars maintenant. J'ai peur de la faim, du froid, de ne jamais trouver ma place, de finir sous un pont ou au fond d'un fleuve. Et avec eux ? Je me vois déjà amère, insupportable. Ils vont me détester, pourtant une partie de moi a envie de cette vie-là, et c'est cette partie qui me cloue sur place.

Je les entends parler à voix basse. Quelle va être leur réaction quand ils découvriront la chambre de mes parents ? Je pourrais monter pour voir leur tronche, mais j'ai trop peur de ce que je lirai dans leur regard. La tête de Josh à ce moment-là me hante encore.

Le regard fixe, j'attends qu'ils reviennent. J'ai perdu la notion du temps. Phil réapparaît enfin en haut des escaliers. Il est bel homme ! Je ne l'avais pas remarqué avant. Il est grand avec de larges épaules, un nez fin et droit et des yeux immenses presque noirs que ses cheveux poivre et sel accentuent. Pourquoi ma mère n'est pas restée avec lui plutôt que de s'emmerder avec l'autre abruti ? Je le dévisage et mon attitude semble le mettre mal à l'aise, mais je ne peux le lâcher des yeux, comme s'il était capable d'apaiser mes doutes.

– Élise et William vont s'occuper de la chambre. Pendant ce temps, nous allons faire quelques courses pour remplir le frigo.

Sa voix douce et basse me fait sursauter. Je n'ai toujours pas émergé. Quelque chose dans cette situation me déstabilise complètement.

Il se dirige vers la cuisine et je le suis sans réfléchir. Il vérifie le frigo, fait les placards, comme s'il préparait une liste mentalement. Soudain, il remarque la porte de l'atelier, tourne la clé et l'ouvre en grand. Il se fige, le seuil à peine franchi. Peut-être s'attendait-il à une buanderie ou un garde-manger ? Il n'a toujours pas bougé et je commence à me demander si ce ne sont pas les photos qui le choquent. C'est encore l'un de ces vieux super-coincés qui s'offusquent d'un rien. Je suis mal barrée avec un nouveau père comme ça. Hé ! Remets-toi, c'est juste des clichés d'étudiants pris à leur insu.

– Tu fais de la photo ? m'interroge-t-il comme si ça avait quelque chose d'exceptionnellement rare.

Je me contente de hausser les épaules et il s'avance dans la pièce pour détailler chaque portrait, chaque scène comme s'il cherchait un trésor caché dans ses images. Il semble fasciné, et moi je suis complètement déstabilisée. Qu'y voit-il de si captivant ?

– Tu es douée, commente-t-il toujours penché sur mon travail.

Et de nouveau, il se fige en atteignant la petite salle de bains. Je m'approche, pas trop quand même, pour le voir effleurer mon agrandisseur vétuste. Ce mec est vraiment flippant quand il s'y met !

– Je ne pensais pas que Melinda te les donnerait, souffle-t-il, à peine audible. J'ai tout appris sur ce matériel, je voulais qu'il te revienne, mais vu la tête qu'elle a tirée lorsque je le lui ai confié, j'imaginais qu'il finirait à la poubelle.

Alors, toutes ses choses au grenier, c'était à lui ? Je suis scotchée. C'est comme s'il avait été avec moi toutes ces années et que j'avais été trop stupide pour m'en apercevoir.

– Je suis photographe professionnel, précise-t-il comme si ce n'était déjà pas suffisamment clair.

Voilà ce qui le perturbe, nous sommes deux inconnus l'un pour l'autre et, pourtant, j'ai les mêmes goûts, le même doigté. Je lui ressemble. Son regard sur moi devient trop pesant, alors je quitte la pièce avant qu'il ne se mette à faire un truc écœurant.

Quand il a terminé son inspection du rez-de-chaussée, nous reprenons la Toyota. Je le suis partout comme un robot, incapable de penser. Il achète des fruits, des légumes et des tonnes de choses que je trouve totalement inutiles, mais je le laisse faire, sans protester. Nous ne nous parlons pas. Est-ce parce qu'il ne sait quoi me dire ou parce qu'il respecte mon silence ? Je me demande si nous pourrions nous entendre. Je ne sais même pas si je suis capable de sympathiser avec qui que ce soit. En un an, je suis devenue asociale.

Sur le chemin du retour, il brise enfin le silence.

– Josh et toi, vous êtes amis ?

Vraiment ? Il imagine qu'un mec populaire comme lui pourrait être ami avec une emmerdeuse dans mon genre. Il divague. Bon, OK, avant c'était mon style de fréquentation. Je me contente de secouer la tête en levant les yeux au ciel, mais il insiste.

– Vous devriez en reparler plus calmement, je ne pense pas qu'il ait pu te dénoncer. C'est un brave garçon.

Et voilà qu'il se met à me faire la morale. Ça ne fait pas vingt-quatre heures que j'ai un nouveau père et il commence déjà à me faire chier. Je cherche quoi lui répondre, mais je revois le regard décomposé de Josh quand j'ai débarqué chez lui. J'ai dû bien foutre le bordel dans sa vie. Je devrais m'en moquer, mais ça me fait plaisir. Je l'imagine patauger pour expliquer la monumentale erreur qu'il a faite avec moi. Marcy doit être hystérique. Je chasse cette pensée trop plaisante et déclare, plus sèchement que je ne le voulais :

– Nous ne sommes pas ce genre d'amis et je n'ai pas l'intention de lui reparler un jour.

Il m'énerve ! Pourquoi je l'écoute ?

– Il se pourrait que tu aies à le recroiser, car nous nous voyons souvent avec les Anderson.

Génial et, en plus, il veut que je fréquente les coincés du coin maintenant.

Quand nous revenons, la chambre de mes parents est déjà nickel. Plus rien ne traîne, le sol est propre, il ne reste plus qu'à se débarrasser des graffitis sanguinolents. J'ai la nausée en redécouvrant la pièce telle que je l'avais connue. En fait, je crois que je la préférais ravagée à l'image de la relation que j'ai partagée avec eux. Je voudrais tout saccager de nouveau.

Le père Donnell m'observe comme s'il pouvait comprendre ma torture.

– Tu pourrais faire ton sac pendant que nous repeignons la chambre, propose-t-il.

– Je reste ici, j'annonce, froidement sans lâcher la pièce des yeux.

Il pense vraiment que je vais supporter une soirée de plus avec la famille parfaite. Jamais ! Ma place est ici !

Il vient d'ouvrir un pot de peinture taupe foncé destiné à camoufler le carnage. Il l'a payé une fortune. De la peinture super-couvrante, qui ne coule pas, ne tache pas. Enfin, le truc miracle qui, j'en suis sûre, ne fait rien de plus que les autres, à part vider votre compte en banque. Phil se redresse et enfonce son regard sombre dans le mien, il prend le ton le plus calme et posé qu'il peut, mais au fond je sais que mon attitude l'agace.

– Sandre, si ce n'est pas aujourd'hui, ce sera demain. Tu n'auras pas le choix. Les services sociaux ne te laisseront pas vivre ici et je ne pourrai pas supporter de te savoir seule.

Je ne discute pas et retourne ranger le bazar que j'ai abandonné la veille dans ma chambre. Je n'ai rien répondu, mais je bous intérieurement. Je n'ai plus l'habitude d'être commandée et je n'ai plus envie qu'on décide pour moi.

Qu'est-ce que je fous encore là ?

CHAPITRE 32

Josh

J'hésite à rejoindre les potes au parc. J'hésite, parce que Marcy y sera et que je ne sais pas comment me comporter avec elle. Est-ce que je dois la fuir ou la soutenir ? Je ne veux pas la blesser, mais j'ai besoin de m'éloigner.

Et maintenant que je l'ai en face de moi, je regrette d'être venu. Ses grands yeux clairs me supplient de… je ne sais quoi et son sourire timide semble espérer quelque chose de moi. Je l'embrasse sur le front, mais à la grimace qu'elle tire, je n'ai pas choisi le bon endroit. Je m'écarte, mais tous les regards braqués sur nous ne m'inspirent rien de bien. Et Steve confirme mes craintes :

– Alors, elle est comment ? m'interroge-t-il, avec le sourire qu'il a habituellement quand il vient de faire… vous savez quoi !

Je le dévisage, interloqué, et il précise :

– La chatte de la rebelle, je parie qu'elle ronronne en sortant les griffes.

P… c'est quoi cette histoire ?

Je ne prends pas la peine de répondre. Je me tourne vers Marcy qui m'observe mi-gênée, mi-agacée. Ce matin, je culpabilisais encore de la tournure des récents événements, mais là, plus du tout. Qu'est-ce qui lui a pris de le crier sur tous les toits ?

Je l'éloigne du groupe en la tirant par le bras sans ménagement. Furax, je suis furax. Elle seule était au courant, qu'est-ce qu'elle a foutu ?

– Je pensais qu'on ne devait plus en parler ? je demande, en tentant de rester calme.

Je me suis vraiment planté. Moi qui croyais que Marcy était un ange, elle vient de se venger de la pire des façons. Aux yeux de mes amis et de bientôt tout le lycée, je ne serai qu'un gros enfoiré qui baise tout ce qui bouge.

– J'étais bouleversée, Josh ! Je suis allée voir Lucy et… elle l'a dit à Steve, et tu connais Steve, bafouille-t-elle au bord des larmes.

De nouveau, je m'en veux terriblement de lui faire subir ça. Des lignes humides se forment sur ses joues, et c'est à cause de moi. Je l'attire contre moi et referme mes bras sur elle en embrassant ses cheveux qui sentent toujours aussi bon.

– Pardonne-moi, c'est de ma faute tout ça, je souffle.

Marcy est tellement naïve. Je ne connais personne d'autre capable de croire que ses pimbêches de copines soient susceptibles de garder un secret.

Elle se redresse et, de nouveau, sa détermination semble avoir pris le pas sur tout le reste. Marcy n'a pas renoncé à nous.

– Ils ne te blâmeront pas, toi, c'est le serpent qui se cache sous ses airs torturés qui va payer pour ce qu'elle nous a fait, et j'aime autant que tout le monde sache qui elle est vraiment.

Et vas-y, maintenant Sandre est le serpent qui m'a persuadé de croquer sa pomme ! Ça y est, Marcy a revêtu son costume de bonne sœur et je frémis en découvrant ses iris bleus convaincus d'avoir choisi le bon chemin. Cette fille a une force impressionnante et une croyance dans notre couple qui me fait flipper, mais je l'enlace quand même plus étroitement. Je ne peux pas la lâcher comme ça, elle a encore besoin de temps. À moins que ce ne soit moi ? Je ne sais plus où j'en suis, il faut que je voie Sandre, c'est elle qui me rend fou.

Mais je me contente de serrer les dents pour dissimuler ma fureur. Tout le monde est au courant, et si moi ça me rend dingue, Sandre va disjoncter. Et le pire dans tout ça, c'est que lundi au lycée, tous les gars regarderont Sandre comme une gonzesse plus que baisable. J'en suis malade, rien que de les imaginer se jetant tous sur elle tandis qu'elle refusera de me parler.

Quand nous rejoignons notre petit groupe d'amis étendus à l'ombre des arbres, j'essaie de dissiper le malaise que m'inspire la situation. Steve vient se glisser entre nous en nous empoignant par les épaules et je sais qu'il ne va pas se gêner pour m'enfoncer.

– Ma chérie, susurre-t-il dans le cou de Marcy, tous les mecs sont des imbéciles incapables de garder leur bite bien sagement dans leur pantalon, mais avec la bouche que tu as, tu pourrais faire jurer fidélité à n'importe quel enfoiré sur cette putain de planète. Alors, vas-y mon cœur, sers-t'en !

Je n'ai jamais pu supporter la façon dont Steve traite Marcy, je ne suis même pas sûr qu'elle comprenne ses allusions salaces. J'attrape son bras toujours posé sur sa clavicule et le pousse violemment en arrière, prêt à foutre mon poing dans la figure de ce sale obsédé qui ose proférer des insanités pour la déstabiliser.

– Repose encore tes mains sur elle et tu devras te contenter de purée jusqu'à la fin de tes jours, je le menace.

Marcy m'observe tout sourires, je viens de lui offrir une raison de plus d'espérer. Quelle andouille ! Steve ricane bêtement, tandis qu'à ses côtés, Lucy, son officielle, le fusille du regard.

– Quand vas-tu enfin comprendre que tout le monde en a marre de tes obscénités ? le réprimande-t-elle.

– Viens me faire jurer fidélité, Bébé ! la provoque-t-il en dandinant son bassin dans une danse obscène.

Elle s'empourpre et se précipite sur lui pour le faire taire, tandis qu'il s'agite en tous sens.

Boby propose un match et les potes acquiescent, visiblement aussi soulagés que moi de s'éloigner des filles. D'habitude, le rugby m'aide à oublier mes problèmes, mais là, je n'arrive pas à me concentrer sur le jeu. Je ne peux pas m'empêcher de penser à Sandre en observant Marcy.

Celle-ci discute avec ses amies à l'ombre d'un grand saule et, à chaque éclat de voix, j'ai le sentiment qu'elle s'entête un peu plus à sauver ce qui n'a pas besoin de l'être. Je veux que Marcy renonce à nous, qu'elle passe à autre chose. Je veux retrouver Sandre, arranger les choses avec elle.

Je tente de rattraper le ballon, mais Boby me plaque violemment au sol. Je sens l'air abandonner mes poumons sous son poids et un grognement étrange s'échappe de ma gorge.

– Désolé mec, souffle Boby en m'aidant à me relever.

Je jette un œil à Marcy en penchant ma tête entre mes jambes pour calmer ma respiration qui s'affole, mais elle ne me regarde pas, trop concentrée qu'elle est à épancher son cœur meurtri. D'habitude, elle bave devant moi pendant les matchs, je devrais m'en moquer, c'est plutôt bon signe, mais c'est plus fort que moi, ça m'énerve.

– N'importe quel mec aurait fait pareil à ta place. Ne cède pas à tous ses caprices, juste parce que tu te sens coupable.

Je dévisage Boby comme s'il venait de sortir la pire des horreurs, alors que c'est exactement ce que j'avais besoin d'entendre.

Finalement, j'abandonne les gars pour passer voir Rita. Je n'en peux plus des regards en coin de Marcy et de ses copines. Et puis, je ne sais pas pourquoi, mais quand ça va mal, j'ai besoin de la retrouver, comme si sa vie chaotique avait le pouvoir de me rassurer

– Tu as une sale tête, Joshy chéri. Tes petites femmes t'épuisent, se moque-t-elle.

Pas une si bonne idée que ça en fin de compte !

– Tu dis n'importe quoi, je râle en examinant ses placards pour voir ce qui lui reste.

– Alors, éclaire ma lanterne d'ignorante, s'amuse-t-elle, en m'observant sortir le nécessaire pour lui préparer des pâtes.

Rita porte une jupe trop courte et un décolleté bien trop provocant. Je déteste savoir qu'elle bosse vêtue ainsi, mais je me tais parce qu'elle le prendrait mal. Au lieu de ça, je me contente de ce que j'ai sur le cœur, alors que je sais très bien que je vais détester ses commentaires.

– Sandre a des problèmes et pense que c'est de ma faute, Marcy a tout découvert, mais reste convaincue que nous sommes faits l'un pour l'autre.

– Et laquelle veux-tu ? m'interroge-t-elle, soudain trop sérieuse.

– Je ne suis pas sûr de le savoir, je murmure en me défoulant sur les œufs qui n'ont rien demandé.

Et je déteste ça. Avant, j'étais sûr de moi, sûr de mes choix, maintenant, je ne sais plus rien. Sandre m'a retourné le cerveau pour mieux me rendre accro à elle, pour faire de Marcy un lointain souvenir. Pourtant, mon ex-petite amie est toujours là et je refuse de la blesser, elle a tellement compté.

– Quand on hésite, il vaut mieux ne pas choisir.

– Tes conseils sont toujours aussi inutiles !

Elle éclate de rire et je la suis dans son hilarité. Ça fait du bien de se détendre un peu. Rita est immature, mais avec elle au moins, on n'a pas l'impression de ne jamais faire ce qu'il faut.

Une fois dans mon lit, je peux enfin rassembler mes idées et faire le point. Mais au lieu de penser à ce qui m'attend lundi, à Marcy et à ses faux espoirs que je dois apaiser, je ne peux m'empêcher de m'inquiéter pour Sandre. J'aimerais savoir où elle est, ce qu'elle fait, si elle va bien et, sans réfléchir, j'attrape mon portable et compose un texto : DIS-MOI QUE TU VAS BIEN. Je patiente. Rien. Rien.

Je sais qu'elle est fâchée, qu'elle m'en veut, mais j'espérais quand même une réponse.

Je reste un long moment à fixer le plafond, et puis Steve apparaît, et Boby, et les potes… Ils me montrent tous du doigt en ricanant tandis que Marcy, plus sexy que jamais, passe devant moi sans me regarder. Je la suis, l'implore de me parler, de m'excuser, mais elle s'obstine à m'ignorer. Les choses empirent quand elle se retourne enfin. Son visage a pris des traits d'une cruauté terrifiante et son sourire m'arrache le cœur.

– Tu croyais quoi, Josh ? Que j'allais te pardonner si facilement ? Tu rêves, je vais te pourrir la vie, jusqu'à ce que tu me supplies d'arrêter.

Et Rita se joint à elle pour m'enfoncer un peu plus :

– Tu me déçois vraiment, Joshy ! Tu n'es pas fatigué de toujours trahir les mauvaises personnes.

Leurs regards me donnent froid dans le dos et le son de leurs voix railleuses me glace. Je suis en nage, je suffoque, j'ai froid, je m'agite tellement que je m'emmêle dans les draps.

– Calme-toi, Josh. Ce n'est qu'un mauvais rêve. Là… me susurre une voix douce.

Je sens ses doigts dans mes cheveux, son corps chaud contre le mien. Elle est là et je n'ai jamais été aussi heureux. Je distingue à peine ses yeux dans la pénombre de la chambre, mais je sais qu'elle me désire autant que je la veux.

– Sandre, tu m'as tellement manqué, je souffle contre ses lèvres.

Je glisse mes mains autour de sa taille fine et la presse contre moi pour sentir sa peau nue. Je suis fou de ce corps !

Ses doigts jouent avec mon entrejambe, tandis que sa langue vient retrouver la mienne. Ma bouche se faufile dans son cou et elle se cambre pour laisser plus de place à mes baisers. J'en profite pour savourer ses seins qui m'appellent. Ses caresses se font plus ardentes et je la chevauche pour assouvir enfin le désir qui monte en moi. Quand je crois avoir ce que j'ai tant souhaité, j'ouvre les yeux et réalise que je suis seul dans mon lit avec une trique de malade.

Une douche froide n'a pas suffi à calmer mes ardeurs. En arrivant au lycée, je suis encore dans un état second et j'en oublie presque que ma journée risque d'être un enfer. Et comme si ce n'était pas suffisant, Marcy m'attend dans une sublime robe rouge qui moule à la perfection son corps de rêve. Elle esquisse un sourire qui semble vouloir dire « je te pardonne », alors que j'aurais largement préféré un « je te déteste ». Cette fois-ci, j'ai retenu la leçon et évite tout contact, mais elle s'avance et m'embrasse sur la joue.

– Euh… On devrait peut-être garder nos distances quelque temps, je bafouille, inquiet de ne pas avoir choisi les bons mots.

Elle sourit timidement.

– Les gens parlent, je me suis dit qu'on devrait faire taire les ragots avant qu'ils ne prolifèrent.

Une fois de plus, sa réaction me laisse sans voix. Marcy me surprendra toujours. Je sais que je devrais refuser, mais je ne peux pas m'empêcher de penser qu'elle n'a pas tort. Alors, je la suis vers la rangée d'arbres où nous attendent Lucy, Steve, Boby et les autres. Des murmures enflent autour de nous, et je me concentre sur Marcy pour oublier les horreurs qui parviennent jusqu'à mes oreilles : « T'as vu, ils sont encore ensemble », « Elle a vraiment du courage, moi à sa place, je lui aurais fait vivre l'enfer », « Je n'aurais jamais imaginé que ça puisse être un chaud lapin ? », « Je goûterais bien la marchandise ».

Marcy prend ma main et resserre ses doigts sur les miens. Je n'arrive pas à réaliser qu'elle ne me juge pas, qu'elle soit là juste parce que j'ai besoin d'elle, parce que notre histoire a compté. Je la remercie silencieusement d'un sourire et l'enlace en l'embrassant sur le front, alors que je devrais garder mes distances. Les murmures reprennent, j'aimerais les oublier, heureusement le ronronnement des voitures m'empêche d'en savoir davantage. Quand la Toyota noire des Donnell se gare juste devant nous, Sandre en sort accompagnée de William, et mon cœur croit pouvoir se faire la malle par ma gorge. Je m'écarte de Marcy, mais c'est trop tard, Sandre m'a vu. Comment se griller un peu plus ! Elle ne voudra jamais m'écouter si elle imagine que rien n'a changé, alors que tout est différent.

Je la veux, je la veux, elle.

CHAPITRE 33

Sandre

J'ai passé une nuit horrible. Impossible de trouver le sommeil. C'est comme si je venais enfin de réaliser la galère dans laquelle je suis. L'assistante sociale, Phil, Élise, mes parents et même Will m'ont narguée en rêve.

J'ai fini par me tirer en douce pour rejoindre mon lit, ma baraque, ma solitude. Je veux récupérer ma vie d'avant. Et ce matin, j'avais presque l'impression que tout était rentré dans l'ordre en me préparant pour aller au lycée, jusqu'à ce que je découvre Phil devant la porte. Il avait l'air complètement désorienté, affolé, non pire, paniqué. Et en plus, il est sensible ! On n'est pas dans la merde !

– Mon Dieu, tu es là ! Nous nous sommes fait un sang d'encre quand nous ne t'avons pas trouvée dans ton lit.

– C'est chez moi ici, je réplique sèchement.

– Ma maison aussi est la tienne.

Je le dévisage sans répondre et enjambe le portillon sans un regard pour lui.

– Viens, je t'emmène, ajoute Phil en tendant une main dans ma direction.

J'observe ses doigts tremblants. Il semble au bord de la syncope !

– Je préfère y aller à pied.

– Sandre, je veux faire partie de ta vie. Tu es ma fille et tu ne peux plus l'ignorer.

Il m'implore de ses yeux trop sombres. Il fait chier ! Et en plus, je me sens coupable maintenant ! Pourquoi je me fais toujours avoir ? Je dois vraiment avoir un problème, parce que je monte dans sa Toyota noire sans discuter. Je fusille Will du regard et râle en silence, alors que Phil démarre la bagnole.

– Je vous récupère après les cours, déclare-t-il, alors que nous sommes déjà devant l'imposant bâtiment.

C'est un peu étrange de débarquer au lycée avec l'intello. J'ai l'impression que tout le monde m'observe du coin de l'œil. Dans le genre arrivée discrète… J'aurais préféré faire un tour sur mon perchoir pour prendre la température, mais je suis déjà repérée. Je jette un œil vers le coin des branchés. Josh est là et… toujours avec Marcy. Il ne lui a rien dit ? Comment a-t-il fait pour se sortir de ce pétrin ? Miss Sainte-Nitouche m'aperçoit et me fusille du regard. Je lui souris moqueuse, genre trop tard ma vieille, je l'ai baisé la première, et je me détourne ravie quand Prude fait irruption pour me pourrir la journée.

– C’est vrai que tu l’as… euh… fait avec Josh Anderson ?

Je la dévisage, stupéfaite, comme si elle venait de m’annoncer que les Martiens débarquent. Josh lui a parlé, et pas qu’à elle ! Et ils ont choisi de rester ensemble. Ce n’est pas possible, elle vit sur quelle planète ? L’humiliation ne la dérange pas ? Moi, je lui aurais broyé les couilles pour lui passer l’envie de recommencer. Remarque, peut-être qu’elle l’a fait ?

Je suis perdue dans mes pensées quand Marcy déboule en claquant mon casier comme si je n’avais plus rien à prendre. Elle me fixe de ses grands yeux bleus qui n’ont rien d’effrayant. Je ne peux m’empêcher de rire, elle pourrait même cracher du feu qu’elle ne serait pas terrifiante. Ma chérie, la panoplie rose bonbon, ça ne fait peur à personne.

– Tu n’es qu’une petite garce qui profite de la faiblesse des gens pour arriver à tes fins. Retouche à un cheveu de mon copain et je te règle ton compte.

Tiens, elle a haussé d’un ton depuis samedi ! Il se pourrait finalement que les rumeurs soient parvenues à irriter notre petite sainte. Je ne l’avouerai jamais, mais je jubile, je ne suis pas la seule qui risque de morfler en fin de compte.

– Bouh, je suis terrifiée ! je me moque.

Cette godiche ne sait vraiment pas s’y prendre. Et histoire d’en rajouter une couche avant de m’éloigner, je palpe le cul rebondi de Josh qui discute avec Boby Storman.

– Miam, bien ferme, je grogne, en la dévisageant, tout sourires.

Je disparais à l'angle du couloir, très fière de moi. Même les chuchotements que je perçois dans mon dos ne parviennent pas à entamer le semblant de bonne humeur auquel je m'accroche comme à une corde au bord d'une falaise. Pourtant, je les entends : « Je n'arrive pas à croire qu'elle ait fait ça », « Une croqueuse de mecs, qui l'aurait cru », « Il paraît qu'elle lui a sauté dessus », « Le pauvre, il n'a rien pu faire »... Je reste calme, je reste calme. Les ragots, c'est plus divertissant quand ils concernent les autres. Qu'un seul ose venir m'emmerder, et je vais lui en faire passer l'envie.

Je m'imaginais plus intimidante, mais alors que je regagne mon cours d'histoire, une main me tire par le bras et m'entraîne dans une minuscule pièce sombre. Je proteste, me débats, puis réalise que j'ai Josh en face de moi dans le placard à balais. Qu'est-ce qu'il veut ? M'achever ?

– Quoi que tu penses, tu te trompes, déclare-t-il, en me maintenant fermement contre lui pour m'empêcher de fuir.

– Donc tu n'y es pour rien si je dois me farcir la famille parfaite, les rumeurs, les insultes, pendant que tu roucoules avec ta trop naïve petite amie ? je le provoque, en tentant d'ignorer l'effet qu'il me fait.

J'adore sentir sa peau, son corps si proche, mais je déteste savoir que je ne suis pas capable d'y résister, qu'il peut encore m'utiliser.

Et sa respiration saccadée me rend folle.

– On n'est plus ensemble, souffle-t-il, en emprisonnant mon visage entre ses mains pour m'obliger à le regarder.

Ses doigts tremblent légèrement sur mes joues et ses yeux semblent paniquer. Bien sûr, elle l'a planté pour avoir osé tremper son biscuit dans une autre tasse, mais la pauvre est trop maso pour s'éloigner, alors c'est lui qui la console de ses écarts. Mon Dieu, lequel des deux est le plus pitoyable ? S'il a encore envie de s'amuser, qu'il s'en trouve une autre, j'ai déjà donné. Tout mon univers s'écroule à cause de lui.

– Tu n'aurais pas dû te donner tant de mal, je raille froidement, en tentant de le repousser, j'ai peur de m'être lassée de nos petits jeux.

Ses bras me libèrent enfin, comme si mes mots avaient pu le blesser.

– Tu ne penses pas ce que tu dis, souffle-t-il, les dents serrées. On a des choses à régler, mais ça n'a pas été qu'un jeu, entre toi et moi.

– Pourtant, j'ai adoré la pitié dans tes yeux quand tu as découvert ma misérable solitude et ton air dépité lorsque j'ai débarqué chez toi l'autre jour. C'était tellement facile de t'atteindre, mais tu m'excuseras, je manque un peu de temps pour continuer de me divertir à tes dépens, je riposte en le contournant pour quitter cette pièce où la tension est suffocante.

– Tu dis ça uniquement pour me blesser, parce que tu me crois responsable de tes problèmes, insiste-t-il en me retenant d'une main hésitante.

– Vraiment ? Tu crois que je m'encombre de futilités, alors que la franchise est tellement plus efficace. J'aime faire souffrir, et toi tu préfères dénoncer les âmes égarées, chacun son créneau.

Et je claque la porte derrière moi, ignorant la culpabilité qui me laboure le cœur. C'était vraiment bas de lui renvoyer en pleine figure ses tourments de petit garçon.

Et la journée a empiré quand, à l'heure du déjeuner Steve l'obsédé a eu la brillante idée de tester mes limites. Il m'a chopée dans le couloir du réfectoire, son corps en rut m'immobilisant contre le vieux mur. Qu'est-ce qu'ils ont tous aujourd'hui à vouloir me coincer dans des endroits incroyablement romantiques ?

– Alors, comme ça, tu baises comme une déesse, me souffle-t-il à l'oreille, tandis que sa main râpeuse remonte le long de ma cuisse.

Qu'est-ce que ce salaud de Josh est allé raconter à tout le monde ? J'étais loin de me douter qu'il est bien plus fourbe et manipulateur que son enfoiré de copain qui joue avec mes nerfs en ce moment. J'ai la nausée en y pensant, et Steve va goûter à ma fureur.

– Tu me prends pour une pute ? je demande calmement en le fusillant du regard.

– Je n'oserais pas, chérie, réplique-t-il trop mielleux, mais si tu me résistes, tu pourrais en devenir une aux yeux de tous.

– Tu me menaces ?

Je lui souris, mais ma rage atteint des sommets et je lutte pour rester stoïque. Lentement, je glisse ma main entre ses jambes et caresse son instrument prêt à l'action. Il me rend mon sourire satisfait et je l'empoigne fermement, enfonçant mes ongles dans sa chair durcie en attendant le cri de douleur qui ne tarde pas. Il s'écarte de moi en suffoquant. J'espère avoir été assez forte pour l'empêcher de se reproduire. Si son espèce venait à disparaître, personne n'y perdrait.

– Tu vas me le payer, hurle-t-il.

Je sors mon portable de ma poche et annonce :

– Vraiment ?

Alors, je prends un peu d'avance et en quelques clics, mon dossier de photos « Steve l'obsédé » est sur la page Facebook du lycée et nous n'allons pas tarder à en découvrir les effets.

Quand Steve fait son entrée dans la grande salle du réfectoire, encore boitillant, les premières gifles pleuvent déjà et j'exulte. C'est beau de voir toute une bande de pintades atterrir enfin dans le monde réel.

Mais mon plaisir est de courte durée, car l'assistante du dirlo débarque après mon cours de maths, et je me retrouve face au vieux Richard qui n'a pas l'air content du tout.

– Mademoiselle River, la page de l'école n'est pas destinée à recevoir des photos indécentes… Je peux comprendre que l'attitude de monsieur Marchal vous déplaise, mais ce genre de situation ne se règle pas sur la place publique.

Bon c'est vrai, je l'accorde, j'aurais pu faire plus discret, mais ça aurait été moins drôle. Et puis, au point où j'en suis, pourquoi me prendre la tête ?

Il a l'air d'attendre que je dise quelque chose, et moi j'attends qu'il me libère. Comme deux cons qui s'observent refusant de céder. Comment fait-il pour faire un boulot aussi chiant ? Passer ses journées à engueuler une bande d'ados incontrôlables et entêtés. Plutôt démissionner tout de suite. C'est sans doute pour ça que certains racontent qu'il a disjoncté. Ses punitions sont parfois incroyablement farfelues et je redoute soudain l'une de ses inventions humiliantes, mais hors de question de me laisser intimider.

Il baisse la tête le premier, glisse la main dans ses cheveux grisonnants et s'affaisse sur son fauteuil qui gémit sous son poids.

– Vos parents ne semblent pas joignables. Avez-vous un autre moyen de les contacter ? me demande-t-il avec un regard las qui trahit sa faiblesse.

– Non, Monsieur, dis-je, incapable de retenir un sourire.

J'ai gagné ! À moins que je ne me retrouve à distribuer des prospectus sur les maladies sexuellement transmissibles comme les deux tourtereaux qu'il a surpris dans les toilettes la semaine dernière.

– C'est bien dommage pour vous, Mademoiselle River, car vous ne sortirez pas de cette pièce tant que je n'aurai pas parlé de votre comportement à l'un de vos parents.

– Eh bien, vous allez devoir me garder ici jusqu'à ma majorité, je raille, toujours aussi sûre de moi.

Ce vieil imbécile est blasé et ça se voit, mais il ne tiendra pas une heure contre moi. Je vais échapper à la punition.

– Qu'est-ce que ça signifie ? s'emporte soudain le père Richard.

La moitié de son visage s'est creusée de ridules. Il semble au bord de l'implosion et j'imagine d'ici le virage à cent quatre-vingts degrés que viennent de prendre ses pensées, pourtant je continue sur ma lancée. Faites qu'il n'opte pas pour la manif anti-attouchement dans l'enceinte du lycée !

– Qu'ils ne sont jamais joignables !

Le père Richard inspire profondément, bien qu'il ait viré au cramoisi, et je grimace en pensant à la foudre qui s'apprête à s'abattre sur moi. À côté, sa punition sera peut-être de la rigolade. Résiste, Sandre, résiste.

– Donnez-moi un numéro, n'importe lequel, ou j'appelle les services sociaux, hurle-t-il, fou de rage.

Merde, il ne ferait pas ça ? Il n'en a plus rien à faire de son job à la noix, alors pourquoi il me soûle pour quelques membres dénudés qui jouent à frotti-frotta ? Qu'il me fasse récurer les toilettes et on en parle plus.

Je suis foutue et je capitule. Il faut savoir renoncer parfois. Toutes ces galères à cause de Josh. Je souffle, excédée, me penche sur son bureau, prends une feuille et un stylo sans lui demander son avis et, à contrecœur, inscris le numéro de Phil. Je vais me faire massacrer. La famille parfaite que je ne voulais pas, c'est déjà fini pour moi.

– Qui est Philip Donnell ? insiste-t-il surpris.

– Il vous l'expliquera mieux que moi.

Il me laisse seule dans son bureau et alors que la porte se referme, je l'entends saluer quelqu'un. Je me penche pour tenter d'en savoir plus. Par la lucarne qui permet d'entrevoir le couloir, j'aperçois une magnifique blonde d'une quarantaine d'années qui le dévisage, les sourcils froncés. Je ne l'ai jamais vue, mais je parierais que c'est la mère de Steve. Comme lui, elle a quelque chose qui doit tous les mettre à ses pieds.

Ils discutent un long moment, mais seules des bribes de conversation me parviennent : « Il n'est pas comme ça ! », « Vous voulez le renvoyer ? », « Je préférerais qu'on en reste là », « Vous connaissez les problèmes de Steve », « Nous ne savons certainement pas tout ». Je commence à flipper, je suis dans un bordel monstre. Il ne manque plus que l'assistante sociale, et je finis au fond d'un trou.

Et si Phil l'avait déjà appelée, si elle déboulait pour venir me chercher ? Je pense un instant à m'enfuir. J'observe la grande baie vitrée qui illumine la pièce. Est-elle ouverte ? On est à quel étage ? Le deuxième ? Le saut est peut-être un peu risqué.

Je m'apprête à me lever pour vérifier, quand Phil débarque, rouge comme s'il venait de courir un marathon. Ah ! C'est sûr qu'un truc pareil, ça ne lui est jamais arrivé avec Will l'intello. Je m'approche doucement pour tenter de comprendre ce qui se passe, mais le vieux Richard le prend par le bras et le conduit dans une autre pièce. Eh merde, je ne saurai rien !

De nouveau, la fenêtre m'attire. C'est assez haut, mais si je parviens à atteindre la branche du grand chêne, ça peut être jouable. J'hésite, je ne me suis jamais retrouvée dans une situation pareille. Mon père m'aurait foutu une raclée et enfermée une bonne semaine dans ma chambre sans me nourrir. Comment va réagir Phil ?

Je retourne à ma place. J'aurai d'autres occasions de fuir si ça devient indispensable. Après une demi-heure interminable, le vieux Richard revient, suivi de Phil, de la mère Marchal et de Steve. La secrétaire apporte des chaises supplémentaires pour que tout le monde puisse s'installer. J'ose un regard vers Phil qui me fixe, genre « pourquoi tu as fait ça ? ». Steve est à côté de moi, il a un sourire triomphant qui me donnerait presque envie de le gifler, histoire de rajouter une teinte supplémentaire à ses joues rougies. Le dirlo toussote et enfile une paire de lunettes que je ne lui avais jamais vue.

– Madame Marchal, monsieur Donnell et moi-même, nous sommes mis d'accord sur le fait que votre comportement à tous les deux n'est pas tolérable dans l'enceinte d'un établissement scolaire.

– Notre comportement à tous les deux ? s'emporte Steve. Ce n'est pas elle qui a été humiliée devant tout le lycée.

Je lui rends son sourire victorieux. J'ai bien fait de rester, ça devient intéressant.

– Oui, Monsieur Marchal. Je n'ai pas autorité pour punir ce genre d'attitude, mais traiter les femmes comme des objets n'en demeure pas moins révoltant. De plus, vous connaissez mon point de vue sur les rapprochements physiques dans un lieu éducatif.

Steve baisse la tête, embarrassé. Il l'a scotché. À l'évidence, sa mère ignore que la dernière fois qu'il s'est fait pincer, il a dû donner un cours sur le cycle menstruel aux gamines de première année. Et le dirlo reprend, très fier de lui :

– Steve, votre mère a demandé qu'aucune punition ne soit infligée à mademoiselle River.

Tiens donc ! Encore un qui a du mal à contrôler ses couilles, moi qui pensais qu'avec l'âge ça se calmait. Une superbe blonde déboule en papillonnant et le vieux est à ses genoux. Enfin, je ne vais pas m'en plaindre. Vive la solidarité féminine ! Je jette un coup d'œil à la mère Marchal qui esquisse un sourire à mon attention. Steve intercepte notre échange et il explose.

– Elle fout ma réputation en l'air à une semaine du bal de fin d'année et vous ne comptez rien faire ?

– Eh bien, je ne suis pas d'accord sur le fait de laisser impunie une grave infraction aux valeurs de notre école, mais mademoiselle River est dans une situation…

Et soudain, il s'interrompt comme si des fils venaient de se reconnecter dans sa tête. Qu'est-ce qu'il allait dire, cet abruti ? Qu'il avait pitié d'une pauvre orpheline rebelle qui débarque dans une famille parfaite ? Mais qu'est-ce que lui a raconté Phil ?

– Peut-être pourriez-vous aller au bal ensemble, poursuit-il d'un air absent. Peut-être que ça pourrait être une punition instructive pour tous les deux. Qu'en pensez-vous ?

– Non, mais ça ne va pas, je riposte, indignée. Vous voulez que je me fasse violer dans les vestiaires du gymnase ?

Mais cette question ne s'adressait pas à moi. C'est à nos vieux qu'il parlait, et Phil n'a pas l'air offusqué le moins du monde. Ils vont le faire, ils vont m'obliger à aller au bal avec cet obsédé. Je me tourne vers la mère Marchal, elle aussi est aux anges. La solidarité féminine a ses limites face à l'instinct maternel de merde.

– Mon enfant, je veillerai à ce que mon fils se comporte convenablement avec vous, me rassure-t-elle, tout sourires.

Et, comme un coup de grâce, Steve ajoute :

– Tu vas adorer danser avec moi, chérie !

Ça y est, je suis en enfer ! Ce n'est pas possible, ils veulent tous ma mort. J'ai envie de hurler, de cogner, mais je reste immobile, paralysée par les idées de cette bande de tordus qui a décidé de m'infliger tous les tourments imaginables avant de m'enterrer.

Je n'ai toujours pas dit un seul mot quand nous regagnons la Toyota pour rejoindre ma baraque, où doivent déjà nous attendre la mère Hutman et son tailleur trop grand.

– Pourquoi as-tu fait ça ? me demande Phil, indécis, la clé sur le contact.

Je me retourne pour l'observer. Il est impeccable, rasé de près, bien coiffé, la chemise même pas froissée alors qu'il a passé sa journée avec, et pourtant il semblerait qu'un train vient de le percuter violemment. Il n'a pas les épaules pour être mon père, pas maintenant que mon cœur ravagé bout de colère.

– Je ne suis pas certaine que tu puisses l'entendre, je souffle, en scrutant son visage décomposé.

– Je préférerais savoir quand même.

– Il voulait qu'on baise, j'ai refusé. Il m'a menacée, alors j'ai pris les devants, histoire de remettre sa bite à sa place.

Ses mains se crispent sur le volant, il déglutit bruyamment et démarre enfin, en tentant de retrouver une respiration normale.

– OK, tu avais raison, je n'étais pas prêt à l'entendre.

CHAPITRE 34

Josh

Steve m'a demandé de l'attendre après les cours. Il a été convoqué chez le dirlo à cause du remue-ménage à la cafétéria.

Marcy voulait qu'on discute autour d'un café, mais j'ai esquivé, prétextant que Lucy avait besoin de son soutien après ce qui s'était passé. Et, pour être honnête, je ne suis pas prêt à avoir une conversation avec elle. Je lui ai encore donné de faux espoirs ce matin et, franchement, je commence à me demander si inconsciemment je ne le fais pas exprès. Marcy est la femme idéale, elle le sera toujours. Sandre est comme moi, c'est ce qui m'attire chez elle, mais elle est loin d'être parfaite.

Toutes les horreurs qu'elle m'a crachées à la figure pour se débarrasser de moi me rendent malade. Je doute plus que jamais depuis. Elle semblait si distante, si froide, comme si ce que nous avions vécu ne comptait pas. Qu'elle m'en veuille, qu'elle refuse de m'écouter, je peux comprendre, mais c'est plus fort que moi, j'ai le sentiment qu'autre chose s'est glissé entre nous, quelque chose que je n'arrive pas à identifier. Je suis perdu.

Je tente de chasser mes pensées tourmentées. Les événements du déjeuner m'aident à oublier. Je souris au souvenir du capharnaüm dans la grande salle du réfectoire. Je n'avais jamais vu autant de filles hystériques jusque-là et j'ai dû me retenir de ne pas rire. Sérieux, jc compatis, ça a dû être l'enfer pour Steve. Elles faisaient presque la queue pour le gifler et l'insulter. C'est un salaud, c'est vrai, mais il ne mérite pas ça. Sandre est vraiment douée pour foutre le bazar, mais je me demande encore pourquoi elle l'a fait. Je suis sûr qu'ils ne se sont même jamais adressé la parole.

Pendant que les gonzesses défilaient, il ne l'a pas lâchée des yeux, et elle, elle picorait dans son plateau, un sourire moqueur plaqué sur le visage. Je crois que si les filles lui en avaient laissé l'occasion, mon pote lui aurait défoncé la tête, même si c'est une nana. Il était vraiment fou de rage quand l'équipe enseignante y a mis le holà.

Le parc devant le lycée s'est entièrement vidé et je commence à me lasser d'attendre. J'ai vu débarquer la mère de Steve et Philip. Le pauvre avait l'air paniqué. Je me demande ce qu'il fabriquait là, même s'ils ont accepté de l'aider, je ne suis pas convaincu qu'il ait son mot à dire sur l'éducation de Sandre. Quand j'y pense, elle est vraiment dans le pétrin. Qu'est-ce qu'il lui a pris de faire un truc pareil ?

Steve arrive enfin en esquissant un sourire plus que satisfait. Comment a-t-il fait pour se sortir de cette histoire ?

– Tu ne devineras jamais mon pote… Tu réalises qu'elle a fait tout ça pour attirer mon attention ! Elle craque pour moi, un truc de dingue, et elle est maligne, la salope ! Tu te rends compte… d'abord, elle couche avec toi pour que je sache qu'elle existe et qu'elle est plus que baisable, et puis elle évince toutes ses concurrentes en un claquement de doigts avec ces photos. C'est complètement dingue, hein ?

Ouais, complètement dingue ! Mes organes s'agitent dans mon ventre comme s'ils désiraient se faire la malle. Je suis à deux doigts de vomir. Mon cœur est brisé, alors que j'ignorais lui l'avoir donné.

– Tu te fous de ma gueule ? Tu n'as rien trouvé de mieux pour me faire enrager ? je réplique en lui envoyant un coup de coude entre les côtes.

Je tente de raisonner mes pensées qui s'emballent. Ce n'est pas possible ! Il faut toujours que Steve raconte des salades.

– Alors vas-y, dis-moi, pourquoi elle a fait ça ? J'ai fait chier un paquet de monde, mais elle, jamais, je ne suis pas con à ce point, commente-t-il en se dirigeant vers ma bagnole.

Put… Bor… Merde ! Je suffoque, incapable de retrouver de l'air. Voilà ce qui clochait ! Elle m'a utilisé. Je me sens trahi. Elle m'a baisé et bien profond. Je n'arrive pas à croire que je me suis fait avoir à ce point. Ça fait mal ! Ça fait vraiment mal ! Mes poumons refusent de fonctionner, je vais crever, à cause d'elle. Je devrais la détester !

– J'ai même dû l'inviter au bal pour calmer ses ardeurs, ajoute-t-il avec un sourire qui me donnerait presque envie de lui mettre sur la tronche pour me défouler.

Elle n'irait jamais au bal avec lui. Je n'y crois pas et je serre les dents pour ne pas évacuer ma colère sur mon pote.

– Sandre mettre les pieds dans une fête de lycée ? je me moque. Aucune chance !

Je plaisante, mais en réalité je disjoncte. J'ai envie de cogner sur tout ce qui bouge. Une rage folle m'envahit et mes poings se crispent pour l'empêcher d'exploser.

– Tu verras, raille-t-il. Sous ses airs de rebelle se cache une midinette romantique comme toutes les autres.

Ses mots me clouent sur place comme s'il avait osé m'envoyer un coup bien placé. Elle est à moi, comment a-t-elle pu dévoiler à un autre sa féminité, sa fragilité que je pensais être le seul à percevoir ? Et il continue, comme s'il ne m'avait pas déjà achevé :

– Elle suce comment ? Parce que j'hésite, maintenant que je n'ai plus vraiment le choix.

Je crois n'avoir jamais détesté à ce point ses railleries trop crues.

J'avais promis à Boby de ramener le pauvre Steve chez lui pour qu'il oublie la galère dans laquelle il se trouve, en s'enfilant des bières entre potes, mais maintenant que je le vois s'enthousiasmer en imaginant les lèvres de Sandre sur son instrument, j'ai presque envie de lui régler son compte.

Je suis dans un tel état que je ne sais même plus comment on a débarqué chez Boby. Pourtant, c'est bien moi qui conduisais. Et Steve continue de me demander des détails croustillants en ignorant mon air perturbé. Il ne pourrait pas s'angoisser un peu pour Lucy au lieu de jubiler de cette situation qui, moi, m'a propulsé tout droit en enfer.

– Fous-lui la paix, tu vois bien qu'il n'a pas envie d'en parler, réplique Boby en m'observant, comme s'il pouvait s'inquiéter pour moi.

– Quoi ? Tous les mecs aiment raconter leurs exploits sexuels, insiste Steve, à moins que la fille compte.

– Arrête de dire des conneries… Putain, tu fais chier, je m'emporte en lui envoyant un énième coup de coude dans les côtes.

Je m'apprête à sortir prendre l'air, mais cette andouille s'obstine :

– Sérieux, elle te plaît ? Non, c'est pas possible. Tu as Marcy. Elle est un peu coincée, mais tu ne pourras jamais trouver mieux…

Et il continue, même quand j'ai refermé la porte derrière moi. J'inspire à fond l'air encore chaud de la fin de journée. L'été a à peine débarqué que c'est déjà presque intenable. Je m'adosse au bardage en observant le ciel. Je n'aurais jamais dû venir, Steve va me rendre complètement dingue avec cette histoire. J'aurais dû passer du temps avec Marcy plutôt que de me morfondre ici, j'aurais dû arranger les choses entre nous, essayer de retrouver ce que j'ai perdu dans les bras de Sandre.

Quelle idée j'ai eue de penser que Sandre pourrait être pour moi ! Ce n'est qu'une garce amère et égocentrique, elle ne pouvait que se jouer de la situation. Elle a utilisé mes faiblesses pour arriver à ses fins. Je n'aurais jamais dû l'écouter, la suivre, l'inviter dans ma vie, je lui ai tout donné pour qu'elle réduise tout en cendres. C'est le cas de le dire ! Voilà ce que ses vieux ont fait d'elle, une destructrice. Steve et elle sont vraiment bien assortis, ils feront un couple d'enfoirés formidable.

Je veux tout oublier, je veux Marcy, la serrer si fort que je ne pourrai plus me souvenir du corps de Sandre. J'aimerais vraiment la rejoindre, mais je redoute que les rumeurs soient arrivées jusqu'aux oreilles de ses parents. Je suis mal barré si sa mère l'apprend.

– Vraiment, elle te plaît ?

Je sursaute en découvrant Boby sur le pas de la porte. Il est tellement imposant que l'ouverture semble presque trop petite. Je ne l'avais pas entendu venir et sa question me donnerait presque des sueurs froides. Impossible de lui avouer la vérité maintenant que je sais qu'elle m'a bien entubé.

– Ne dis pas n'importe quoi. Franchement, tu l'as regardée, je déclare sans oser croiser son regard.

J'ai peur qu'il puisse y lire mes sentiments et la panique qui a envahi mon esprit.

– J'ai surtout vu l'état dans lequel les révélations de Steve t'ont mis.

CHAPITRE 35

Sandre

Quand la Toyota se gare devant chez moi, la vieille Hutman est déjà là et elle n'a pas l'air ravie de nous attendre. Ses cheveux sont toujours relevés en chignon strict et elle porte un tailleur-pantalon rose aussi mal coupé que celui de la dernière fois.

– Je suis désolé pour le retard, s'excuse Phil, à peine sorti du véhicule.

– Vous êtes monsieur River ? demande-t-elle en lui tendant la main.

– Non, je suis Philip Donnell, Madame. Serait-il possible que nous parlions en privé ?

J'hallucine ! C'est de ma vie qu'il s'agit et il ne veut pas que j'aie mon mot à dire. Il a peur de quoi ? Que je ne supporte pas le tableau qu'il compte dépeindre de mes parents ? Que je foute tout en l'air avec mon sale caractère ?

Je n'ai pas le temps de protester qu'ils sont déjà à l'intérieur, discutant comme si je n'existais pas, comme si je n'étais pas le sujet principal de cette putain de conversation. Je déteste ça ! Et une fois de plus, j'ai envie de me barrer. Je ne supporte pas qu'ils débattent de mon avenir comme si j'étais une attardée incapable de prendre une décision. Je pense un instant à rentrer chez les Donnell, mais pourquoi j'irais là-bas ? C'est ici, chez moi. J'aimerais leur dire de se casser, de me foutre la paix. Je voudrais que rien ne se soit passé, que ma vie ne soit pas en train de partir en vrille.

Mais pourquoi je reste là à attendre ? Assise sur le trottoir comme une conne, alors que la vieille Rosy me détaille en se croyant à l'abri derrière le rideau de sa cuisine.

Une demi-heure plus tard, la mère Hutman vient me chercher. Ils se sont installés dans le salon. Dans mon salon, putain ! Elle m'invite à m'asseoir, comme si je n'étais pas chez moi, et j'obéis, incapable d'ouvrir ma gueule.

– Sandre, monsieur Donnell m'a expliqué la situation et je veux que tu saches que tu n'es en rien responsable de ce qui t'arrive.

Mais bien sûr ! Elle n'a rien de mieux à dire, surtout avec ce ton mielleux qui me donnerait presque envie de vomir. La vieille bique qui se la joue sympathique, ça ne lui va pas du tout. Elle me croit au bord du suicide ou de la crise de nerfs ? Et elle continue comme si je n'affichais pas un air dégoûté :

– Personne ne t'oblige à vivre avec la famille Donnell si tu ne le souhaites pas. Tu as le choix.

– Ça veut dire que je peux rester ici ? je la coupe comme si un miracle était encore possible.

– Non, Sandre, ce n'est pas une option envisageable.

Ben alors, pourquoi elle me parle d'avoir le choix, cette gourde ? Elle croit vraiment qu'entre la famille parfaite et le foyer, il y a besoin d'y réfléchir. Elle se fout de ma gueule ?

– Je me suis déjà installée chez les Donnell, je réplique sèchement, alors qu'elle s'apprête à reprendre son laïus pour débile.

– Bien, tu as pris la bonne décision, mais il y a encore beaucoup de chemin à parcourir avant que cette situation ne soit définitive. Une procédure va être mise en place. Nous ferons des recherches sur tes parents, des tests de paternité. Nous visiterons ton nouveau lieu de vie et tu vas devoir rencontrer un psychologue. Il y aura peut-être un jugement, il est possible que tu aies à témoigner…

Et elle piaille, et elle piaille, elle croit vraiment que ces détails m'intéressent ? De toute façon, je n'ai pas le choix.

La route est courte jusque chez lui, nous pourrions presque faire le chemin à pied. Phil Donnell est particulièrement silencieux. Il n'a pas l'air soucieux, juste ailleurs comme quelqu'un de trop débordé pour s'attarder sur le monde qui l'entoure. J'aimerais vraiment savoir à quoi il pense, ce qu'ils se sont dit en mon absence.

Le soleil brille, il fait presque trop chaud, aujourd'hui. Quand nous arrivons, Élise est dans la piscine et Will fait ses devoirs sur une petite table, à quelques mètres d'elle. Phil nous sert du jus d'orange et pose les verres sur la table de la terrasse. Il veut parler, mais il hésite. Appréhende-t-il mes réactions ? Notre relation est toute neuve et je pourrais me tirer au moindre clash. J'en ai terriblement envie. Il en est conscient, ça se lit dans ses yeux sombres.

– Je me suis arrangé avec monsieur Richard, tes notes sont plus que correctes et ton passage en classe supérieure est assuré, il a donc accepté ton absence jusqu'à la rentrée prochaine.

J'hallucine, il veut me faire sauter les cours ! Il me pense fragile au point de ne pas tout gérer. Il va se la jouer paternel à mort.

– Je vais au lycée, je riposte froidement.

Il ne reste que deux semaines avant les vacances d'été. Franchement, qu'est-ce que ça peut bien lui foutre que j'y aille ou pas ?

– Sandre, ce n'est pas une option envisageable. Notre emploi du temps dans les semaines à venir va être chargé et je veux que tu aies le temps de te poser.

Je serre les dents pour ne pas protester. Il m'emmerde, il m'emmerde vraiment, mais bizarrement il me fait presque pitié. Il a l'air complètement déboussolé, dépassé par les événements. Il n'a pas les épaules pour supporter cette situation, et pourtant, il s'obstine.

– C'est Élise qui s'occupera de toi. Demain, elle te conduira au laboratoire pour les tests et jeudi chez le psychologue. J'espère que ça ne te dérange pas, j'ai des shootings importants. Si j'avais pu les décommander, je serais venu.

Je hoche la tête et termine mon jus d'orange.

– Je vais dans la chambre d'amis, j'ai envie d'être seule.

Je m'apprête à me lever, mais il me retient par la main et je sursaute malgré moi. Son contact me trouble, c'est comme s'il m'offrait un amour dont je ne veux pas.

– Sandre, je t'en prie, parle-moi. J'ai besoin de savoir ce que tu penses de tout ça.

J'ai envie de lui dire que nous ne sommes que des étrangers l'un pour l'autre, que les liens du sang ne font pas tout, mais à la tronche qu'il tire, je sais qu'il ne le supporterait pas. Quand il m'a annoncé qu'il était mon père, il m'a aussi avoué que ça avait été dur pour lui de ne pouvoir faire partie de ma vie, qu'il l'avait fait uniquement parce qu'il me croyait heureuse. Il a précisé qu'il était souvent venu m'observer de loin à la sortie de l'école et j'ai pensé que mes parents n'auraient jamais dû lui dire la vérité. Je serais déjà loin sans son intervention et je ne sais pas si je n'aurais pas préféré.

– Ne t'inquiète pas, je ne vais pas tout gâcher. Je ne suis pas stupide, je sais que je n'aurai pas d'autre chance de m'en sortir.

– Sandre, je ne le fais pas par obligation, je souhaite vraiment que tu fasses partie de ma famille, ajoute-t-il en me tenant toujours fermement par la main.

– Je ne suis pas encore vraiment prête à faire partie d'une nouvelle famille.

Je sais que mes mots le blessent, mais je ne veux pas non plus lui mentir. Il retire sa main, et je m'éclipse.

Je m'étale sur le lit, soulagée d'être enfin seule. Quelle journée ! Et ce n'est pas la famille parfaite, l'assistante sociale et tous les changements qui vont avec qui me perturbent le plus. C'est Josh, sa trahison, ses bras autour de Marcy en débarquant au lycée, ses mots dans le placard à balais, et tous les instants qu'on a passés ensemble. Ces souvenirs ont un goût amer dans ma bouche. Il s'est foutu de ma gueule et je n'arrive pas à comprendre pourquoi !

Il avait besoin de sexe et je le lui ai donné sans rien demander en retour. Il n'avait qu'un mot à dire pour tout arrêter, alors pourquoi ? Et la réalité me frappe de plein fouet comme une bonne gifle bien placée. Il s'est assuré que ses faiblesses, nos secrets, ne lui sauteraient pas à la figure en tournant la situation à son avantage. Il s'est débarrassé de moi comme il l'a fait avec sa génitrice.

C'est de lui que j'aurais dû m'occuper au lieu de déverser ma rage sur Steve. Josh avec ses airs de gentil garçon est le pire de tous, et de loin. Comment ai-je pu le laisser m'avoir si facilement ? Je croyais avoir été vaccinée avec Oliver, je croyais avoir le contrôle, je croyais ne plus être une godiche trop naïve. Le gène féminin est vraiment bourré de lacunes. Il faut que j'arrête d'être faible. Je me redresse, déterminée, et attaque le rangement de mes affaires. Inutile de garder mon sac prêt pour un départ éventuel. Je ne m'en irai pas, je suis coincée ici.

Le lendemain, Élise me conduit au laboratoire. Je m'attendais à une prise de sang ou pire encore, mais le gars du labo se contente d'un peu de salive. En même pas deux minutes, c'est déjà réglé. En retournant à la voiture, Élise s'arrête devant une boutique qui doit attirer toutes les pimbêches du lycée, les cours à peine terminés.

– Je pensais que nous aurions pu te trouver une nouvelle garde-robe, suggère-t-elle, redoutant visiblement ma réaction.

– Je n'ai pas besoin d'une nouvelle garde-robe, je réplique un peu plus sèchement que je ne l'aurais voulu.

Je crois que c'est la première fois que je lui adresse la parole depuis ce matin et, pour elle, avoir mon attention est déjà une victoire.

– Mais tu as besoin d'une robe de bal, insiste-t-elle, tout sourires.

Alors, Phil lui a expliqué l'histoire du bal ?

– J'en ai déjà une.

– Allez viens ! Tu es à un tournant de ta vie, beaucoup de choses vont changer. Pourquoi ne pas commencer par ton style ?

Mais bien sûr, et c'est elle aussi qui va jouer les psys !

– Non ! je m'emporte.

– OK, je vais dire les choses plus clairement. Tu es dans une situation délicate. Des spécialistes vont décortiquer ta vie, tes pensées, ils ne te lâcheront pas tant qu'ils ne seront pas sûrs que tu es une ado équilibrée avec un avenir certain. Regarde-toi, n'importe qui comprendrait tout de suite qu'il y a un truc qui cloche.

Waouh ! Elle est directe !

Elle m'observe, les bras croisés, en attendant que je me décide. Elle n'a pas peur de moi, elle ne redoute pas mes réactions comme son mari. C'est bête, mais j'aime ça ! Je grimace et la suis malgré moi.

Je la sens surexcitée, comme si nous étions réellement une mère et sa fille en train de faire du shopping. Elle me montre des jeans, des tops, des robes, des jupes… et je hausse les épaules. J'essaie tout ce qu'elle m'apporte et c'est elle qui choisit. Je sais que mon indifférence la gêne, mais elle n'en laisse rien paraître. Je voudrais être plus coopérative, mais je ne suis que rage. Si j'ouvrais la bouche, je ne pourrais plus retenir toute cette rage, elle s'échapperait.

Je me change, et elle va chercher d'autres vêtements. J'ai l'impression de me retrouver avant que mes vieux ne partent, avant qu'ils ne m'abandonnent, et je déteste ça. Est-ce qu'un style peut vraiment me faire redevenir aussi cruche qu'avant ? J'espère que non, je me sens tellement mieux comme je suis. Je me demande quand elle arrêtera, mais je ne dis toujours rien. Chaque fois, elle me détaille admirative comme si j'étais belle, comme si j'avais pu être la chair de sa chair. Enfin, je dois bien admettre qu'elle a plutôt bon goût, même si j'aurais préféré qu'elle évite de faire de moi la jeune fille parfaite de leur famille parfaite.

Je l'observe vagabonder dans les allées des boutiques à la mode. Elle est vraiment belle, un peu petite, mais super-bien foutue. Ses cheveux auburn qui bouclent en cascade régulière rehaussent ses yeux verts. Son style est décontracté, mais classe et distingué. Ce n'est pas l'une de ces mégères coincées, et je préfère ça.

Quand nous rentrons enfin, Will est déjà en train de faire ses devoirs. Non mais, ça lui arrive de faire autre chose ? Ce mec devrait se décoincer un peu, ça lui ferait du bien. Il lui faudrait du sexe pour décompresser et à moi aussi d'ailleurs. Et ça y est, Josh me revient en pleine tronche avec son corps de rêve que j'avais presque cru rien qu'à moi. C'est dur !

Élise ne prête pas attention à mon air perdu, elle est déjà en train de se détendre dans la piscine et je vais m'enfermer dans la chambre d'amis. Je suis comme une intruse dans cette maison. J'ai le sentiment d'imposer une situation que personne n'a souhaitée.

J'ai un peu honte en observant la pile de vêtements qu'elle a achetés pour moi. J'ai même des sous-vêtements. Des trucs hyper-sexy qui feraient bander le plus prude des mecs. C'est elle qui les a choisis et je n'en reviens toujours pas.

Elle dit qu'être belle, même là où ça ne se voit pas, c'est le meilleur des traitements pour la confiance en soi. Ça craint vraiment quand elle sort des trucs pareils ! Il faudra que je le lui dise un jour.

CHAPITRE 36

Sandre

Je suis en train de faire du rangement quand Élise frappe à la porte avant d'apparaître dans l'embrasure. Elle est encore tout humide de sa baignade, mais elle a revêtu une petite robe fleurie qui lui donne des airs de gamine.

– Tu devrais jeter tes vieilles tenues, me conseille-t-elle en m'observant plier la quantité astronomique de vêtements qu'elle vient de m'acheter.

– Je les garde, j'annonce, en la dévisageant.

– Mais on est d'accord que tu ne peux plus t'habiller de cette façon ? Tu dois t'habituer à te vêtir et te maquiller plus simplement.

Son assurance m'impressionne et m'agace !

– Ouais, je grogne, parce que je vois bien qu'elle attend une réponse.

– Ah oui, une amie est là pour prendre de tes nouvelles, ajoute-t-elle en ouvrant la porte en grand.

– Je n'ai pas d'amis, je déclare sèchement.

J'aimerais être plus gentille, mais je n'y arrive pas, tous les mots qui sortent de ma bouche ne sont que colère.

– Pourtant, il n'y a que les amis pour s'inquiéter de ton absence.

Et ça y est, elle me ressort des trucs débiles. Elle est grave quand elle s'y met !

Je n'ai pas le temps de protester que Prude est déjà sur mon lit, alors qu'Élise nous laisse seules.

– Pourquoi tu n'étais pas au lycée ? me demande la coincée, toujours aussi enjouée.

– Comment as-tu su où me trouver ? je réplique, sans tenir compte de sa question.

– Hier je t'ai vue arriver avec William, alors je me suis dit que vous deviez être cousins ou un truc comme ça, mais je ne pensais pas que tu avais emménagé chez lui. Ça doit être cool d'avoir un mec aussi doué pour t'aider à faire tes devoirs.

Et ça y est, elle est repartie sur sa lancée. Elle a oublié d'être stupide en plus. Ne me dites pas qu'elle a l'intention de passer tous les jours ? La famille parfaite va l'adorer, bordel !

– C'est vrai que tu vas au bal avec Steve Marchal ? me questionne-t-elle, alors que je fais des piles de vêtements dans le placard : d'un côté, les tenues de la Sandre rebelle et de l'autre, celles de la jeune fille parfaite.

– Putain, mais qui t'a dit ça ?

– Steve raconte à tout le monde que si tu l'as fait avec Josh, c'est pour attirer son attention et que les photos sur Facebook, c'était par jalousie. Il dit que tu semblais tellement désespérée qu'il a eu pitié de toi.

Ah, le salaud ! Je n'ai pas dû serrer assez fort. La prochaine fois que je le verrai, je réglerai leur compte à ses couilles une bonne fois pour toutes. Je bous, j'ai des envies de meurtre. Si j'étais allée au lycée aujourd'hui, j'aurais certainement fait un carnage. Ce n'est pas possible de se retrouver dans une situation pareille !

Je suis figée sur place, les poings serrés. Prude a dû percevoir ma colère, car elle a changé de sujet. Elle déblatère comme toujours sur des trucs insignifiants dont je n'ai strictement rien à foutre. J'essaie d'oublier à quel point elle me soûle, et surtout à quel point Josh, et encore plus Steve, excitent ma colère. Alors pour changer de sujet, je lui sors :

– Et toi, tu vas au bal ?

Je n'en reviens pas d'avoir dit ça, même la coincée semble étonnée. Ça y est, la niaiserie de la famille parfaite déteint sur moi. Je suis foutue !

– Personne ne m'a invitée, répond-elle, les larmes aux yeux.

Merde, j'ai de la peine pour elle ! Je savais qu'il ne fallait pas que je m'intéresse à ses histoires. Nous, les gonzesses, on a vraiment un problème avec les émotions. Si seulement, j'avais des couilles, mes envies prendraient le dessus sur ma compassion ! OK, je vais régler son problème de cavalier, après tout j'aurais peut-être la paix si elle est occupée avec ses hormones.

D'un pas décidé, je me dirige vers la chambre de l'intello de service. Il ne ferme même pas sa porte.

C'est affligeant, on ne dirait pas que ce mec est en pleine puberté. Je réalise en entrant que je n'y avais encore jamais mis les pieds. Un pan de mur est presque entièrement recouvert de livres encadrant un bureau en bois brut parfaitement rangé. Les autres murs peints dans une étrange couleur taupe sont vides à l'exception d'une photo de famille. Dans le fond de la pièce, un miroir dissimule une porte qui doit donner sur une petite salle de bains identique à la mienne.

Il est allongé sur son plumard et lit un bouquin si gros que je n'aurais même pas pris le risque de l'ouvrir. Je toussote pour annoncer ma présence et il se redresse, visiblement surpris.

– Une cavalière pour le bal de fin d'année, ça te dit ? je demande en tentant de mettre de côté mon ton irrité.

– Euh… je n'en connais pas une qui serait intéressée, bafouille-t-il, amer, comme si je venais de me moquer de lui.

Je peux le comprendre, je ne crois pas qu'il y en ait beaucoup qui m'aurait fait confiance au lycée. Je l'examine : il est grand et un peu trop maigre, ses lunettes à la Harry Potter et ses cheveux peignés sur le côté avec une raie bien droite lui donnent un air d'intello trop coincé, mais je suis sûre qu'il pourrait être pas mal en l'arrangeant un peu. Il a de beaux yeux verts comme Élise et un visage fin et anguleux plutôt bien équilibré.

Je m'approche de lui et mon regard le déstabilise. J'attrape ses lunettes en demandant :

– Je peux ?

Il hausse les épaules comme s'il s'en moquait. Je sens qu'il se crispe, il voudrait me repousser, mais il n'ose pas. Il va falloir qu'il s'affirme, l'intello. Je les lui retire, les plie et les pose sur sa table de chevet. Lentement, j'approche ma main de ses cheveux en attendant qu'il proteste, mais il n'en fait rien, alors je les lui ébouriffe en commentant :

– Les filles adorent les coupes genre « j'ai baisé comme une bête avant de venir ».

– Tu n'as pas d'autres références, réplique-t-il, limite choqué.

Je lui souris sans répondre pour réprimer le fou rire qui menace. Ses hormones ont vraiment dû oublier la fiesta de la puberté.

Mes doigts descendent sur le col de sa chemise et je défais les trois premiers boutons. Il déglutit bruyamment comme si j'allais le foutre à poil. Je lui prends la main pour l'obliger à se lever et le plante en face de son reflet.

– Ce n'est pas mieux comme ça ? je demande, satisfaite.

Il hausse les épaules sans répondre. Il n'a pas l'air convaincu ou bien il n'y voit vraiment rien sans ses lunettes. Sans lui laisser le temps de protester, je l'attrape par le bras et le conduis dans la chambre d'amis où m'attend sagement Prude.

À son sourire, je devine qu'elle a tout compris, mais je grimace en découvrant sa tronche de gamine surdouée qui ne ferait même pas bander un obsédé comme Steve Marchal. Sans lui demander son avis, je lui défais ses nattes de petite fille et lui retire ses lunettes de coincée. C'est déjà mieux.

– Alors, vous allez au bal ensemble ? je les interroge, fière de moi.

Will allait bafouiller quelque chose quand Phil fait son apparition dans l'embrasure de la porte. Il semble ravi de nous voir tous ensemble. C'est bête, mais j'ai honte d'avoir baissé si facilement ma garde. Je remets le masque, alors qu'il dépose un chaste baiser sur ma joue et je sursaute, surprise par cette attention inhabituelle, mais il ignore ma réaction. Il salue chaleureusement l'intello qui lui rend son étreinte. Ils sont vraiment démonstratifs dans cette famille, c'est écœurant !

– Eh, t'es allé chez le coiffeur ? Ça te va bien, ajoute Phil en lui ébouriffant lui aussi les cheveux.

Je souris, fière de moi, et ma coincée se présente en lui tendant la main.

– Moi, c'est Prudence.

– Une amie ! s'enthousiasme Phil. Vous restez dîner, j'espère ?

Voilà, je le savais ! Maintenant, elle ne va plus nous lâcher. J'en ai la nausée.

Durant tout le repas, elle nous assomme avec sa vie trépidante et les histoires du lycée que je préférerais ignorer. Notre intello de service a l'air sous le charme et ses parents sont aux anges. La scène est à gerber et ce qui me dégoûte le plus, c'est que si je me retrouve dans cet environnement trop mielleux, c'est en partie de ma faute. Va falloir t'endurcir, Sandre !

Mercredi après-midi, je retourne chez moi avec la coincée. J'aurais préféré éviter le calvaire, mais si je ne m'en charge pas, elle va débouler au bal avec une robe guimauve à frou-frou immonde pour finir pleurnichant au fond de son lit.

Ça fait bizarre d'être ici. Quand je découvre la chambre de mes parents propre et bien rangée, j'aurais presque envie de tout saccager de nouveau. Je me demande s'ils vont les contacter, s'ils vont leur faire payer ce qu'ils m'ont fait. J'ignore ces pensées déstabilisantes et me faufile dans leur dressing. Il ne reste pas grand-chose entre les vêtements que j'ai esquintés et ceux que je me suis appropriés. Je sais exactement ce que je cherche : une robe fourreau bordeaux un peu trop étriquée pour que ma mère ait pu l'enfiler un jour.

Je la tends à Prudence qui grimace en la découvrant.

– Je vais me sentir toute nue là-dedans, proteste-t-elle sans conviction.

– On ne verra pas tes seins, on ne verra pas ta touffe et tu pourras te baisser sans aucun danger de dévoiler ton cul, je pense que tu ne prends aucun risque.

Elle rougit, gênée par mes grossièretés. Non, mais cette gamine a passé ses dix dernières années au couvent ? Je me demande si elle a déjà, ne serait-ce que songé à quelque chose d'indécent.

Avec Will, ils sont vraiment assortis à merveille. Ce n'est pas eux qui risquent de faire des cochonneries dans leur limousine après le bal, et pourtant

Dieu sait qu'elle est bandante dans cette tenue. Je suis sidérée. Je suis sûre que même l'intello de service va découvrir qu'il a des couilles samedi soir.

Après l'avoir convaincue de la porter, je sors la mienne de la housse qui la protège depuis un an. J'aurais dû la porter au bras d'Oliver pour mon tout premier bal, mais ça n'est jamais arrivé. Quand je pense qu'il a préféré y aller avec ma meilleure amie, le salaud !

J'ai dû prendre quelques formes depuis, mais elle n'en sera que plus sexy et je veux être sexy. Je veux que Josh regrette amèrement ce qu'il m'a fait, je veux qu'il sache que je n'ai rien à envier à Marcy.

Dans le grand miroir de ma chambre, je m'observe avec le fin tissu posé devant moi. C'est un dos nu ivoire avec une large ceinture en cuir marron qui me donne des airs de Cléopâtre. J'étais folle de cette robe à l'époque, un peu moins maintenant, mais je ne veux pas en porter d'autres. Cette tenue est faite pour mettre les enfoirés comme Oliver, Steve et même Josh, à genoux.

– Waouh ! Tu vas être magnifique, s'enthousiasme Prude. Steve va te manger dans la main.

Je la fusille du regard et elle ajoute, croyant bien faire :

– Enfin, plutôt Josh !

Cette cruche n'a rien compris !

Non, pire, elle a trop bien compris !

Cette nuit, je me suis réveillée en nage, je crois avoir hurlé, mais j'ai dû le rêver parce que je suis sûre que sinon Phil aurait débarqué. Je n'arrive pas à me sortir de la tête cette pièce immense, semblable à un tribunal de films policiers, remplie des connards du lycée et des coincés du coin. Ils riaient tous quand la sentence est tombée. « Elle est folle, hurlait un inconnu en tapant sur un imposant bureau. Enfermez-la. » Je me suis débattue, mais on me maintenait fermement par les bras. Deux hommes m'entraînaient vers une cage ridiculement petite et mes parents sont apparus pour confirmer ma folie dévastatrice. Je me suis réveillée en sursaut et j'ai ouvert les yeux sur la pièce dans laquelle je me trouvais. C'est débile, je sais, mais tout ce bleu a aussi des allures de prison et je me suis enfuie sans réfléchir, m'enfermant des heures dans mon ancien garage pour frapper jusqu'à l'épuisement.

Lorsque j'ai ouvert les yeux, Élise m'observait, assise sur le bord de mon lit, dans ma chambre entièrement blanche. Je croyais qu'elle allait s'énerver, mais elle s'est contentée de sourire.

– Tu appréhendes le rendez-vous avec la psychologue ?

– Rien à foutre de cette connasse, je dis en sortant du lit.

– J'espère que tu éviteras ce genre de grossièretés devant elle.

Je ne réponds pas. Ai-je l'air stupide ? Elle pense vraiment que je pourrais prendre le risque de merder avec l'un de ces hypocrites de toubib.

Je me dirige vers le dressing quand Élise m'indique les vêtements qu'elle a apportés pour moi, soigneusement posés sur le lit. Bien sûr, elle a pensé à tout.

– Philip aurait aimé venir te chercher, mais il risquait d'être en retard. Tu sais que ça lui fait du mal chaque fois que tu disparais.

Je détaille ma tenue de petite fille parfaite : un jean vert pastel, un tee-shirt beige avec une femme élégante imprimée sur le devant et des ballerines pour compléter la panoplie. Elle n'aurait pas pu trouver mieux pour convaincre une psy de merde que je n'éprouve aucun sentiment de rébellion.

– Je suppose que tu ne le feras pas, mais tu devrais t'excuser auprès de Philip pour être partie en douce, insiste-t-elle, alors que j'enfile ce slim ridicule.

Je ne réponds pas et entreprends de retirer la vieille chemise que j'avais enfilée pour dormir.

– Pourquoi aimes-tu tant porter ces vêtements d'homme ? me demande-t-elle, en se tournant vers la fenêtre pour ne pas me voir à poil.

– Je ne sais pas… pour me sentir plus proche de mon père, enfin le mari de ma mère.

Je n'en reviens pas d'avoir dit ça et Élise semble aussi surprise que moi. Elle n'insiste pas, et j'apprécie.

Une demi-heure plus tard, je me retrouve face à une petite bonne femme aux airs de gamine, si on oublie les rides sur son front et autour de ses yeux. Elle parle d'une voix douce, qu'elle accentue délibérément comme si elle s'adressait à une traumatisée de la vie. Son bureau, cosy et surchargé, est kitch à souhait et je finis étalée dans un horrible fauteuil fleuri, à lui raconter mes problèmes. Enfin presque !

– Sandre, qu'avez-vous ressenti quand vos parents vous ont laissée seule ?

Je sens qu'elle va vraiment me gonfler, la psy. Je n'ai pas envie de répondre, mais je sais que si je ne me plie pas à l'exercice, je devrai la revoir jusqu'à ce qu'ils me jugent en état de poursuivre ma vie sans assistance. Franchement, est-ce que j'ai eu l'air de ne pas gérer ces derniers mois ? C'est n'importe quoi ! Comme si j'en avais besoin. J'inspire un bon coup en tentant de remettre mes idées en place.

– Je n'ai pas compris, je pensais que ce n'était que passager.

– En avez-vous parlé autour de vous à ce moment-là ?

– Oui.

– On vous a aidée ?

– Non.

– Pourquoi ?

– Je n'en ai pas parlé aux bonnes personnes.

– À qui en avez-vous parlé, au juste ?

– À ma meilleure amie et à mon… (je n'ai pas envie de le dire, je ne veux pas qu'elle insiste sur le sujet, mais je le fais quand même, parce que je sais que je n'ai pas le choix) petit copain.

– Et vous n'en avez discuté avec aucun adulte ?

– Mes parents avaient très peu de fréquentations et ils n'ont pas de famille.

– Alors, qu'avez-vous fait ?

– Je me suis débrouillée. J'ai fait ce qu'il fallait pour ne pas être remarquée par les services sociaux.

– Pourquoi ?

– Je ne voulais pas être placée.

– Ne pensez-vous pas que la vie aurait pu être plus simple avec des personnes pour veiller sur vous et vous soutenir au quotidien ?

N'importe quoi ! Putain, elle me soûle !

– Je m'en sortais déjà très bien toute seule.

– Avez-vous des amis aujourd'hui ?

– Je ne sais pas si je peux les considérer comme tels.

– Vous avez peur de faire confiance à nouveau.

– Oui.

– Et aujourd'hui comment vous sentez-vous chez monsieur et madame Donnell ?

– Bien.

– Vous vous sentez à votre place ?

– Oui (Je mens).

– Vous vous entendez bien avec leur fils ?

– Il ne ferait pas de mal à une mouche, on ne peut que bien s'entendre avec lui.

Et elle enchaîne les questions, toujours sur le même ton écœurant. Parfois, elle se tait comme si elle s'attendait à ce que je dise quelque chose. Quand elle a enfin terminé, son calepin n'a plus un seul espace vierge pour griffonner quoi que ce soit. Elle en a tellement écrit que je stresse. C'est sûr, elle va dire que je suis folle et, lundi, je vais finir à l'asile. Elle joue les gentilles, mais je suis sûre qu'en réalité c'est une vraie garce.

CHAPITRE 37

Josh

Ma vie a presque retrouvé sa normalité depuis que Sandre a déserté le lycée, depuis que je sais qu'elle m'a manipulé. J'ignore la douleur qui me laboure l'estomac à chaque instant depuis, je déteste savoir que ça puisse être douloureux. J'ai perdu quelque chose qu'en réalité je n'ai jamais possédé et ça me rend fou de rage. Oui, c'est uniquement ça qui me rend malade !

J'ai débarqué chez Marcy le mardi soir avec un discours interminable sur mon incroyable stupidité. Je voulais faire les choses bien, elle le mérite tellement. Mais avant même que je ne dise un mot, elle m'avait déjà sauté au cou en m'embrassant si tendrement que j'en ai renoncé à m'expliquer.

Pourtant, nous aurions dû éclaircir la situation. Marcy ne doit pas considérer que la trahison est un passage obligé dans une relation, mais elle évite le sujet, alors je n'insiste pas. Parce que j'aime Marcy, je n'aime qu'elle, mon désir pour Sandre ne signifie rien à côté. Je me suis juste laissé emporter par des sensations un peu trop intenses et surtout inconnues. J'ai vraiment de la chance d'avoir Marcy, c'est une fille exceptionnelle.

Depuis, nous avons repris nos petites habitudes. Nos balades dans le parc après les cours, et parfois elle vient chez moi ou elle me traîne chez elle. Ses parents n'ont pas eu l'air de savoir ce qui se murmure dans mon dos et j'avoue que j'en suis soulagé.

Maintenant, Marcy prend aussi les devants même si je vois bien qu'elle doute encore. Ses mains parcourent ma peau, se glissent sous mes vêtements et je suis au paradis. Enfin, je voudrais bien ! Pourtant, j'aime sentir ses doigts sur mon corps. Je serais le plus heureux des mecs si Sandre ne venait pas gâcher tous ces bons moments.

Pourquoi faut-il qu'elle continue de s'immiscer dans ma vie ? Et pourquoi a-t-il fallu que je me laisse avoir si facilement ? Je ne devrais plus penser à elle, mais il faut toujours qu'elle se pointe au moment où je m'y attends le moins.

À cet instant, par exemple. Marcy et moi sommes allongés sur mon lit côte à côte, je laisse mes doigts s'aventurer sur ses hanches, remonter délicatement sa jupe et elle me sourit comme si elle appréciait. C'est une première. Et ses mains me répondent, ça aussi c'est nouveau. Ce soudain revirement me surprend, comme si elle avait besoin de prendre ses marques sur mon corps, d'effacer les souvenirs de Sandre. Je me penche pour l'embrasser, mais ce n'est plus Marcy…

C'est Sandre qui se jette sur moi, qui plaque ses lèvres aux miennes en me chevauchant. Ce sont ses doigts qui descendent le long de mon ventre à la recherche de mon sexe qui se dresse pour elle. C'est encore elle qui se frotte contre moi avec une telle ferveur que je suis déjà au bord de l'orgasme…

Je m'écarte vivement en émettant un grognement sonore et Marcy me dévisage comme si je venais de proférer une insulte. Comment peut-on être en manque de quelqu'un à ce point ? De quelqu'un qu'on déteste !

– Josh chéri, souffle Marcy d'une voix presque inaudible, si je te laisse faire, c'est que je le désire aussi.

Ça fait tellement longtemps que j'attends ce moment et je suis à deux doigts de tout gâcher. Si elle savait que je pense encore à Sandre, que je rêve d'elle toutes les nuits. Si elle savait que je suis même incapable de fermer la fenêtre de ma chambre tant j'espère qu'elle me rejoigne, qu'elle me susurre des mots tendres en m'avouant que tout ce qu'elle a pu dire à Steve était juste destiné à se sortir du pétrin dans lequel elle s'est mise. Mais je dois l'oublier, je dois l'oublier, et vite.

Marcy est sublime, parfaite. Je détaille sa bouche pulpeuse que je passerais des heures à déguster, ses yeux si bleus dans lesquels je pourrais me noyer et tout son corps qui m'appelle. Et pour ajouter à la perfection, la question qu'elle me souffle est celle que j'attends depuis des mois :

– Tu pourrais réserver une chambre pour le bal ?

Mon Dieu, où est passée la Marcy prête à rentrer dans les ordres ? Je n'en reviens pas qu'elle ait dit ça ! Je devrais être aux anges, pourtant je ne peux m'empêcher de douter.

– Tu es sûre ? Je ne voudrais pas te brusquer, nous avons tout notre temps. Je ne ferai pas deux fois…

Elle pose un doigt sur ma bouche pour me contraindre au silence.

– Je ne veux plus rien entre nous, je veux être toute à toi.

Elle semble si sûre d'elle, si déterminée. C'est exactement ce que j'avais besoin d'entendre et pourtant, ça ne me fait pas l'effet escompté. J'aimerais être fou de joie et convaincu que ça sera le plus beau jour de ma vie. Il le faut !

Elle doit me faire oublier Sandre, sa peau, ses seins, sa façon de se déhancher sous moi et ce désir incohérent qui me consume. Je ne veux plus jamais avoir envie d'une autre que Marcy, et surtout pas de cette salope qui s'est moquée de moi.

CHAPITRE 38

Sandre

Samedi matin, Élise me conduit chez l'esthéticienne. Elle a l'air ravie de cette nouvelle sortie entre filles, mais moi, pas du tout. Franchement, si j'avais su à quoi m'attendre, je me serais enfermée dans la chambre d'amis et j'aurais tenté la crise d'hystérie irrationnelle, histoire de la faire renoncer. Je me retrouve à moitié nue avec une bonne femme qui s'acharne pour me retirer le moindre poil, pendant qu'une autre me pose des horreurs puantes sur la figure.

Une heure plus tard, on passe aux finitions. Je suis immobilisée dans un fauteuil, la chasseuse de poils me fait les ongles et sa copine continue de me tartiner la tronche. À choisir entre la psy et l'esthéticienne, je crois que je préfère la psy, et de loin. Bon au final, je dois bien admettre que le résultat est plutôt pas mal, mais tout ça pour ça ! Ça ne valait vraiment pas le coup de subir toutes ces tortures.

Après une pause déjeuner ultra-light, c'est reparti pour une séance calvaire chez le coiffeur. Un mec nommé Tony, hyper-efféminé avec sa panoplie total noir et argenté décide que ma chevelure est terne et a besoin d'un peu de couleur. Cinq minutes plus tard, son assistante me tartine le crâne d'un produit infect, qui gratte, pue, brûle et qu'il faut laisser poser une éternité. Et pour couronner le tout, elle ne cesse de jacasser. Après des heures d'attente, une demi-douzaine de shampoings, une séance transpiration sous un truc chauffant, un brushing et pour finir de grosses boucles lâches, je ressors avec une espèce de chignon négligé que j'aurais pu faire en cinq minutes.

Quand on rentre enfin chez les Donnell, je suis d'une humeur massacrante. Élise a testé les limites de ma patience et là je n'y tiens plus, si j'ouvre la bouche il ne pourra plus en sortir que des insanités.

– Tu es magnifique, hasarde Phil, alors que je me sers un verre d'eau dans la cuisine.

Je le foudroie d'un regard noir comme s'il venait de m'insulter et me précipite dans la chambre d'amis avant de faire un carnage. Je m'apprête à fermer la porte en me retenant de la claquer quand j'entends Élise souffler, un peu déçue ou déstabilisée :

– Je crois qu'elle n'a pas aimé se faire dorloter.

Non, mais elle imaginait vraiment que j'allais apprécier ? J'ai l'air d'être du genre à me pomponner comme une poupée ?

Je m'étale sur le lit en ignorant les dégâts que je pourrais causer à ma coiffure. Il est six heures, il me reste une heure pour enfiler ma robe et surtout me calmer. Je n'ai pas envie de passer ma soirée avec Steve l'obsédé. Je me demande s'il va tenter quelque chose. Sûrement pas, sachant que sa mère s'est portée volontaire pour faire partie des chaperons. Je pense qu'il a dû ramasser quand elle a su la manière dont il traitait les filles. Enfin, j'espère.

Je suis toujours en train de fixer le plafond blanc quand Élise frappe à la porte, hésitante.

– Tu veux que je t'aide à te préparer ?

Ça ne leur est pas venu à l'esprit dans cette famille que j'aimerais juste avoir la paix ? J'ai passé un an sans personne pour s'occuper de moi et j'ai survécu, je devrais pouvoir enfiler une robe toute seule comme une grande.

– Non, merci, je crie sur un ton irrité.

Dix minutes avant l'heure fatidique, je me glisse dans ma tenue de Cléopâtre et quitte la pièce sans prendre la peine de vérifier le résultat. La famille Donnell s'est rassemblée dans le salon. Will est super-classe en costume gris sombre et chemise bordeaux parfaitement coupés. Sa mère a dû lui acheter des lentilles, car il ne porte plus ses lunettes et il a opté pour la coiffure négligée « d'après baise ». Il est méconnaissable.

J'aurais préféré qu'ils m'ignorent encore quelques instants, mais mes talons résonnent sur le carrelage. Ils cessent de parler quand ils m'aperçoivent et me fixent, la bouche grande ouverte. Leur réaction me fait paniquer. Personne ne m'a jamais vue comme ça au lycée. J'appréhende qu'ils me dévisagent tous avec cet air débile profond de celui qui n'a jamais croisé une gonzesse de sa vie.

Pourquoi ai-je voulu m'habiller comme ça déjà ? La vengeance me semble soudain tellement ridicule.

– C'est trop osé ? je bafouille, déstabilisée.

– Non, non, tu es juste… sublime, s'empresse de répondre Élise en s'approchant de moi pour me serrer contre elle.

Je sursaute. J'avais oublié cette fâcheuse manie qu'ils ont de se câliner à tout bout de champ.

– Mon Dieu, tu es une femme et je n'ai même pas eu l'opportunité de te regarder grandir, ajoute Phil en retenant des larmes qui menacent.

Et il m'étreint à son tour. Et vas-y que je te rajoute du mélodrame ! Ils me gonflent avec leur affection. Ils m'apprécient déjà, alors qu'ils ne me connaissent pas et, comme une conne, je les laisse faire.

Après une séance photo interminable : moi toute seule, moi et Will, avec Élise, avec Phil, avec Phil et Élise, Will tout seul, Will et sa mère, Will et Phil… la coincée débarque et met un terme au calvaire. Elle est à couper le souffle. Elle aussi a dû subir la torture de l'esthéticienne et la coiffeuse. Will la contemple bouche bée et ses joues s'assortissent à la robe. Elle est encore plus coincée dans cette tenue ou bien ça paraît juste pire parce qu'elle n'en a plus l'air ? Elle bafouille un bonjour. L'intello de service aussi. Ils essaient de communiquer, mais rien ne sort correctement. Will est tellement nerveux qu'il met des plombes à lui glisser dans la main la rose rouge qu'il a achetée pour l'occasion.

C'est tellement pathétique que je suis presque soulagée quand Steve arrive enfin. Ce salaud a mis le paquet. Il a moulé son corps massif dans un costume trois-pièces entièrement noir et dompté ses boucles blondes pour être certain qu'aucune gonzesse ne rate ses splendides yeux émeraude. Et ce regard de tombeur me scrute comme si j'étais un gâteau dans une vitrine. Il finit par bredouiller d'un air stupide :

– Waouh ! Tu es… waouh.

Il en baverait presque, l'obsédé, et une fois de plus, je regrette d'avoir eu l'idée de porter cette robe ridicule.

Phil ressort l'appareil et nous devons poser à nouveau. Je suis incapable de sourire, j'ai des envies de meurtre, alors que Steve me tient fermement par la taille. Il a peur que je m'enfuie ou il veut tâter la marchandise, le porc ? Je suis à deux doigts de renoncer. Après tout ce qu'il a dû raconter sur moi, sur nous et sur je ne sais quoi d'autre. Tout le monde va nous épier comme des rats de laboratoire qui participent à une expérience débile.

Steve m'a apporté un lys, mais je l'agrafe moi-même, je préfère qu'il ne me touche plus.

Phil l'entraîne à l'écart avant de nous laisser partir. Je sais qu'il est en train de se la jouer père protecteur. J'aimerais lui dire que je pense que ses couilles ont déjà retenu la leçon, mais je suis sûre qu'il n'aurait pas pu s'en empêcher.

L'intello a loué une limousine blanche et Prude est aux anges. J'espère qu'elle va se décoincer, sinon leur soirée va être mortelle. Enfin, de toute façon, ils ne pourront pas faire pire que moi. L'obsédé, lui a emprunté la BMW de sa mère. Il m'ouvre la portière passager et je me glisse à l'intérieur. Je ne savais pas qu'il pouvait se la jouer gentleman. En même temps, pour s'être farci autant de gonzesses, il doit savoir y faire un minimum. Il fait démarrer la voiture et fixe la route avec un sourire satisfait qui me fait frémir. Cet enfoiré a une idée derrière la tête.

– Si j'avais su que tu étais aussi canon, je me serais intéressé à toi bien plus tôt.

J'ai terriblement envie de lui balancer à la tronche toutes les horreurs qu'il mérite d'entendre, mais je me retiens, je ne suis pas certaine d'être capable de m'arrêter. Calme-toi, Sandre ! Juste une soirée, et je ne le laisserai plus jamais m'approcher. Quand les autres verront à quel point je m'en fous, les ragots cesseront d'eux-mêmes et j'éviterai les problèmes que je risque de provoquer si je laisse parler ma colère.

– Je n'ai pas vraiment eu le choix et toi non plus, je lui rappelle en le dévisageant.

Ses yeux verts me détaillent, malicieux, son sourire charmeur essaie de m'amadouer. Ce mec a quelque chose qu'un connard comme lui ne devrait jamais avoir. Et comme en écho à mes pensées, il ajoute :

– Je suis sûr qu'au fond je te plais.

– Et je suis sûre qu'au fond, tu as encore envie que je te broie les couilles.

Ma réplique fige son sourire quelques brèves secondes et il retrouve l'air sûr de lui qui a le don de m'irriter.

CHAPITRE 39

Josh

Je suis bouche bée quand je découvre Marcy en haut des escaliers tournants qui conduisent à sa chambre. Marcy a une immense mezzanine qui lui est réservée, un truc impressionnant que n'importe quel jeune rêverait d'avoir. Cet après-midi, j'ai passé le temps en l'imaginant se préparer dans cette imposante pièce un peu trop fille à mon goût. J'aurais aimé pouvoir assister au spectacle. La regarder enfiler des dessous sexy, se maquiller, se coiffer, avec rien d'autre sur elle. Je ne l'admettrai jamais, mais c'était surtout pour ne pas penser à Steve qui va débouler avec Sandre. Dès que la vision de Marcy s'estompait, mon esprit tentait de la visualiser, elle. J'ai beau essayer, je ne parviens pas à la voir autrement que complètement nue. Je suis persuadé qu'elle ne viendra pas, que Steve nous a menés en bateau. Non, c'est pire, je prie pour qu'elle ne se montre pas, qu'elle prouve qu'il a tort. Ce que nous avons vécu vaut plus que ça !

Je reprends ma respiration quand Marcy stoppe à mi-chemin pour dégager sa robe gris bleuté de ses chaussures à talons. Elle n'a jamais été moins sexy que ce soir. Ce truc immonde la boudine de partout et sa robe est tellement imposante que j'ai du mal à atteindre sa joue. Sa mère lui aurait mis une ceinture de chasteté que ça n'aurait pas été pire et son regard plein de fierté me donne des haut-le-cœur.

Pourquoi la mère Shepard s'est embêtée à me faire la morale avant que sa fille ne débarque ? Aucun risque dans cette tenue. Je souhaiterais la déshabiller que je ne serais même pas certain d'y parvenir.

– Tu es… Tu es splendide Marcy, je bafouille, alors que je suis effondré.

J'aurais tant voulu passer ma soirée à la contempler, à la désirer, avant de l'entraîner dans la chambre que je nous ai réservée. J'aimerais ne plus douter, nous avons besoin de nous trouver. Et les moqueries de Rita reviennent me narguer :

« Pourquoi tu boudes, Joshy chéri ? Tu devrais être surexcité, ce soir c'est ton soir. »

Je n'aurais jamais dû lui en parler.

« Tout le monde n'est pas aussi démonstratif que toi.

– Ouais enfin, si tu n'es pas plus enthousiaste ce soir, elle risque d'être déçue, ta copine.

– Tu ne m'aides pas !

– Oh, pauvre Joshy, tu veux un conseil, c'est ça ? Si tu n'es pas sûr de toi, sois sûr que tu vas le regretter.

– Tes conseils sont toujours aussi nuls.

– Mais il serait peut-être temps que tu te réveilles, tu n'as pas choisi la bonne, mon cœur. »

Je n'aurais jamais dû passer la voir juste avant de récupérer Marcy, maintenant j'ai des doutes.

Et en plus, c'est un calvaire de l'aider à monter dans la Mustang et quand je m'apprête à m'installer au volant, ses frous-frous envahissent déjà le siège conducteur.

– Tu aurais pu louer une limousine, grogne Marcy.

Comment lui dire que la chambre d'hôtel m'a coûté un max… et dire qu'elle ne servira peut-être même pas. Je voulais faire les choses bien, avant de découvrir l'horreur qu'en plus elle a dû choisir avec soin. C'est certainement un rêve de petite fille qu'elle réalise ce soir, mais je suis franchement déçu de m'en sentir exclu. Et je me déteste de souhaiter faire marche arrière. Il faut être honnête, je n'ai plus envie d'aller jusqu'au bout, maintenant que je me retrouve assis à côté de cette énorme meringue.

L'extraction est encore pire. J'ai failli demander de l'aide pour venir à bout de cette profusion de satin et, au final, Marcy est d'une humeur massacrante. Elle m'en veut tellement qu'elle ignore le décor scintillant qui a transformé le gymnase et file direct dans le coin des filles. Je vais sûrement passer un sale quart d'heure, mais je m'en fous, le mal est fait. Ce soir, ça ne sera pas notre soir. Je n'ai jamais vu Marcy aussi peu désirable. Si je l'avais rencontrée à cette soirée, je n'aurais même pas levé les yeux sur elle.

Mes pensées me font culpabiliser ! C'est la femme de ma vie et aucune tenue ne changera ça. Mais plutôt que de me convaincre de me comporter en gentleman, je vais me servir un verre d'un truc rouge trop mielleux et pas alcoolisé du tout, puis je rejoins les gars de l'équipe. Je suis en train de discuter avec Boby de notre prochain match quand un silence surréaliste s'installe.

Steve vient de faire son apparition, enlaçant tendrement une Sandre que je ne reconnais pas. Elle est là et elle n'est pas juste belle, juste sexy, elle est beaucoup plus. Une sublime robe ivoire moule son corps de rêve, dévoilant ses épaules fines, son dos cambré et son décolleté à tomber. Je sens mon cœur et mon entrejambe s'affoler comme s'ils avaient déjà oublié ce qu'elle m'a fait.

Elle a vraiment choisi de s'exhiber ainsi pour Steve ? Où est passée la fille qui ne voulait surtout pas qu'on la voie, surtout pas faire partie du monde ? J'hésite entre embarquer Marcy et fuir le plus loin possible d'ici ou plaquer Sandre dans un coin pour avoir des explications. J'ai besoin de comprendre ce que j'ai raté, sinon je vais disjoncter.

Je jette un œil en direction de Marcy qui n'a rien vu de la scène.

CHAPITRE 40

Sandre

Je pensais me la jouer distante, inaccessible, mais Steve ne m'a pas vraiment laissé le choix. Il me maintient fermement par la taille en roulant des mécaniques. J'ai tenté de retirer sa main de ma hanche et cet enfoiré en a profité pour la garder dans la sienne. Il se penche vers moi et sa bouche vient se coller à mon oreille.

– Josh te mangera dans la main si tu joues le jeu, susurre-t-il, à peine audible.

– Je n'ai jamais dit que je le voulais, je réplique à mi-voix pour éviter que les curieux ne nous entendent.

– L'ennui, c'est que ça se voit, chérie !

Je le dévisage, alors qu'il m'enlace à nouveau. Non, il délire, il se trompe, il cherche juste à me manipuler ?

Je suffoque, alors que tous les regards sont braqués sur moi. Comme entrée, j'aurais préféré plus discret ! J'ai l'impression que tout le monde s'est figé pour nous observer. Soudain, je suis aussi mal à l'aise que la coincée dans sa robe fourreau.

Steve, lui, jubile comme si j'étais un trophée qu'il brandissait fièrement. Je tente d'ignorer tous ces yeux qui me déshabillent littéralement. Pourquoi je n'ai pas choisi un costume de mon père ? L'obsédé aurait moins fait le malin !

Je me sens ridicule, mais je sais exactement pourquoi je suis ici et attifée de la sorte. Je veux que Josh regrette ce qu'il m'a fait, je veux qu'il bave en découvrant ce qu'il a perdu. Et quand je croise ses beaux yeux assombris par la stupeur, je sais déjà que j'ai gagné.

Je m'attends à devoir subir la torture de toute l'équipe de rugby parlant technique, plaquage et autres sports, mais Steve les ignore en m'entraînant vers le buffet.

– Tu t'es aussi fâché avec tes potes ? je hasarde, en me repassant mentalement cet instant mémorable où toutes les cruches du lycée ont réalisé le salaud qui se cachait derrière ce sourire angélique.

– Tu rigoles ! Ils me vénèrent comme un dieu, réplique-t-il en me lançant un de ces regards de séducteur qui doit faire tomber toutes les godiches du lycée comme des mouches.

Il ne m'a toujours pas lâchée, comme s'il pensait que je voulais m'enfuir. Ce connard va vraiment me coller toute la soirée ? Il me choisit un cocktail et me le tend, en plongeant ses yeux émeraude dans mon décolleté. Sa main glisse sur la cambrure de mes reins, alors qu'il se penche sur moi comme pour me révéler un terrible secret. Ce tordu croit vraiment me faire de l'effet. Si je frémis à son contact, ce n'est que de dégoût.

– Si ça ne t'ennuie pas, je vais aller leur dire bonjour, me susurre-t-il à l'oreille comme s'il s'agissait d'une proposition indécente.

– Mais je t'en prie, ça me fera des vacances.

Il s'éloigne sans lâcher son sourire salace qui me donne envie de le gifler. Quel connard ! Je suis sûre qu'il va encore rouler des mécaniques en racontant des horreurs à mon sujet. Quand tous ces bureaucrates de merde m'auront foutu la paix, je lui réglerai son compte à cette enflure.

Je me détourne de lui pour tenter d'oublier la colère qui monte et j'observe les imbéciles heureux qui s'amusent dans la pénombre des jeux de lumière. Je ne suis pas du genre strass et paillettes, mais je dois bien admettre que le gymnase est méconnaissable avec ses grands drapés sombres recouverts de guirlandes scintillantes et ses boules à facettes qui réfléchissent les spots de l'orchestre. Le résultat est bluffant.

Je sursaute en découvrant Prude qui sautille à côté de moi, toute joyeuse.

– C'est vraiment dommage que Steve n'ait pas loué de limousine. C'était trop bien ! Le chauffeur a fait un détour par le parc… et si tu avais vu le minibar, il y avait même des alcools dont je n'ai jamais entendu parler. On n'y a pas touché bien sûr, se reprend-elle aussitôt.

Moi qui croyais qu'elle serait trop occupée avec l'intello pour me gonfler. Même pas ! Il faut toujours qu'elle vienne me soûler avec des âneries dont tout le monde se fout.

– Tu n'es pas censé l'inviter à danser ? je demande à Will en priant pour qu'il saisisse.

Il lui tend la main et elle la prend en rougissant. Mon Dieu, ils sont mal barrés !

– Je reviens tout de suite ! s'écrie la coincée en se dandinant jusqu'à la piste. Hors de question de te laisser toute seule.

Quand comprendra-t-elle enfin que j'aime être seule ? Au milieu de la foule, Will et Prude auraient presque l'air moins guindés et elle me sourit alors que l'intello pose ses mains sur ses hanches. Je me retourne en espérant qu'elle m'oublie un peu. On chuchote dans mon dos : « Il paraît que la famille Donnell l'a accueillie car ses parents sont de nouveau en prison », « Tu crois qu'elle est vraiment folle de Steve ? », « Cette gonzesse est trop bizarre », mais je fais mine de l'ignorer.

Je hasarde un œil vers les branchés. Je découvre Marcy dans une robe impressionnante, en grande conversation avec des godiches de son genre. Elles ont l'air d'énormes desserts que personne ne voudrait goûter tant l'aspect est écœurant. Un peu plus loin, Steve semble s'éclater avec un gars de l'équipe de natation dont je ne me rappelle plus le prénom. Je suis plutôt ravie qu'il m'ait oubliée un peu, même si je m'ennuie royalement.

Je m'apprête à me servir un deuxième verre de cet immonde truc rouge lorsqu'une main m'attrape par la taille et me pousse derrière les grands rideaux en velours marine qui ont été tendus pour dissimuler les vestiaires. Un bras me plaque contre le mur et je suis à deux doigts de hurler, quand je découvre enfin mon agresseur.

Josh ! Son visage est tout proche du mien, ses yeux me lancent des éclairs contrariés. C'est quoi, cette nouvelle manie de m'immobiliser dans des recoins mal éclairés, sans me demander mon avis ?

– Alors comme ça, tu as fait tout ça pour être avec lui ?

Mais quel crétin ! Il avait besoin de baiser et je l'ai fait pour lui. Il a voulu se débarrasser de moi de la pire des façons qui soit, alors qu'il aurait simplement pu dire « Allez, c'était cool, mais on en reste là ». Et maintenant, ce gland se la joue blessé dans son amour-propre. Pourtant, il n'y a jamais rien eu entre nous.

– Et qu'est-ce que ça peut bien te foutre ? J'étais juste un passe-temps en attendant que ta coincée se décide.

Son visage s'écarte du mien. Il a l'air sonné comme s'il venait de se prendre une bonne droite et qu'il avait oublié où il se trouvait. Son souffle est court et chaud contre mon front, sa chemise se soulève rapidement et sa cravate le gêne pour respirer. Mon regard se perd dans ses iris azur qui semblent me supplier de mettre fin à ce calvaire, et je réalise à quel point il m'a manqué. Je me sentais moins seule quand il était avec moi. Je veux ses bras massifs autour de mon corps, je veux que sa chaleur apaise toutes les tortures de ces derniers jours. Et comme un écho à mon désir, il me presse contre le mur froid et colle ses lèvres aux miennes. Il étouffe un gémissement en glissant sa main sous ma robe fendue sur le côté.

– Je suis sûr qu'il ne te fait pas cet effet-là, souffle-t-il sans lâcher ma bouche.

Je suis faible, mais à cet instant, je ne veux rien d'autre que lui et je me moque qu'il ne soit pas à moi et qu'il m'ait trahie. Je glisse mes mains sous sa veste et sors sa chemise de son pantalon pour retrouver sa peau brûlante. Il me soulève du sol et je sens son désir se frotter contre le mien, alors que je m'enroule autour de lui. Comme j'ai envie de lui !

Ses doigts se faufilent sous ma minuscule culotte en dentelle, alors que les miens dégrafent son pantalon. Je sais que c'est insensé, qu'on pourrait nous surprendre, mais je m'en moque. Ça fait tellement longtemps que je ne l'ai pas senti en moi que mon corps tremble comme un drogué qui n'a pas eu sa dose. Je libère enfin sa queue qui m'appelle, quand il me repose sans ménagement et s'écarte en suffoquant et en grognant :

– Bon sang ! Bor… ! Merde !

Il me dévisage comme si j'étais le diable en personne, comme si c'était moi qui avais osé venir le chercher.

– On dirait que tu as de nouveau les bourses pleines et que tu as du mal à réfléchir, je raille en réajustant ma robe.

Enfoiré, gros obsédé, assume un peu, nom de Dieu ! J'ai envie de lui envoyer un bon coup bien placé, mais je me retiens. Ce gars est un salaud de la pire espèce et je ne m'explique toujours pas ce que j'ai pu lui trouver. Je parviens à voir la bêtise chez Steve, alors pourquoi pas chez Josh ?

Je rejoins la foule trop joyeuse sans me retourner. J'ai peur de découvrir l'état dans lequel je l'ai abandonné. J'ai peur de croiser ce regard de traumatisé, comme si j'étais responsable de tous ses tourments. Je ne sais plus où j'en suis, je n'arrive pas à décortiquer ce qui vient de se passer. J'ai envie de fuir et vite, mais je me retrouve nez à nez avec Steve.

– Sandre ! Je te cherchais, m'annonce-t-il en me prenant par la main pour m'entraîner vers la piste de danse.

Comme si j'avais besoin d'un emmerdeur de plus !

Il voit bien que je n'ai aucune envie de coopérer, mais il s'en fout. Il attrape mes doigts et les fait glisser sur ses épaules avant de mettre les siens sur ma taille. Il a sorti le grand jeu, regard mielleux et sourire charmeur, je suis déjà écœurée. S'il croit encore avoir une chance avec moi…

– Touche à mon cul et je t'enfonce mon talon dans le pied, je le préviens, incapable de retrouver mon calme.

– Tu ne risques rien, ma mère nous surveille, précise-t-il, en indiquant le fond de la pièce où une magnifique blonde en tailleur classe nous observe avec un sourire ravi.

Un peu plus loin, le proviseur bave en la contemplant.

C'est à cet instant que j'aperçois Josh et Marcy à quelques mètres de nous. Elle a le visage dans son cou mais Josh garde les mâchoires crispées et les yeux dans le vague.

– Si tu m'embrasses, je suis sûr que Josh en sera fou de rage.

Ahurie, je reporte mon attention sur Steve. Il ne perd vraiment pas le nord. Je le dévisage en tentant de deviner ce qu'il y gagnerait. Je suis son regard qui contemple le couple star du lycée dansant collé serré, enfin autant qu'ils peuvent, vu la largeur de la meringue de Marcy. Josh a réajusté son costume et remplacé son air de petit garçon perdu par une expression indéchiffrable, et je frémis en croisant ses yeux qui ont viré au ciel de tempête.

– J'ai l'air débile ? je lui demande, alors que les deux émeraudes ont à nouveau plongé dans mon décolleté.

– Et moi ? Tu crois que je suis stupide ? réplique-t-il, presque amusé. J'ai bien vu comme tu le regardes et comme il te regarde. Si tu pouvais l'avoir, je pourrais avoir Marcy.

C'est à mon tour de me moquer.

– Tu veux Marcy ? La bimbo avec un balai dans le cul et une ceinture de chasteté ? Tu risques d'être déçu.

– Je suis sûr qu'elle ne demande que ça, mais Josh n'a jamais su s'y prendre.

Pour tenter de comprendre, je fixe ses yeux trop clairs de mon regard le plus noir. Il est fou d'elle ou il s'agit d'un défi ? J'ai beau essayer, je ne parviens pas à imaginer ce mec amoureux.

– Tu veux juste baiser l'imbaisable ? j'insiste sans le lâcher des yeux.

– Quelle grossièreté dans la bouche d'une si jolie jeune fille, ironise-t-il, en me caressant la lèvre inférieure du bout de son pouce. Allez, embrasse-moi !

Il colle son front au mien avec un regard suppliant. Il serait presque convaincant, mais il oublie que je n'ai jamais eu l'intention de lui faire plaisir. Je souris en ajoutant :

– Approche-toi et je te mords jusqu'au sang.

Mais au lieu d'être effrayé et de s'écarter, il sourit, provocateur.

– Je prends le risque.

Et je n'ai pas le temps de réagir que sa bouche est sur la mienne, douce, chaude, implorante. Je devrais mettre mes menaces à exécution, mais ce baiser me paralyse, me déstabilise. Il a un goût de défi, de désespoir et d'amertume, et toutes ces émotions font écho en moi. Alors, quand il glisse sa langue entre mes lèvres, je le laisse faire. Et j'aime la détermination qui s'anime dans ma bouche, il me confie ses blessures, il me révèle que lui aussi souffre de cette situation.

CHAPITRE 41

Josh

Mon entrejambe a repris ses mauvaises habitudes. Il ne supporte pas de voir Sandre et Steve se tripoter à quelques mètres de lui. Si je l'écoutais, j'irais mettre mon poing dans la figure de ce vicieux et embarquerais la garce pour me la faire sur le siège arrière de ma bagnole.

Et qu'est-ce qui m'a pris de me jeter sur elle ? Moi qui croyais que tout était redevenu comme avant, moi qui croyais que je maîtrisais enfin mes pulsions ! Il a suffi qu'elle débarque plus désirable que jamais pour que je devienne incontrôlable. Mais comme c'était bon de sentir à nouveau sa peau contre la mienne, sa bouche humide et ses seins pressés contre ma poitrine… Mon comportement est ridicule, elle me le prouve à chaque instant, mais je n'arrive pas à me convaincre que ce que nous avons vécu n'était qu'un leurre. J'ai ouvert ma boîte de Pandore pour elle, je l'ai fait pour elle, alors que j'en suis incapable avec quiconque.

Je tente d'oublier Steve qui me nargue, et plaque mon sexe encore en manque contre Marcy, mais avec tout ce satin entre nous, elle ne risque pas de s'apercevoir de quoi que ce soit. Je déteste vraiment cette robe !

– Emmène-moi, souffle-t-elle dans mon cou. J'ai besoin de t'appartenir.

Je me redresse pour l'observer. J'ai rêvé ou elle vient de dire exactement ce que j'avais besoin d'entendre ? Ses magnifiques iris trop souvent glacials ont pris une teinte étrange. Elle semble tourmentée. A-t-elle vu quelque chose, sait-elle ce que je viens de faire ? Sans répondre, je l'entraîne vers la sortie. Moi aussi, j'ai besoin d'elle. Si j'étais resté une minute de plus ici, je suis sûr que j'aurais fait quelque chose de stupide.

Une fois de plus, je me bats avec le satin pour le faire rentrer dans l'habitacle réduit de la Mustang. Je crois que j'aurais perdu patience si l'enjeu était différent. Elle va enfin me faire oublier mes fautes, je ne serai plus qu'à elle et plus rien ne se mettra entre nous. Le passé n'existe plus, seul l'avenir compte. Je me répète ces mots comme un mantra pour m'empêcher d'analyser la situation. Si j'y songe trop, je sais que je vais me rétracter. Ce n'est pas le moment de tout gâcher.

– Cette robe va finir en miettes, je grogne en repoussant l'étoffe qui m'empêche de m'installer.

Marcy sourit, mais je ne suis pas certaine qu'elle ait aimé ma plaisanterie.

J'ai loué pour elle la plus belle des suites de la ville. Je l'embrasse tendrement en ouvrant la porte de notre avenir, mais une fois de plus sa robe est un obstacle entre nous. Je dois en pousser les pans pour qu'elle puisse passer le seuil et je trébuche sur le tissu en voulant l'enlacer. Je suis à deux doigts de tout déchirer.

– Dis-moi que je peux te la retirer ? je souffle en m'écartant.

Elle hoche la tête et se retourne pour que je puisse descendre la fermeture. Elle a l'air tellement stressée que mon cœur se comprime de compassion.

Le zip glisse doucement et elle repousse les manches bouffantes, avant d'enjamber l'amas de tissu. Elle se tourne vers moi et j'admire son corps qui n'est plus recouvert que d'une fine dentelle translucide. Je réprime un grognement en m'approchant d'elle. Mon Dieu, elle est enfin désirable !

Je fais coulisser mes mains sur sa taille et les remonte le long de son dos. Mon corps, mes doigts agissent pour moi, alors que je suis incapable de pensées cohérentes. Je dégrafe son soutien-gorge en faisant courir ma bouche le long de son cou. J'atteins ses seins qui sont plus petits que je les avais imaginés.

Par habitude, j'attends un instant pour m'assurer que c'est bien ce qu'elle désire toujours. C'est encore étrange pour moi de ne pas être repoussé par ma petite amie. Je m'apprête à poursuivre la découverte de son corps plus excité que jamais, c'est l'interdit qui s'offre à moi ce soir, lorsque je réalise qu'elle ne me touche pas. Je m'écarte, refroidi.

– Tu veux que j'arrête ? je l'interroge, un peu paniqué.

– Pourquoi ? Tu veux arrêter ? souffle-t-elle avec une expression incroyablement confuse.

– Eh bien… tu n'as pas l'air d'avoir envie de continuer.

J'ai peur de la contrarier, mais je ne sais pas comment le formuler autrement.

– Je suis juste intimidée.

Je tente de déchiffrer ce que ses mots ne disent pas, mais elle a toujours été douée pour dissimuler ses émotions et je ne perçois rien. Je n'imaginais pas notre première fois comme ça. J'ai besoin qu'elle me touche, qu'elle montre qu'elle me désire.

Pour lui faciliter la tâche, je retire lentement ma veste, ma cravate, puis ma chemise. Elle a l'air d'apprécier ce qu'elle voit, alors je m'approche de nouveau. Je prends ses mains et les pose sur ma poitrine. Elle suit le sillon de mes côtes, redessine mes abdos et m'enlace en faisant glisser ses doigts le long de mon dos.

Je descends mes mains sur son joli petit cul et la plaque contre moi pour qu'elle sente l'effet qu'elle me fait. Elle se crispe et je débande instantanément. On ne va jamais y arriver !

– Tu es sûre que tu veux vraiment le faire ? j'insiste, en plongeant mes yeux dans les siens.

– Oui, j'en suis sûre. C'est juste que… montre-moi.

Sa voix tremble légèrement et elle a tellement l'air d'une petite chose fragile que je paniquerais presque. Je la prends dans mes bras et l'installe délicatement sur le lit. Je lui retire sa culotte en dentelle et admire sa toison parfaitement épilée. Je sens sa gêne, alors que je me débarrasse de mon pantalon et de mon boxer. Je me couche sur elle en ignorant son regard affolé qui détaille ma queue, plus du tout excitée. Je suis sûr qu'elle va détaler en courant lorsque je vais me remettre à bander.

J'ai l'impression que ce que je fais n'a aucun sens et pourtant je continue. Je l'embrasse tendrement et fais glisser mes lèvres le long de son cou. Elle ne réagit pas, comme si ce que je lui faisais n'avait aucun effet sur elle, mais je poursuis l'exploration de son corps. Je veux lui montrer que je peux lui donner du plaisir, qu'elle peut avoir confiance en moi. Elle se cambre quand ma bouche se met à suçoter l'un de ses seins et gémit, d'une voix presque inaudible :

– Oh… Josh… ce n'est pas bien… nous ne devrions pas…

Je fais glisser ma langue le long de sa peau si douce et quand j'arrive entre ses jambes, ses supplications redoublent. Elle prie Dieu de nous pardonner et se dandine tandis que ma langue joue avec elle. J'essaie de ne pas penser à Sandre, je ne veux pas qu'elle s'insinue entre nous. J'avais la queue en transe lorsque je jouais ainsi avec ses désirs, alors que là je ne parviens pas à sentir l'excitation.

Je n'aurais jamais imaginé que Marcy puisse se révéler aussi bavarde dans ce genre de situation, mais les mots qui sortent de sa bouche n'ont rien d'excitant.

– Mon Dieu, c'est trop bon… Je comprends pourquoi Dieu nous l'interdit, c'est le chemin pour l'enfer… Je vais aller en enfer, Josh… Mon Dieu, aie pitié de moi… Sainte-Marie mère de Dieu… continue… mmh… plus vite…

J'essaie d'oublier ses paroles qui s'échappent frénétiquement entre deux halètements. Elle est à point. Il faut que je bande et vite, sinon elle risque d'être déçue. Je m'en veux, mais j'imagine Sandre et ses petits bruits qui sortent du plus profond sa gorge, ses provocations irrésistibles, ses caresses sensuelles… J'ai retrouvé ma chambre et je sens le corps chaud de Sandre qui m'enlace, ses mains qui parcourent ma peau pour m'inciter à continuer et ses lèvres qui me susurrent des messages d'encouragement. Je plaque ma bouche contre la sienne pour que ma mère ne nous entende pas. J'adore le goût de sa langue, ses caresses provocantes, j'aime sa façon de stopper pour reprendre de plus belle. Les yeux fermés, il ne me faut pas longtemps pour me retrouver avec une trique de malade.

Je remonte jusqu'à la bouche chaude et tendre de Marcy et joue avec son entrejambe humide en glissant un doigt à l'intérieur. Elle gémit de plaisir et je crois l'entendre réciter le Notre Père en suffoquant. Josh, ne l'écoute pas, sinon tu ne pourras jamais le faire. J'attrape une capote parfumée comme celle que Sandre adore utiliser. Je pensais que Marcy apprécierait cette délicatesse, mais elle est trop concentrée sur ces nouvelles sensations tentatrices pour se préoccuper de l'odeur de cerise qui s'échappe du petit sachet. Elle est en transe comme si elle s'adonnait à un plaisir solitaire.

Une fois ma queue recouverte, je retire ma main pour qu'elle prenne sa place. Je rentre à peine et ressors, entre à peine plus et ressors encore. Je sais que ce n'est pas comme je l'espérais, mais je ne veux pas lui faire mal. J'aimerais qu'elle me touche, qu'elle cherche à provoquer mon désir. La prochaine fois sera meilleure, tous les couples ne se trouvent pas dès la première relation. Elle est sans doute trop perturbée par la situation pour penser à ce genre de détail. Je sursaute quand ses mains se plaquent enfin sur mes fesses pour me presser contre elle.

– Bon sang, mais vas-y franchement ! grogne-t-elle en m'enfonçant d'un coup en elle.

Je frémis en l'entendant jurer, elle tressaille et ouvre les yeux en grand au contact de ma queue enfoncée en elle jusqu'à la garde.

– Je t'ai fait mal ? je demande sans oser bouger.

– Euh… oui… non… continue… souffle-t-elle, sans lâcher mes fesses dans lesquelles ses ongles se sont plantés douloureusement.

Son visage est crispé, tout son corps est tendu à l'extrême, ses yeux sont clos et elle grimace comme si je lui infligeais la pire des tortures. Et tandis que j'entame un lent va-et-vient, je vois sur son visage qu'il n'y a plus une once de plaisir en elle.

– Regarde-moi, je l'implore, alors que j'ai du mal à éprouver quoi que ce soit.

Je suis complètement perdu, j'agis comme un automate et quand son regard se pose sur moi, c'est pire encore. Elle semble retenir des larmes, et la souffrance que je découvre dans le fond de ses yeux me cloue sur place.

– On n'est pas obligés de le faire, je bafouille, la voix tremblante. Je pourrais juste te donner du plaisir avec ma bouche. On pourrait y aller doucement. Je ne suis pas pressé, Marcy.

– Je ne veux pas de plaisir, je veux t'appartenir et je suis prête à subir la douleur que Dieu a jugé bon d'infliger aux femmes pour qu'elles n'oublient jamais que se donner est une étape importante.

Sa voix ne vacille pas, elle est sûre d'elle, et c'est encore plus flippant. Sa vision de l'amour est terrifiante ! Elle imaginait quoi ? Souffrir pour ne pas contrarier son Dieu, peut-être même se la jouer martyre qui œuvre pour la bonne cause. Mais elle est complètement tarée ! Et comme si ce n'était pas suffisant, elle poursuit sur sa lancée :

– Je ne veux pas prendre le risque de te perdre parce que j'ai refusé de me sacrifier par amour. Je te veux, Josh, et j'irais en enfer pour toi.

Mais dans quelle galère je me suis foutu ! Elle ne peut pas envisager le sexe comme n'importe quelle jeune de son âge ? Je cherche mon amour pour elle dans le fond de son regard clair. Je l'aime, je veux l'aimer, mais je n'y arrive plus, je ne me suis jamais senti aussi loin d'elle, alors que je suis en elle.

Je me retire doucement, mais elle proteste :

– Continue… Je veux t'appartenir corps et âme.

Ses mots sonnent comme un ordre et je me pétrifie sur place. Respire, Josh, respire ! Je m'oblige à souffler lentement pour ne pas céder à la panique. Pourquoi n'en avons-nous pas parlé avant ? Pourquoi a-t-il fallu que je m'emballe ?

– Mais moi je ne peux pas, pas comme ça, Marcy.

Je suffoque et prie sans vraiment savoir quoi. Je retire le préservatif et m'écarte d'elle. C'est ridicule, mais je ne supporte plus le contact de sa peau nue. Elle se crispe, se penche pour attraper ma chemise et s'en recouvre le corps. Ses yeux trop clairs n'osent même plus se poser sur moi, ma nudité la gêne, alors je renfile mon boxer et raisonne mon esprit qui s'affole.

– Tu ne veux pas de moi ? s'inquiète Marcy, alors qu'elle s'est recroquevillée sur elle-même, le plus loin possible de moi.

– Marcy, tu le sais, je te désire, je te désire plus que tout, mais ce n'est pas ça, faire l'amour.

– Je t'ai vu avec Sandre tout à l'heure, murmure-t-elle, alors qu'une larme coule le long de son beau visage.

Ça y est, c'est fait, je panique complètement. C'est pour ça que nous sommes ici, parce qu'elle a eu peur de me perdre, parce qu'elle pense que je vais la quitter pour Sandre. Je sais que mon cerveau fait fausse route, mais je ne retiens qu'une chose : elle ne me désire pas. Elle est juste prête à tout pour me garder. N'importe quel mec serait certainement ravi qu'une femme accepte un tel sacrifice pour lui, mais comme l'imbécile que je suis, je bloque. Elle ne me désire pas ! Et comme si ça ne suffisait pas, elle poursuit, plus sûre d'elle :

– J'ai vu à quel point ton corps était attiré par elle. Toi et moi c'est différent, mais j'ai besoin d'être aussi ce genre de femme pour toi.

Sa révélation a sur moi l'effet d'une décharge électrique. Comment ai-je pu continuer cette relation alors que j'en avais une autre en tête ? Comment ai-je pu lui faire subir ça, ne pas voir que j'avais tout faux ? Mon cœur s'emballe, s'affole, je n'aurais jamais dû venir ici.

Je chasse une irrésistible envie de fuir, de courir retrouver Sandre et qu'elle me fasse oublier mes erreurs. À cet instant, j'ai terriblement besoin d'elle.

À SUIVRE…

REMERCIEMENTS

L'autoédition est une aventure incroyable qui m'a permis de faire plein de merveilleuses rencontres. J'ai fait la connaissance d'Asyne et Ninie qui ont été mes toutes premières correctrices, qui m'ont offert leur aide sans que je le leur demande. Si vous saviez comme ça m'a touchée, alors merci. Et toutes les blogueuses qui m'ont lue sans rien savoir de moi, qui par leurs critiques m'ont aidée à avancer, je n'en serais pas là sans vous. Continuez, vous faites un travail formidable !

Et puis, Hugues m'a donné l'espoir de moi aussi être éditée. C'est tellement rare, des éditeurs aussi disponibles, que je tenais à le remercier. Et merci également à Isabelle d'avoir su si justement pointer du doigt les faiblesses de l'histoire, pour pouvoir vous offrir une saga plus profonde, plus tourmentée, plus touchante.

Pour finir, une petite pensée à ma grande princesse qui, du haut de ses huit ans, rêve de devenir conteuse d'histoires. Tu vois ma chérie, quand on veut, on peut. Et sans oublier ma Lisounette qui a déjà une imagination à toute épreuve.

Vous pouvez me retrouver :
Twitter : Jane_Devreaux
Facebook : Jane-Devreaux/562439683891380

Composition et mise en pages
Nord Compo à Villeneuve-d'Ascq